KB052571

흉곳니

안전가옥
오리지널
33

김구일
장편소설

송곳니

차례

1부

/

인정군

1.

누구에게나 도저히 참을 수 없는 것이 있다. 해수에게는 비행 청소년이 그랬다. 촉법소년을 운운하는 그것들을 보고 있노라면 발끝에서부터 열이 뻗쳤다. 그래서 사계절 내내 반팔을 입고 다니는 건지도 몰랐다. 이렇게라도 열을 식히지 않으면 손이 먼저 나갈 듯했으니까.

오늘도 해수는 여지없이 그것들을 만났다. 골목 어귀에서서 동급생의 돈이나 뜯는 아메바들 말이다. 흔히 쓰는 명칭하다는 뜻은 아니었다. 분열하며 다각적으로 무엇이든 파괴하는, 그러면서도 끈질기게 생존하는 하등 생물. 해수의 눈에 비행 청소년들이 그렇게 보였다.

"어이, 아메바들!"

우렁찬 목소리에 학생들이 고개를 돌렸다. 앳된 얼굴을 마주한 해수가 애써 굳어 가는 입가를 풀며 미소를 지었다. 해수가 보일 수 있는 최대한의 친절이었다. 하지만 눈치 없는 아메바들은 그녀의 아량에 비웃음으로 응수했다. 가을로 접

인정군

어든 지가 언젠데 아직도 반팔을 입고 있는 이 말라깽이 꼰대는 누구인가, 하는 얼굴을 하고서는.

"좋은 말 할 때 이리 와."

"너 뭔데?"

골목 밖으로 손짓하는 해수를 보며 가장 바깥쪽에 서 있는 남학생이 비죽였다.

"경찰이야."

"야, 경찰이란다."

아이들이 해수의 말을 비꼬며 낄낄 웃었다. 선선한 바람도 식히지 못한 열이 다시 확 치밀어올라 해수가 가슴께를 잡으며 옷을 펄럭였다. 하여간 이것들은 한 번에 말을 듣는 법이 없었다. 꼭 욕을 처먹어야 알아듣지…. 눈을 지그시 감은 그녀는 목구멍으로 화를 삼켰다. 아무리 분노가 차오른다고 한들, 오늘은 절대로 참아야 했다.

"괴롭히던 애 놓고 이리로 와. 그럼 정상 참작해 줄게."

"수찬아, 이 아줌마 경찰이래. 우리가 너 괴롭히는 거야? 아니지? 그냥 노는 거잖아."

남학생이 괴롭히던 동급생의 뒷덜미를 찰싹찰싹 때리며 물었다. 수찬은 격하게 고개를 끄덕였다. 수찬에게 중요한 건 당장 위기를 모면하게 해 줄 히어로 따위가 아니었다. 지금 자신의 목덜미를 쥐고 흔드는, 친구로 가장한 일진의 비위를 맞추는 게 중요했다. 그게 앞으로의 학교생활을 생각하면 훨씬 더 나은 선택이었으니까.

"괴롭히는 거 아니에요. 그냥 가 주세요."

수찬의 입술 사이로 새된 목소리가 흘렀다. 시선을 피하는 그 애를 보며 해수가 예상이라도 한 듯 팔짱을 끼었다. 득의양양해진 남학생은 도발을 멈추지 않았다. 보란 듯이 해수의 앞에서 수찬의 뱃살을 꼬집고 뺨을 툭툭 쳤다. 뒤에서 엉덩이를 움켜쥐는 여학생도 있었다.

해수는 자꾸만 솟구치는 열기를 꾹 눌렀다. 이마에 흐르는 식은땀을 닦은 그녀가 별안간 제자리에서 뛰기 시작했다. 당장에라도 저것들의 뺨을 후려칠 것 같았다. 누군가 그랬다. 아이들은 폭력으로 다스리는 게 아니라고.

그래, 저 아이들도 누군가에게는 만지기도 아까운 보물일 것이다.

"얘들아. 내가 이렇게 부탁할게. 제발 그냥 가."

"뭐래, 시발."

"나 경찰이야."

"그래서? 오늘 내가 촉법소년이 뭔지 제대로 보여 줘?"

"하, 촉법소년…. 너 입 다물어라. 내가 지금 손이 날아갈 것 같거든?"

"뭐래, 병신년이."

인정군

"병신년은 2016년이었단다."

한껏 웃는 얼굴이었지만, 이미 격앙된 목소리였다. 해수의 말에 남학생이 위협적인 표정으로 골목 바깥으로 나왔다. 일순, 해수의 몸이 옆으로 밀렸다. 남학생이 발등으로 그녀의 옆구리를 타격했기 때문이었다. 일격을 맞고도 넘어지지 않은 해수를 본 남학생이 놀란 얼굴을 했다.

"야, 아메바들. 이거 정당방위다."

재빠르게 중심을 잡고 선 해수가 옆구리를 문지르며 말했다. 통증으로 얼굴은 찡그리고 있었지만, 눈동자에 여실히 드러난 기세는 꺾이지 않았다. 해수는 정당방위라는 단어의 뜻을 증명하듯 손을 올렸다. 날아온 손바닥을 고스란히 맞은 남학생이 눈을 끔뻑였다. 사태를 파악한 남학생이 욕설을 뱉으며 앞으로 나섰다.

"어딜!"

하지만 또다시 해수의 손바닥이 먼저 날아들었다. 생각보다 거센 위력에 남학생의 몸이 휘청였다. 사태를 파악한 다른 학생이 덮쳐!라고 외친 뒤로는 비명과 신음이 뒤엉켰다.

괴롭힘을 당하던 수찬은 콧잔등 아래로 흘러내린 안경을 추켜올렸다. 자신을 괴롭히던 일진들이 늘 그래 왔듯 여기저기 날아다니고 있었다. 한 가지 다른 점이 있다면 이번에는 누군가를 때리는 게 아니었다. 경찰이라고 주장했던 아줌마가 깡패처럼 그들을 두들겨 패고 있었다.

"이제야 좀 시원하네."

마음껏 열기를 발산한 해수가 드디어 고개를 들었다. 환하게 웃는 그녀의 얼굴을 마주한 수찬이 갑자기 소리를 지르며 벽을 더듬었다. 상대의 표정을 읽은 해수가 무어라 변명을 해 보려 했으나 그 애는 이미 저 멀리 사라지고 있었다.

"야, 증언해 줘야지! 야!"

박멸이 끝난 아메바들은 처참하게 널브러져 있었다. 해수는 그제야 깨달았다. 이제부터 박멸당할 사람은 자신이라는 것을.

2.

긴 경적이 다리 위를 울렸다. 잔뜩 짜증 난 해수의 시선이 커다랗게 뜬 달덩이로 향했다. 유난히 밝은 달이었다. 손안에 쥐고 부수어 버리고 싶을 정도로 말이다.

"잘들 논다."

오늘은 슈퍼문이 뜨는 날이었다. 교량 난간에 선 사람들은 뭐가 그렇게도 좋은지 일제히 카메라에 달을 담고 있었다. 달빛에서 희망을 본 사람들과 달리 해수의 상황은 절망적이었다. 그녀는 이미 모종의 사건으로 대기 발령 상태였다. 쥐 죽은 듯이 지내도 모자랄 판국에 아메바 교육이라니, 결과는 뻔했다.

　가해자 신분으로 경찰서에 끌려간 해수를 감당한 건 서장 현우였다. 현우는 한 차례 호통을 치면서도 그녀를 감쌌다. 그가 학부모들을 설득하고 고소를 막아 준 덕분에 해수는 겨우 파면을 면할 수 있었다. 그러나 징계를 피할 수는 없었다. 경찰의 품위를 떨어뜨린 죄, 폭력을 행사한 죄에 괘씸죄까지 더해져 계급 강등과 좌천 처분이 내려졌다.

　해수는 바로 짐을 쌌다. 강원도의 어느 촌구석에 찌그러져 있으라는 현우의 명령에 따르기 위해서였다. 반박할 수 없었다. 정말로 현우의 도움이 없었더라면 지금쯤 구치소에서 벽에 머리를 처박고는 반성문을 쓰고 있을지도 몰랐다. 그러니 위성 따위가 해수의 눈에 들어올 리가 없었다.

　"망할 아메바들, 하필이면 그때 눈에 띄어서."

　잠시 자동차가 멈춘 틈을 타, 해수가 룸미러로 자신의 얼굴을 확인했다. 싸늘한 얼굴이 영 보기 싫었다. 그래, 지성도 없는 것들에게 화를 내어서 무엇하리. 해수는 애써 입가를 풀며 웃는 연습을 했다. 한 번만 더 사고 치면 그때는 가차 없이 빵에 넣어 버린다는 현우의 경고를 곱씹으며.

　어느새 교량을 지나친 자동차가 계속해서 강원도 방향으로 달렸다. 막 요금소를 지난 해수가 라디오를 틀었다. 캄캄한 길을 홀로 달리려니 지겨웠다. 야간 근무를 설 때면 들었던 DJ의 목소리가 오랜만에 그리워지던 참이었다.

한국 청소년의 도박 중독 증가율이 3년 새 50%를 넘어섰습니다. 석 달 전에는 도박으로 수천만 원의 빚을 진 청소년 김모 군이 자살하는 사건도 있었는데요. 숨지기 하루 전에 경찰을 찾은 김모 군이 불법 도박 사이트가 운영되고 있는 가정집을 신고한 사실이 알려지며 큰 파문이 일기도 했습니다.

"망할."

채널을 잘못 돌린 바람에 원하지 않는 뉴스를 들은 해수의 눈앞이 뿌예졌다. 급하게 창문을 열자 찬 바람이 얼굴을 강타했다. 커다랗게 벌어진 입술 사이로 고함이 나왔다. 답답한 마음을 그렇게라도 풀지 않으면 어디라도 받아 버릴 것 같았다.

"다 꺼져 버려!"

늦은 밤중이라서 그런지 고속도로에는 차가 거의 없었다. 내비게이션이 과속 경고음을 울렸지만, 해수는 무시한 채로 몇 대 있지 않은 차들을 제치며 달렸다. 한순간, 그녀의 시야에 플래시가 번쩍했다. 해수가 급히 브레이크를 밟으며 순간 시속을 확인했다. 규정 속도를 한참 넘어서는 시속이었다.

책상 위에 쌓인 수북한 과속 고지서를 보고 경찰 망신은 네가 다 시킨다며 화를 내던 현우가 떠올랐다. 그녀는 날이 밝는 대로 고지서의 주소지를 바꿔야겠다고 생각했다.

"여기는 뭐 딴 세상이네."

슈퍼문이 무색하게도 산 능선을 따라 달리는 도로는 암흑으로 덮였다. 커브 길이 끝없이 이어지자 운전 베테랑인 해수조차 긴장감에 손바닥이 축축해졌다.

캄캄한 산길은 조금 오싹하기까지 했다. 가시거리가 짧아서 갑자기 짐승이라도 튀어나오면 멈추지 못하고 들이받아 버릴 것 같았다. 해수는 아까와 달리 속도를 늦췄다. 터널에 가까워지자 조형물이 보였다. 옥수수를 본떠 만든 캐릭터에는 '인정군에 오신 걸 환영합니다.'라는 문구가 적혀 있었다.

이제 눈앞에 당도한 터널만 지나면 지겨운 운전도 끝이었다. 해수가 계기판을 힐끗거렸다. 시간은 막 새벽 2시를 지나가고 있었다. 열린 창문으로 바람결을 타고 소똥 냄새가 흘러들었다. 논바닥에 지어진 축사에는 아직 불이 켜져 있었다. 농로를 달리던 바퀴가 점점 느릿해졌다.

해수는 유심히 축사를 살폈다. 소들은 새벽인데도 잠들지 못했는지 울고 있었다. 축사를 지키기라도 하는 듯 길가에 드문드문 꽂힌 팻말에는 '개 조심', '들개 포획 신고', '밤길 홀로 산책 금지' 따위의 문구가 적혀 있었다. 하필 붉은 색으로 쓰인 글씨는 페인트가 흘러내리는 바람에 피눈물을 흘리는 것처럼 보였다.

해수는 괜히 주위를 살폈다. 어디선가 들개 한 마리가 침을 흘리며 어둠 속에 도사리고 있을 것 같았다. 으스스한 분위기에 창문을 올린 해수가 가속 페달에 발을 올렸다. 그때 커다란 형체가 논둑을 넘어 길가로 달려들었다.

"망할!"

재빨리 브레이크를 밟은 해수는 정면을 쳐다보았다. 들개였다. 입가에 피를 묻힌 들개가 눈을 번뜩이며 이쪽을 주시하고 있었다.

"살려 주세요!"

해수는 비명이 들려온 방향으로 고개를 돌렸다. 분명히 축사 근처였다. 그사이, 농로에 서서 해수를 주시하던 들개는 금세 논둑 아래로 자취를 감췄다. 그런데도 사방에서 들개가 짖는 소리는 수그러들지 않았다. 방금 본 팻말에 쓰인 문구의 의미를 생생히 깨달은 해수가 입술을 파르르 떨었다.

이렇게 빨리 쓰게 될 줄은 몰랐는데… 시트 뒤편을 더듬던 손이 무언가를 잡아챘다. 커버를 씌운 길쭉한 물건이었다.

차에서 내린 해수가 밤하늘을 쏘아보았다. 요란한 소리를 내며 폭죽이 날아들고 있었다. 산발적으로 터지는 불꽃이 사그라들자, 다급한 남자의 목소리가 들렸다. 해수는 24인치 수렵 총을 들고 축사 방향으로 뛰었다. 멧돼지나 꿩을 잡기에

최적화된 총이었다. 설사 호랑이가 오더라도 짐승이 총알을 당해 낼 수는 없었다. 해수가 어두컴컴한 허공에 총을 겨누며 허공에 외쳤다.

"거기 누구 계십니까?"

이윽고 해수의 시야에 남자의 뒷모습이 보였다. 남자는 손에 쥔 폭죽을 기울여 들개에게 겨누고 있었다. 불꽃을 피한 들개들이 더욱 사납게 짖었다. 그 순간, 들개 한 마리가 남자에게 달려들었다. 등 뒤쪽을 물린 남자는 점퍼를 물고 늘어지는 들개로부터 도망치기 위해 기꺼이 옷을 벗어 던졌다.

남자의 두 다리가 필사적으로 움직였다. 해수의 시선이 남자를 좇았다. 그사이 남자는 축사에서 조금 떨어진 비닐하우스로 냉큼 들어가 문을 닫았다. 그러나 들개는 수세에 몰린 인간에게 너그럽지 않았다. 맹렬하게 짖던 개들이 하나둘 모여들더니 비닐하우스를 발톱으로 찢기 시작했다. 상황을 파악한 해수가 몸을 움츠리며 앞쪽으로 총구를 겨눴다.

흥분한 개들은 그녀가 뒤에 서 있는 줄도 모르고 계속해서 비닐하우스만 공격했다.

"시발, 저리 가! 저리 안 가? 이 망할 놈의 개새끼들아!"

"소리 낮추세요! 개들을 자극할 수도 있습니다."

해수의 침착한 목소리에 남자의 입술이 다물렸다. 별안간 들려온 낯선 목소리에 반응한 들개들이 재빨리 몸을 틀었다.

갑작스럽게 쏟아지는 살기를 느낀 해수의 등이 땀으로 축축하게 젖어 들었다. 총알은 딱 두 발 들었는데, 무리를 진 들개의 수는 많았다.

"경찰이야? 왜 이제 오고 지랄이야!"

"네, 경찰이에요. 거기 가만히 계세요."

"가만, 처음 듣는 목소리인데. 자네 이름이 뭐야?"

"지금 제 이름이 중요한 게 아니고요."

"아니, 글쎄 이름이 뭐냐니까? 여기서 내가 모르는 경찰은 없는데?"

해수가 남자의 말을 무시하며 몸을 기울였다. 다행히 가까이에 조막만 한 돌이 잡혔다. 재빨리 돌을 낚아챈 그녀가 다시 총구를 겨눴다. 선봉에 선 진돗개는 서 있는 것만으로도 위협적인 기운이 짙게 풍겼다. 왼쪽 눈가를 따라 쭉 찢어진 상처를 보니 평범한 마당 개는 아닌 듯했다.

그녀가 한 발 앞으로 움직이자, 진돗개가 싸늘한 시선으로 해수를 응시했다. 동시에 대열이 이동하듯 진돗개 뒤로 선 들개들이 우르르 움직였다.

"가만, 그거 총이지? 당장 저 개새끼 쏴 버려!"

해수가 가진 수렵 총을 알아본 남자가 외쳤다. 남자의 목소리에 개들의 숨소리가 한층 더 거칠어졌다.

"저기 눈깔 찢어진 놈이 우두머리야. 그놈만 잡으면 돼!"

망설이는 해수를 보며 남자가 또다시 고함 섞인 훈수를 두었다. 저 노인네가 사람 속도 모르고…. 짜증이 난 그녀는 하는 수 없이 하늘로 총구를 겨눴다. 이럴 때는 총소리로 지레 겁먹게 하는 게 가장 좋은 방법이었다. 탕, 하는 소리와 함께 총알 한 방이 발사되었다. 몸을 움츠린 개들이 사방으로 흩어졌다. 그러나 진돗개만은 여전히 제자리를 지키고 서 있었다.

"어디 한번 해 보자고?"

해수는 묘한 긴장감을 느끼며 총구를 정면으로 겨눴다. 폭발하는 아드레날린 때문에 심장이 두근거렸다. 손가락은 언제든지 방아쇠를 당길 준비가 되어 있었다. 진돗개는 섣불리 움직이지 않았다. 숨 막히는 대치가 이어지던 그때, 어디선가 들려온 하울링이 밤하늘을 울렸다.

해수는 갑자기 들려오는 하울링을 무시했다. 딴 곳에 시선을 돌릴 여유가 없었다. 하울링에 숨은 뜻을 알아듣기라도 한 듯, 진돗개가 잇몸을 드러내며 으르렁댔다. 이윽고 진돗개가 뒷다리를 박찼다. 해수는 총을 쏘는 대신 손에 쥐고 있던 돌을 던졌다.

"어?"

진돗개는 해수의 곁을 스치듯 돌팔매질을 피하더니 네 다리에 힘을 주었다. 흙먼지를 날리며 중심을 잡은 다리가 다시 힘 있게 땅을 박찼다. 어느새 곡괭이를 쥐고 나온 남자를 먼저 공격하기 위해서였다. 남자가 다짜고짜 허공에 곡괭이를 휘두르자, 진돗개가 뒤로 물러섰다.

진돗개는 남자에게 달려들 듯 말 듯 움직이며 잇몸을 보이고 있었다.

"야! 총알 없어? 어떻게 좀 해 봐!"

"침착하세요, 침착."

"이, 시발! 내가 침착하게 생겼냐고?"

다짜고짜 날아든 욕을 듣자 해수의 몸이 열기가 뻗쳤다. 순간 진돗개가 저 남자를 물어 버렸으면 했다. 하지만 경찰이라는 본분을 지켜야 했기에 진돗개를 향해 총구를 겨눴다. 그랬는데. 가녀린 외침과 함께 누군가 그녀의 등짝을 힘껏 밀었다.

"자유! 도망쳐!"

갑작스러운 공격에 넘어진 해수가 총을 놓쳤다. 그녀는 갑자기 튀어나온 사람이 누구인지 파악할 새도 없이 떨어진 총을 향해 손을 뻗었다.

"어딜!"

해수와 함께 넘어진 소녀가 재빨리 몸을 일으키며 한발 앞서 발길질을 날렸다. 저 멀리 날아간 총을 향해 달리는 소녀를 따라서 해수도 몸을 일으켰다. 둘은 거의 동시에 총으로 손을 뻗었다. 이번에는 해수가 더 빨랐으나, 어느새 곁을 스친 진돗개를 당해 낼 수는 없었다. 거친 콧김을 내뿜으며 수렵 총 앞으로 나선 진돗개가 해수를 매섭게 노려보았다.

"망할."

해수는 심장이 단전까지 내려앉는 기분이었다. 진돗개의 보호 하에 수렵 총을 주운 소녀가 길쭉한 총의 몸체를 살폈다. 어둠 속에서 번뜩인 눈동자가 이내 누군가를 응시했다. 정면으로 겨눠진 총구를 보며 해수가 가까스로 외쳤다.

"야, 그거 그렇게 막 만지면 안 돼."

"싫은데."

"차라리 나 말고 개한테 겨눠. 너, 들개가 언제 공격할지 모른다?"

"괜찮아. 얘는 나 공격 안 해."

"아까부터 이상하더라니. 네가 저 개 주인이야?"

"주인 아닌데."

"그럼?"

"친구."

"나 말장난 무지하게 싫어하는 사람이야. 어쨌든, 개가 사람을 물면 주인이 책임을 져야 한다고. 그것만 내려놓고 가면 아무 일도 없었던 걸로 해 줄게. 알아들었으면 총 이리 줘."

억지로 웃으려는 해수의 입가가 부르르 떨렸다. 지금 상황에서 더욱 몰아붙였다가는 내일 신문 사회면에 총을 빼앗긴 무능한 경찰로 박제될 수도 있었다. 현우의 말대로 제 손으로 잡아 처넣은 범죄자들과 감옥에서 재회하는 날이 온다는 뜻이겠지.

"물어!"

해수의 설득이 채 끝나기도 전에 소녀가 진돗개에게 명령했다.

동시에 잠자코 사태를 지켜보던 남자가 별안간 달려와 해수의 등을 밀었다. 거친 손길에 밀려난 해수가 진돗개를 덮치며 넘어졌다. 순식간에 소녀에게 달려간 남자가 총대를 움켜쥐며 방향을 틀었다. 밤하늘을 향해 치켜든 총구에서 다시한번 총성이 울렸다. 남자의 우악스러운 손길에도 소녀는 끝까지 총대를 놓지 않고 악착같이 사수했다.

"컹!"

정신을 차린 진돗개는 소녀를 구하기라도 하려는 듯이 사력을 다해 남자에게 달려들었다. 공격을 피해 가까스로 진돗개의 턱을 움켜쥔 남자가 도와달라는 듯 해수를 쳐다보았다. 그의 간절한 눈빛을 본 해수가 쥐고 있던 돌로 진돗개의 머리를 후려쳤다. 깨갱, 하는 울음과 함께 진돗개가 쓰러졌다.

"자유!"

소녀가 절규에 가까운 외침으로 진돗개를 불렀다. 그러나 진돗개는 작게 경련할 뿐 몸을 일으키지 못했다.

그 모습에 잠시 주춤하던 소녀는 어금니를 물며 논둑의 반대 방향으로 달리기 시작했다.

해수는 축사를 넘어 숲으로 달리는 소녀를 쫓았다. 빼곡한 나무들 사이로 바람이 휘몰아쳤다. 달빛에 의존하기에는 너무 어두웠다. 해수는 핸드폰을 꺼내어 플래시를 켰다. 수풀을 헤치자, 몸이 부르르 떨렸다. 논과 고작 몇십 미터 차이인데 그늘 때문인지 훨씬 춥게 느껴졌다.

"나와. 나랑 얘기 좀 하자."

호흡을 가다듬은 해수가 시야를 확보하기 위해 바위로 올라섰다. 하지만 주변에 보이는 건 앙상하게 마른 나무들뿐이었다.

"좋아. 나오기 싫으면 그냥 총만 내려놓고 가. 절대로 뒤 안 쫓을게. 약속해."

간절한 목소리에도 주변은 고요하기만 했다. 해수는 잠시 귀를 기울였다. 소녀가 어디에 숨었는지 가늠이 되질 않았다. 숨을 죽이고 소리에 집중하던 그녀의 귓가에 나뭇잎이 밟히는 소리가 들렸다. 동시에 외마디 비명이 산속을 울렸다. 바위 뒤에서 발목을 잡힌 해수가 순식간에 아래로 떨어진 것이었다.

해수는 번뜩이는 소녀의 안광을 피해 몸을 옆으로 굴렸

다. 진돗개의 머리통을 후려친 걸 복수라도 하듯이 소녀가 돌덩이를 들고 달려들고 있었다. 해수는 몸을 일으키며 가볍게 소녀의 등을 밀었다. 중심에서 밀려난 소녀는 그간 보인 살기가 우스울 정도로 힘없이 넘어졌다.

"야. 일 크게 만들지 말고 이리 와."

이제야 밀려오는 통증에 잠시 엉덩이를 문지르던 해수가 고개를 들며 말했다. 그녀는 눈앞을 확인하고는 깊게 한숨을 내쉬었다. 대책 없는 아메바가 홍길동이라도 되는 건지 잠시 간을 틈타 어디론가 사라진 것이었다.

"죽어!"

그때, 갑자기 뒤에서 튀어나온 손이 해수의 목덜미를 압박했다. 갑작스러운 공격에 그녀는 손을 더듬어 자신의 목덜미를 옭아맨 팔을 붙들었다. 몸을 웅크리며 메어치자 가벼운 몸뚱이가 어깨 너머로 날아오르며 바닥에 떨어졌다. 해수는 단지 반사적으로 움직였을 뿐이었다. 곳곳이 경사인 산의 지형은 생각지 못했다.

야트막한 내리막길로 굴러간 소녀는 나무 기둥에 부딪히고서야 멈췄다.

"야! 괜찮아?"

"오지 마!"

서둘러 소녀의 곁으로 내려간 해수가 일순 멈칫했다. 가까스로 정신을 차린 소녀는 돌이며 나뭇잎을 마구잡이로 던졌다. 날아오는 것들을 막아 내던 해수는 손가락 사이로 급히 소녀를 살폈다. 다행히 무사해 보였다.

"흥분하지 말고 내 말 좀…."

"꺼져!"

"아오, 진짜 말 안 통하는 아메바네!"

해수는 설득을 포기했다. 늘 그렇듯 말보다는 행동으로 보여 주기로 했다. 단숨에 자신을 향한 공격을 저지한 그녀는 능숙한 솜씨로 소녀의 손목 안쪽을 눌렀다. 꽤 고통스러울 텐데도 소녀는 이를 악물며 버텼다. 온 힘을 다해 해수의 손을 뿌리친 소녀가 순간 젖은 나뭇잎을 밟았다. 소녀의 발이 미끄러지며 상체가 뒤로 기울었다.

해수가 재빨리 손을 뻗어 소녀를 제 쪽으로 끌었다. 얼떨결에 해수의 가슴팍에 안긴 소녀는 곧장 해수를 밀어냈다. 어느새 살기는 사라지고 치기 어린 부끄러움만 남은 얼굴이었다.

"적당히 해라. 총이고 뭐고 처넣기 전에!"

"자유 살려 내."

"누구?"

"내 개. 만약 잘못되기라도 한다면 네 사지를 찢어발길 거야."

말을 끝내기가 무섭게 들개들이 숲 곳곳에 모여들었다. 소녀의 시선을 마주 보던 해수가 멈칫했다. 숲속의 그늘보다 훨씬 축축하고 어두운 눈빛이었다.

해수는 자신도 모르게 소녀를 움켜쥔 손을 놓았다. 사방에서 압박해 오며 으르렁대는 들개들의 위협 때문일지도 몰랐다. 수풀 어딘가에 숨겨 놓았으리라고 믿었던 수렵 총 또한 덩치 큰 들개가 버젓이 물고 있었다.

해수가 머뭇거리는 사이, 소녀는 들개들을 이끌고 어둠 속으로 사라졌다. 해수는 아주 오랜만에 범인을 눈앞에서 놓쳤다. 그것도 자신의 소유인 수렵 총을 가진 아메바를.

스스로 생각해도 참으로 어이없는 일이었다.

3.

"어, 여경. 이리 와서 좀 도와."

축사로 내려오니 남자가 막 진돗개에게 올무를 씌우고 있었다. 해수는 바로 진돗개의 호흡을 확인했다. 아직 콧김이 느껴지는 걸 보아하니 죽지는 않은 모양이었다. 그녀가 남자의 손에 들린 올무를 빼앗아 밧줄을 이끌었다.

"제가 데려갈게요."

해수의 뜬금없는 행동에 남자는 무슨 뜻이냐는 듯이 눈을 동그랗게 뜨며 마주 보았다.

"왜?"

"경찰이라고 말씀드렸잖아요. 사건 조사해야죠."

"정말 경찰 맞아? 내가 여기 이장인데, 얼굴을 본 기억이 없어."

"내일부터 인정파출소에서 근무해요. 신분증 보여 드려요?"

"됐고! 기다려 봐."

이장이 수상쩍다는 얼굴로 핸드폰을 찾았다. 투박한 손길이 키패드를 몇 번 두드리자, 잠시 울리던 신호음이 뚝 끊기며 누군가 전화를 받았다. 목소리를 가다듬은 이장은 상대방을 소장님, 하고 불렀다. 그는 어깨에 한껏 힘을 주며 해수를 힐끗거리더니 내일 전근 올 여경이 있냐고 물었다.

"이름이 뭐라고?"

상대 쪽에서 이름을 물었는지 남자가 해수에게 턱짓을 하며 물었다.

"박해수요."

"예. 소장님, 박해수라는데요?"

수화기 너머로 그렇다는 답변을 듣자 이장의 얼굴이 금세 시무룩해졌다. 전화를 끊은 그가 탐탁지 않은 얼굴로 팔짱을 꼈다. 신원을 확인하자 이번에는 이방인의 태도가 마음에 들지 않는 듯했다.

"일단은 뭐, 맞는 거 같네."

"그럼 먼저 가 볼게요."

"잠깐. 말도 못 하는 개새끼를 데리고 가서 뭐 어떡하려고?"

"다시는 사람 공격할 일 없도록 해야죠."

"어떻게?"

"그건 제가 알아서 할 일이고요."

"이거 당해 보질 않아서 영 모르는구면. 한번 피 맛을 본 개는 죽이는 게 능사야. 하물며 투견이라면 뭐 별수 있어?"

"투견이요?"

해수가 되물었다. 이장은 말실수라도 한 듯 당황한 표정을 감추지 못했다. 애꿎은 목만 긁는 이장을 보던 해수가 먼저 은근한 웃음을 지었다.

"괜찮아요. 이런 시골 바닥에서 개새끼로 도박도 하고 다 그런 거죠. 제가 또 꽉 막힌 경찰은 아니랍니다."

"크흠. 뭐 도박은 아니고…. 그나저나 자네 총은 찾았어?"

"참, 이 개 주인 있잖아요? 걔는 놓쳤어요."

뭐라고 반박할 말이 떠오르지 않은 해수가 얼른 말을 돌렸다.

"뭐 그런 애가 다 있어요? 어려 보이던데. 이 동네 사람이에요?"

인정군

"아니, 총 찾았냐고…."

"근데 이장님 그렇게 막 폭력 쓰시고 그러면 안 돼요. 요즘이 어떤 세상인데 애를 패요, 패기를?"

"정당방위지. 정당방위! 아주 걔 때문에 골치 아파 죽겠어. 오죽하면 내가 그러겠어."

"이름이 뭔데요? 누군지 알려 주세요. 제가 가서 체포할게요."

"어? 됐어. 그냥 불쌍한 어린애야. 괜찮으니까 그냥 놔둬."

"아까는 그렇게 눈을 부라리시더니…."

"됐고! 여기 주변 치우는 거나 좀 도와줘!"

해수가 잃어버린 수렵 총처럼 이장에게도 무언가 숨기고 싶은 사실이 있는 게 분명했다. 오늘 일에 대해서 더 물어보고 싶었지만, 해수는 그만 입을 다물었다. 지금은 진돗개가 깨어나기 전에 무사히 숙소에 도착하는 게 급선무였다.

"이제야 왔네. 저 시부럴 놈들."

진돗개를 막 안았을 때, 곡괭이를 치우던 이장의 등 뒤로 사이렌 소리가 울렸다. 볼멘소리로 논둑을 쳐다보며 욕설을 내뱉던 이장의 시선을 따라간 해수의 눈에 막 농로에 들어서는 순찰차가 보였다. 급정거한 순찰차에서 내린 순경이 황급히 논둑을 내려오다가 진흙에 미끄러져 넘어졌다. 뒤이어 내린 남자는 순경을 보며 혀를 차다가 이장을 향해 손을 흔들어 보였다.

"형님!"

"야, 내가 부른 지가 언젠데!"

이장이 논둑 위로 냅다 고함을 지르며 성질을 부렸다. 그런 이장을 달래기라도 하듯 순찰차에서 내린 남자 두 명이 곧장 달려왔다. 해수가 아래로 처진 진돗개의 엉덩이를 다시 고쳐잡으며 가까이 다가온 남자들의 행색을 빠르게 훑었다. 그중 나이가 훨씬 많아 보이는 남자가 먼저 이장의 앞으로 나섰다.

"나 비번이라 술 먹다가 신고 받고 바로 뛰어온 거라니까? 안 그래, 김 순경?"

"그렇습니다!"

"왜? 나 죽은 다음에야 오지."

"에이. 이 형님 또 말 섭섭하게 하네?"

"됐고! 여기 새로 온 여경 아니었으면 벌써 저세상이었어."

"새로 온 분이라면…. 안녕하십니까! 경감님! 김동철 순경입니다."

그제야 해수를 알아본 순경이 깍듯이 인사를 올렸다. 해수의 눈에 그는 아직 서른을 넘기지 않은 청년처럼 보였다.

"반가워요. 박해수예요."

"내일부터 근무하신다고 들었는데 어떻게 출동하셨습니까?"

"아, 마침 숙소 가는 길에 비명이 들려서요."

"신고식 제대로 했네?"

이번에는 사복을 입은 남자가 해수에게 손을 내밀었다. 까무잡잡한 피부에 작은 눈이 인상적인 남자는 자신을 최진남 경위라고 소개했다.

"오기 전에 소식 들었어. 내 나이가 위니까 반말해도 되지? 계급도 같은데 편하게 할게. 그냥 최 팀장이라고 불러."

"하하, 그럼요. 박해수입니다. 전에는 경감이었지만, 말씀대로 강등되었으니 편하게 박 경위라고 불러 주십시오."

"시원시원해서 좋네."

진남이 이를 드러내며 웃었다. 해수는 속으로 욕을 남발하며 그가 내민 손을 맞잡았다. 그 뒤로 이장의 장황한 설명이 이어졌다. 그녀는 아까부터 반말을 찍찍 뱉는 이장의 말투가 거슬렸지만, 딱히 티를 내지는 않았다. 낯선 환경에서 살아남으려면 적당히 맞춰 주고, 적당히 모른 척하는 태도는 필수였으니.

다만, 마음이 급했다. 이 새벽에 웬 수다 삼매경인지. 진돗개를 안아 든 팔도 점점 저려 왔다.

"수기 그년이 또 왔어. 망할 년."

이장의 말에 해수는 개들과 함께 축사를 습격했던 소녀의 이름이 수기라는 걸 깨달았다. 동천과 진남은 그 이름을 듣자 성가시다는 듯 얼굴을 찌푸렸다. 눈치를 보아하니 그간 어지간히 곤란한 상황을 만든 것 같았다.

"하여간 그 개새끼들 때문에 못 살아. 개새끼들 나타나고부터는 멧돼지도 무서워서 밭에 안 내려온다니까? 하물며 사람은 어떻겠어? 파출소에 가면 군청 가서 신고하라고 하고, 군청에서는 어쩔 수 없다고 하고. 아주 동네가 완전 개판이야. 개판!"

"형님. 우리도 그것 때문에 맨날 욕먹는 통에 죽겠어. 마음 같아서는 사비로라도 포수 불러서 싹 다 청소해 버리고 싶다니까? 백수기 그년 먼저 잡아 족쳐야 하는데."

"저기요. 저는 먼저 좀 가 볼게요. 얘 깨어나기 전에 좀 가 봐야 해서요."

잠자코 이장과 진남의 대화를 듣고 있던 해수가 불쑥 끼어들었다. 그녀의 말에 세 남자의 시선이 동시에 진돗개에게 머물렀다.

"근데 아까부터 개는 왜 안고 있어?"

진남이 생경하다는 듯 해수와 진돗개를 번갈아 보며 물었다.

"놔둬. 무슨 조사한다고 데리고 간대."

이장이 대답을 대신하자 해수는 고개를 끄덕이며 억지로 웃었다.

이 개의 주인에게 총을 빼앗겨 하는 수 없이 데려가야 한다는 말은 곧 죽어도 할 수 없으니, 지금은 웃음으로 때워야 했다.

해수는 진돗개를 들쳐 메고 서둘러 논둑을 올랐다. 뒤에 선 세 남자가 오도카니 서서 자신을 주시하고 있다는 것도 모르고.

4.

대문도 없는 마당에 짐만 덩그러니 놓였다. 짐이라고 해 봤자 책과 옷가지가 전부였다. 숙소는 읍내 버스터미널 쪽 뒷동네에 있었다. 파출소까지 걸어서 10분 정도면 도착하는 동네였지만, 사람의 온기라고는 찾아볼 수 없었다. 이 동네에 있는 집 세 채가 모두 빈집이기 때문이었다.

"낡기도 참 낡았다."

기둥에 가까이 다가간 해수가 스위치를 눌렀다. 처마 밑에 전선으로 엮어 놓은 알전구가 노르스름하게 빛나며 주변을 비췄다. 해수는 마당을 둘러보았다. 시골집답게 기와지붕과 서까래, 흙으로 만든 벽이 전부였다. 마당에는 수돗가와 큰 나무가 자리 잡고 있었다. 해수는 나무 아래에 떨어진 과실에 가까이 다가갔다. 벌어진 초록색 껍질 안에 든 건 호두였다.

"이 비싼 호두가 그냥 막 널려 있네."

나무에 진돗개를 단단히 묶어 둔 해수가 과실을 주워 모았다. 호두를 줍느라고 성가시게 앞을 서성이는데도 진돗개는 깨어날 줄을 몰랐다. 설마 하는 마음에 그녀가 조심스럽게 진돗개의 콧등 아래에 손가락을 대었다. 뜨거운 콧김이 나오는 걸 보니 여전히 살아는 있었다.

"너희 주인은 이 집 주소도 모르면서 어떻게 널 구하러 온다고 했을까? 역시 총은 포기하는 게 맞겠지? 나도 그냥 경찰 옷 벗고 이 촌구석에서 감자 농사나 짓고 살아야 할지도 몰라. 망할."

머리가 복잡해진 해수가 몸을 일으켰다. 차라리 청소라도 해야 시간이 빨리 흐를 것 같았다. 전통 살에 한지를 덧바른 문에 안전장치라고는 없었다. 자물쇠를 채울 수 있는 고리 하나가 덜렁 달렸을 뿐이었다.

"내가 이럴 줄 알았어."

미닫이문을 열자 해수의 시선에 작은 거실이 보였다. 어디서 주워다 놓은 것인지 가죽이 헤져서 떨어져 나간 소파와 TV, 좌식 탁자가 눈에 띄었다. 문가 바로 옆에 마련된 주방에는 누렇게 변색된 냉장고가 있었다. 이곳으로 오기 전, 현우는 해수에게 '풀옵션' 숙소를 제공하겠다고 했다. 거짓말은 아니었다. 남루하더라도 갖춰져 있기는 했으니까. 해수는 불평할 틈도 없이 팔을 걷어붙였다.

낡은 가구와 가전을 마당 한쪽에 버리고 그 자리에 책상과 책장을 놓았다. 책상은 거실 벽 끝에서 방문을 가리지 않는 지점까지 크기가 딱 들어맞았다.

집 전체를 깨끗하게 빨아 내기라도 할 듯이 바닥을 닦고 먼지를 쓸었다. 그녀가 꺼낸 디퓨저의 향기가 집 안에 스며들며 진짜 흙냄새와 나무 냄새를 가리자, 그제야 조금은 상쾌한 마음이 들었다.

"씻자, 씻어. 사람답게 살려면 씻어야지."

스스로 다짐한 해수는 또 한참이나 화장실을 청소하고는 샤워를 마쳤다. 지긋지긋해진 얼굴로 화장실에서 나온 그녀의 시선이 책상 위에 머물렀다. 썰렁한 거실에서 자신을 맞아 주는 이는 액자 속 현우뿐이었다. 사진 속 배경은 경찰대학교였다. 제복을 차려입은 해수와 현우가 나란히 서서 환하게 웃고 있는 모습.

"맞다. 반찬!"

그러고 보니 문득 현우가 챙겨 준 반찬이 생각났다. 해수는 자신의 허리 높이까지 오는 냉장고의 코드를 콘센트에 꽂았다. 무슨 반찬인지도 모른 채로 선반 위로 통을 쌓아 올리던 그녀가 마지막 남은 반찬 통의 뚜껑을 열었다. 가지런히 놓인 전이 보였다. 고소한 기름 냄새가 진동하자, 참지 못하고 전 하나를 집었다.

마지막 남은 전을 우걱우걱 씹던 해수가 숲에서 만난 소녀를 생각했다. 진심으로 용서를 구하는 아이도, 자기변명과 남 탓으로 일관하는 아이도, 나이만 믿고 시건방지게 굴던 아이도, 모두 각자의 방법으로 살아남기 위해 버둥거리기 마련이었다.

하지만 소녀는 수두룩하게 봐 왔던 여타 비행 청소년들과는 느낌이 달랐다. 처연하게 가라앉은 눈동자에 슬픔이 보일지언정 두려움은 보이지 않았다. 스스로 자신을 버린, 빈 껍데기만 남은 인간. 그녀가 잘 아는 어느 인간과 닮은 모습이었다. 좌천을 핑계로 증명과 죄책감으로부터 멀리 이곳으로 도망친 자신과.

해수에게 삶은 그저 묵묵히 감내해야 하는 고통이었다. 그 고통에서 벗어나기 위해 지금까지 무던히도 애를 썼다. 평범하게 살아온 이들은 모를 것이다. 부모라는 울타리 없이 살아남기 위해 남들보다 배로 노력해야 했고, 비굴해야 했고, 외면해야 했다.

해수에게 빈 껍데기란 그런 의미였다. 노력하지 않으면 나락으로 떨어지는, 끊임없이 나를 버려야 하는 삶 말이다. 그래서 소녀의 말에 쉽게 포기했을지도. 진돗개를 살리라는 그 황당한 으름장을 뱉는 그 아이의 얼굴이 너무도 고단해 보여서, 어울리지 않는 망설임 따위가 생겼을지도 몰랐다.

해수가 매서운 바람에 흔들리는 문을 응시했다. 밤이 늦었으니 오늘은 아무도 찾아오지 않을 듯했다. 다시 한번 나무에 묶여 있는 진돗개를 확인하고는 방으로 들어왔다.

몸이 피곤해서 그런지 에어매트가 푹신하게 느껴졌다. 어느 날부터 해수에게 잠이란 무의식의 노동이 되었다. 인생에서 가장 후회하는 그 순간이 악몽이 되어 그녀를 수없이 도망치게 했다. 목을 맨 채로 고개를 번쩍 든, 기괴한 모습의 그 아이가 자신을 부르면 해수는 억지로 눈을 감았다. 그런데도 꿈속이라서 그런지 그 아이의 얼굴이 생생하게 보였다.

"제발…"

여느 때처럼 애원을 내뱉으며 깨어난 해수의 이마에 식은땀이 맺혔다. 그녀가 축축한 손을 더듬으며 벽에 달린 콘센트를 찾았다. 언젠가부터 불을 켜고 자는 습관이 들었지만, 너무 피곤한 나머지 까무룩 잠든 모양이었다. 더듬거리던 손이 스위치 앞에서 멈춘 건 어렴풋한 인기척 때문이었다.

닫아 놓은 문 바깥에서 달그락거리는 소리가 들렸다. 해수는 조용히 몸을 일으켜 벽에 기대어 놓았던 죽도를 잡았다. 혹시 몰라서 호신용으로 가져온 건데, 잘됐다 싶었다. 슬며시 문을 열자 문틈 사이로 실루엣이 보였다. 일순 코를 처박고 반찬통을 헤집던 진돗개의 귀가 쫑긋하고 섰다.

"어딜!"

해수와 진돗개는 서로를 향해 달려들었다. 그때, 어디서 튀어나왔는지 아까 그 소녀가 재빨리 몸을 던지며 진돗개와 해수의 사이를 파고들었다. 두 팔을 일직선으로 벌린 소녀의 등 뒤에서 진돗개가 매섭게 짖었다. 해수는 잔멸치가 툭 하고 떨어진 소녀의 입가를 응시했다. 진돗개 역시 김칫국물 때문인지 입가가 빨갛게 물들어 있었다.

"너 뭐야?"

"온다고 했잖아."

"그러니까 내가 여기 있는 거 어떻게 알았냐고. 혹시 내 스토커야?"

"뭐래. 짜증 나게."

소녀의 퉁명스러운 반응이 이어졌다. 해수는 끝까지 긴장을 놓지 않으며 죽도를 꽉 쥐었다. 언제든 상대를 칠 수 있는 거리였다. 개든 저 버릇없는 아메바이든 달려들면 가차 없이 조져 놓을 심산이었다.

"총이나 가져가."

경계심이 바짝 든 해수에 비해 오히려 소녀는 태연했다. 해수의 시선이 거실 한편을 가리키는 소녀의 손가락을 따라갔다. 총은 거실 가운데 턱 하니 놓여 있었다. 끝까지 소녀를 노려본 해수가 걸음을 옮겨 수렵 총을 잡았다.

"이런 겁대가리 없는 아메바가! 이거 범죄야, 인마."

"아메바?"

태어나서 처음 듣는 호칭에 진돗개를 진정시키던 소녀가 얼굴을 찌푸렸다.

"왜, 기분 나빠? 백수기라고 불러 줘?"

"…"

"표정 굳은 거 보니까 정말 백수기가 맞나 보네?"

"너 누구야? 서재형이 보냈어?"

"뭐래. 짜증 나게."

어느새 여유를 찾은 해수가 방금 수기에게 들은 말을 그대로 돌려주며 웃었다. 바짝 약이 오른 수기는 정면을 노려보며 낮게 그르렁거렸다. 마치 개의 그르렁거림과 흡사한 소리에 진돗개 또한 입가를 벌리며 해수를 위협했다.

그때 해수의 죽도가 수기의 머리통으로 날아들었다. 머리를 감싸 쥔 수기의 눈빛에서 당황스러움이 묻어났다. 진돗개가 자세를 낮추며 으르렁거렸지만, 해수는 아랑곳하지 않고 수기의 머리통을 다시 한번 죽도로 때렸다

"지금 나 때렸어?"

"그래. 맞을 짓을 했으면 맞아야지. 아까는 뭐 하는 짓이

야? 사람이 다칠 뻔했잖아."

"시발. 어디서 훈계질이야?"

"훈계질?"

싸늘한 해수의 시선에 수기가 멈칫했다. 그 서늘함에 해수를 주시하던 진돗개도 빠짝 세운 꼬리를 슬그머니 내릴 정도였다. 박해수, 그녀는 살아오면서 산전수전을 다 겪은 강인한 사람이었다. 그런 그녀에게 개 한 마리와 중2병에 걸린 청소년쯤이야 문제가 될 게 없었다. 하지만….

"미성년자 폭행한 네가 더 악질이지."

"뭐?"

기가 찬 탄성을 내뱉자 수기가 뻔뻔한 얼굴을 했다. 거친 인생을 살아온 걸로 치면 수기도 만만치 않았다.

"네가 나 절벽으로 밀었잖아. 그거 살인미수야."

"그건 네가 뒤에서 덮쳐서 그런 거잖아. 그리고 너? 지금 나한테 너라고 했어?"

"경찰 불러."

"내가 경찰이야! 이 시건방진 아메바야."

"경찰이었어? 네가?"

수기가 코웃음을 치며 해수를 아래위로 훑었다. 비아냥거리는 그 표정에 평정심을 잃은 해수가 죽도를 머리 위로 든 순간, 수기가 먼저 자신의 팔을 내보였다. 오른팔이 눈에 띠

게 퉁퉁 부어 있었다. 아마도 산속에서 굴러떨어지며 다친 모양이었다.

"책임겨."

"책임이라니?"

"네가 이렇게 만들었잖아."

둘은 한동안 말없이 서로를 쳐다보았다. 이윽고 진돗개가 해수를 향해 짖었다. 마치 우리가 이겼다는 듯이.

황당했지만, 벌써 거실을 점령한 그들을 쫓아낼 수 없는 해수였다.

5.

"잘 부탁드립니다."

시간에 맞춰 파출소로 출근한 해수가 에너지 드링크를 돌리며 능청스레 웃었다. 음료를 받아 든 파출소장과 동철은 싹싹해 보이는 그녀가 마음에 드는 눈치였다. 다만, 진남은 고맙다고 하면서도 해수를 경계하고 있었다. 도시에서 온 것들은 처음에는 살랑거리다가도 어느 순간 돌변했으니. 순간의 감정에 현혹되지 않고 조금 더 지켜보는 게 능사였다.

"저는 뭘 할까요?"

"할 거 없어."

자리를 찾아 앉은 해수에게 소장이 답했다. 텃세가 아니라 정말로 할 게 없었다. 무료한 오전이 지나가자 좋으면서도 괜스레 마음이 이상했다. 업무에 떠밀려 정신없이 뛰어다니던 본서 생활과 달리, 느긋하기가 나무늘보급이었다. 가끔 들어오는 들개 신고는 이장이 말했던 대로 군청 소관으로 미루는 게 다였다.

일이 없어지자, 해수는 집에 두고 온 수기가 영 불안했다. 총이야 자동차에 실었으니 문제없겠지만, 진돗개와 단둘이 숙소에 내버려둔 걸 생각하니 벌써 머리가 아팠다. 평소 같았으면 아메바를 가차 없이 쫓아냈을 그녀였다. 하지만 더는 얄미운 동기들의 안줏거리가 될 수 없었다. 우스운 꼴 보이기 싫다면 얌전히 기다리며 후일을 도모할 수밖에.

자신의 처지가 처량해진 해수는 한숨만 푹푹 내쉬다가 핸드폰을 찾았다. 아까부터 쉴 새 없이 알림이 울리고 있었다. 문자를 확인하니 마트며 편의점, 생활용품 가게에서 찍힌 신용카드 사용 명세가 쏟아졌다. 명세를 오가며 금액을 계산하던 해수의 발끝에서 슬슬 열이 오르고 있었다. 분명히 수기 짓이었다. 서랍 안에 넣어 놓고 온 카드 지갑에 손을 댄 게 틀림없었다.

"카드 도둑맞았어?"

어느새 기척도 없이 등 뒤에 선 진남의 물음이었다. 그녀는 애써 태연한 척, 핸드폰을 책상 위에 올려 두었다. 수기에

게 대단한 악감정이 있어 보이는 진남에게 괜한 트집 잡히고
싶지 않았다.

"아뇨. 누구한테 좀 빌려줬어요."

"누구? 아들? 딸?"

"그런 건 아니고요."

"참, 박 경위 결혼 못 했다고 했지?"

"못 한 게 아니라 안 한 건데요."

"그게 그거지. 나도 결혼 아직 못 한 숫총각이야. 숫, 총
각."

"아, 예."

"나 같은 남자 어때?"

"네?"

"혹시나 괜찮아도 포기해. 나는 박 경위처럼 깡마른 여자
들 별로 안 좋아하니까."

"아. 예."

진남이 씩 웃자, 누런 이가 보였다. 해수가 절로 찌푸려지
는 눈살을 억지로 펴며 가까스로 웃었다. 제발 그냥 꺼져 줬
으면 하는 해수의 바람과 달리 진남은 심심한지 해수의 곁에
찰싹 붙어서 움직일 줄을 몰랐다. 이 순간, 해수는 키보드로
진남의 머리통을 후려치고 싶었다.

"최 팀장님, 안 바쁘세요?"

"지금 일이 문제야? 박 경위 시집 보내는 게 문제지. 참. 여기 월정리에 괜찮은 총각 한 명 있어! 덕진이라고 소 키우는 앤데 애가 수더분하니 괜찮아. 이렇게 쌀쌀한 날씨에도 반팔을 입고 다니는 걸 보아하니 어지간히 애끓는 모양인데 내가 소개해 줘?"

"아뇨. 저 남자 친구 있어요."

"박 경위가? 에이. 허풍 같은데."

"있어요."

점점 표정이 굳어 가는 해수에게 진남이 친근한 척을 하며 가까이 다가갔다. 본서에서 근무하는 여자 후배들의 메신저 프로필 좀 훑어보자는 진남을 보다 못한 소장이 그만두라며 저지했다. 진남은 남의 연애사를 방해한다며 입을 삐죽였다. 그러거나 말거나 소장은 의자에 걸린 점퍼를 들며 자리에서 몸을 일으켰다. 벌써 점심시간이었다.

"다들 점심 먹으러 가지?"

소장의 말에 해수와 동철이 눈치껏 자리에서 일어났다. 하지만 진남은 청개구리처럼 자리로 돌아가 앉을 뿐이었다.

"최 팀장, 밥 먹으러 안 가?"

"안 가요."

"삐졌어?"

"제가 뭐 애예요?"

"삐졌구먼."

"그런 게 아니라! 저녁에 서 사장 호텔에서 잔치하잖아요. 가서 뷔페 먹을래."

"허, 이 사람이 촌스럽게. 그렇다고 점심을 걸러?"

"입이 짧아서 그래요. 지금 뭐 먹으면 이따가 많이 못 먹는다고."

"나래백반 가기 싫어서 그러지? 또 혼날까 봐."

"소장님은 뭐, 제가 이 나이에 그런 거 겁낼 사람이에요?"

발끈한 진남을 보던 소장이 짧게 웃으며 그의 어깨를 두드렸다. 가만히 듣고 있던 해수는 불쑥 그들의 사이로 끼어들었다. 평소에도 공짜 밥이라면 뭐든 마다하지 않는 그녀였다.

"호텔 뷔페라니요? 여기 호텔이 있어요?"

"아, 오늘 마을 잔치가 열리는 날이거든요. 저기 말마리 끝에 있는 도하호텔이라고, 거기 사장님께서 열어 주시는 잔치라 호텔에서 진행합니다."

그녀의 물음에 동철이 빠릿빠릿하게 대답했다.

"그럼 저도 끼워 주시면 안 돼요?"

"박 경위를?"

"네. 저도 오랜만에 배에 기름칠 좀 하고 싶어요."

해수가 상냥하게 웃으며 소장과 진남을 번갈아 봤다. 그녀의 너스레가 나쁘지 않은 듯 소장이 그렇게 하라고 했다.

짧은 대화 끝에 그들은 함께 파출소를 나섰다. 소장은 다른 약속이 있는지 식당의 반대 방향으로 향했다. 동철은 이 동네에서 가장 맛집이라는 '나래백반'으로 해수를 안내했다.

"자리부터 선점하죠."

한창 점심때라 붐비는 백반집을 보며 동철이 말했다. 동철을 따라서 제일 구석진 자리에 앉은 해수가 식당 안을 둘러보았다. 하나같이 음식에 반주를 곁들이고 있었다. 물컵을 들고 자리로 돌아온 동철은 앉기 무섭게 부지런히 수저를 세팅하기 시작했다. 수더분한 미소가 딱 시골 순경답다고, 해수는 생각했다.

"여기가 보기에는 허름해도 찐 맛집입니다."

"네. 맛있겠네요."

"선배님, 말 편하게 하세요!"

"천천히요. 그보다 백수기라는 아이 말이에요. 좀 알아요?"

"백수기요? 정수기는 압니다. 하하."

자신이 던진 농담에 빵 터진 동철이 바보처럼 웃었다. 입 안이 다 보일 정도였다. 해수가 미간을 찌푸리자, 분위기를 파악한 그가 얼른 입을 다물었다.

"예, 조금 압니다."

"뭐 하는 애예요? 간밤에 이장님 축사로 들개 끌고 쳐들어간 것도 그렇고."

"그냥 사회 부적응자예요. 어제는 많이 놀라셨죠? 여기가 원래 그런 동네가 아닌데, 정말로 범죄 없는 청정 동네였거든요."

말을 마친 동철이 입이 간질간질하다는 듯 볼을 씰룩였다. 분명히 부언가 말하고 싶은 눈치였다. 해수는 경청할 준비가 되어 있다는 뜻으로 상체를 앞으로 기울였다. 마치 그녀의 반응을 기다리기라도 한 듯 동철은 목소리를 낮추며 속사포로 말을 늘어놓기 시작했다.

"사실, 수기 개가 이 동네에서 엄청난 일진이었거든요. 불쌍하다고 챙겨 주는 친구들이 있었나 본데 뭐가 틀어졌는지 친구들을 동물병원에 가둬 놓고 키우던 개로 아주 작살을…. 한 명은 조용히 넘어갔는데 다른 애 엄마가 찾아와서 난리, 난리를 피웠어요. 그 동물병원이 그 애 아빠가 운영하던 곳이었거든요. 그 사건 이후로 동물병원 싹 접고 춘천으로 이사 갔다고 하더라고요. 계집애가 어지간해야지. 아휴, 남자애 둘을…."

"그 난리 친 동물병원 집 아들 말고 또 한 명은 누군데요?"

"도하호텔 사장님 아들이요. 깡이라고, 개도 유명한 일진인데 오죽하면 당했겠어요."

"서재형 사장님이요?"

"제가 사장님 이름을 말했었나요? 네, 맞아요. 그 도하호텔 사장님 외동아들. 초대박 금수저!"

"수기 걔가 뭐 사고 쳤어?"

때맞춰 쟁반을 들고 온 나래백반 주인 할머니가 거칠게 반찬을 내려놓으며 해수를 훑었다. 동철에게서 시선을 거둔 해수가 싹싹하게 그릇을 받아 들었다. 동철은 간단히 어제의 상황을 이야기했다. 이장님 댁 축사에 들개가 들이닥쳤는데 또 수기가 있더라, 하는 내용이었다. 잠자코 그의 말을 듣던 나래 할머니는 이해가 되질 않는다는 듯이 고개를 흔들었다.

"아이고, 박복한 년. 그렇게 개를 부리는 걸 보니 제 할미의 신기를 그대로 물려받았구먼. 개 할머니가 저기 머릿골에서 무당을 했어. 얼마나 용했다고. 그런데 신령님께서 노하셨는지 바위 사이에 낀 채로 죽어서 발견됐지. 그 손녀는 사흘을 할머니 곁에 있었다고 하더라니. 그 후로 이집 저집 전전하면서 구박받고 눈칫밥 먹으니까 내가 종종 식당에 불러서 밥도 먹이고 그랬지. 애가 얼마나 순하고 예뻤는데."

"수기를 잘 아시나 봐요."

"잘 알지는 못해도 불쌍한 건 알지. 하여튼 동물병원 원장 선생님 아들하고도 잘 지냈어. 여기서 밥도 같이 먹고. 거리에 개새끼들, 고양이 새끼들이 그 애들만 오면 식당 앞에

인정군

모여서 배를 홀랑 까뒤집고 놀았다고. 절대 그런 짓 할 애가 아닌데…."

"에이, 할머니 사람 속은 아무도 모르는 거예요. 들개들 훈련시켜서 친구를 공격할 줄 누가 알았겠어요."

"그 개가 정말로 수기 개는 맞고?"

할머니가 되묻는 말에 동철이 시선을 피하며 밥을 꿀꺽 삼켰다. 할머니는 동철의 반응이 대수롭지 않은 듯이 막 나가려던 손님을 향해 소리를 꽥 질렀다. 그 바람에 식당 안의 시선이 문가로 몰렸다. 계산도 하지 않고 나가려던 남자가 비틀거리며 눈을 끔뻑였다. 해수는 그 남자를 유심히 응시했다. 풀린 눈빛이 술에 취한 사람과는 어딘가 다른 느낌이었다. 마치….

"선배님, 안 드십니까?"

동철의 목소리에 고개를 돌린 해수는 재빠르게 생각을 거뒀다. 아주 잠시 딴생각을 한 것뿐인데, 눈앞의 먹보가 반찬을 빠르게 해치우고 있었다. 위기감을 느낀 해수의 젓가락질도 절로 빨라졌다. 백수기에 대한 조사는 식사를 마친 후에 해도 충분했다.

6.

해수는 동철과 함께 가기를 희망했지만, 동철은 당직이라

자리를 비울 수 없다고 했다. 소장은 도하호텔로 먼저 출발했으니 남은 사람은 진남뿐이었다. 그는 예상대로 해수의 차에 타자마자 수다를 늘어놓았다. 아직 다 하지 못한 가족 이야기부터 자신이 비혼주의가 된 이유까지 참 다양하게도 떠들었다.

대충 맞장구를 치던 해수가 수다에 못 이겨 노래를 틀었다. 진남은 그마저도 참견하려 들었다. 잔잔한 발라드를 요즘 유행한다는 걸그룹의 노래로 바꾼 진남은 거슬리는 목소리로 가사를 흥얼거리기 시작했다. 그를 외면한 해수가 최대한 운전에 집중하며 멀리 산 능선을 바라보았다. 높은 산자락에 소나무가 빼곡해 보였다.

그녀는 과거에 이 길을 걸은 적이 있었다. 대학 시절, 무턱대고 신청한 국토대장정의 한 코스였다. 굽이진 산길이 꼭 불공평한 삶 같았다. 그래서 지고 싶지 않았다. 평생 지고만 살아왔던 인생에서 이것만큼은 정직하게 이겨 보이고 싶었다. 지친 발걸음으로 겨우 한 발짝 나아간 그때, 높은 절벽이 보였다.

만약 이 절벽 아래로 떨어진다면 누가 나를 찾기나 할까. 가드레일에 바짝 다가간 해수는 까마득한 절벽을 보며 그렇게 생각했다. 다른 아이들은 하루만 연락이 닿지 않아도 누군가 실종 신고를 할 테지만, 자신은 아니었다. 그녀는 앞뒤

인정군

로 픽픽 쓰러지는 아이들을 보며 포기하지 않으려고 이를 악물었다.

돈 없고 배경 없이, 심지어 부모도 없이 살아온 흙수저의 치기 어린 승부욕이었다.

"이런 곳에 시체를 유기하면 어떨까요?"

해수의 물음에 열창을 멈춘 진남이 고개를 돌려 창을 쳐다보았다.

"왜? 사람 죽일 일 있어?"

"에이. 저 개미 새끼 한 마리도 못 죽여요."

"그런 사람이 애들을 개 패듯 패서 여기까지 쫓겨 왔나?"

"걔들이 오죽 열받게 했으면 그래요?"

"하긴, 요즘 애들이 흉하긴 하지. 사방천지 그런 애들만 보니까 내가 딩크가 된 거야. 박 경위도 이해하지?"

"그럼요."

"그런데 여기서 애 낳으면 혜택이 많기는 해. 박 경위는 애 낳을 생각 있어?"

"저도 딱히."

"말만 해. 아까도 말했지? 덕진이, 걔가 소를 키우는데 말이야, 아주 규모가 어마어마해. 경찰 봉급보다 낫다니까?"

"됐어요. 이 나이에 무슨."

"야! 우리 나이가 어때서. 하긴. 박 경위는 여자니까 나보다 좀 기울기는 하겠다. 근데 말이 나와서 말인데 말마리의 역사에 대해서 좀 아나?"

"갑자기요? 나이랑 역사랑 무슨 상관이 있죠?"

"들어 봐. 옛날에 말이야, 여기가 참 가난한 동네였어. 지금이야 서 사장 덕분에 다들 떵떵거리고 살지만 말이야. 이전에는 대부분 화전민이었다고. 90년대까지 전화선도 들어오지 않아 고함을 치며 산 너머의 이웃을 불렀거든. 그래서 말마리 사람들 목소리가 크잖아. 이따가 가서 봐 봐. 말투가 그래서 그런지 특히 아줌마들이 말이야, 억세. 조심해야 할 거야."

"아, 예."

"여기서 살려면 다 필요한 이야기들이니까 새겨들으라고."

내비게이션이 새로운 방향으로 안내했다. 해수는 숲을 관통하는 도로로 진입했다. 길은 달리기 좋도록 아스팔트로 포장되어 있었다. 떨어지는 잎사귀를 맞으며 운치 있게 달리던 자동차가 어느새 거대한 대문간 앞에 섰다. 3m는 되어 보이는 콘크리트 담벼락 가운데에 설치된 두꺼운 철문이 인상적이었다.

활짝 열린 대문을 지나치자, 깨끗하게 조경된 정원이 나왔다. 정원에는 잘 가꿔진 나무와 싱싱한 꽃이 만발했다. 한

가운데에 자리 잡은 분수대에서는 형형색색의 빛이 물줄기와 함께 뿜어져 나왔다. 여기저기에 흩어져 있는 조형물과 콘크리트 외벽을 그대로 노출시킨 호텔 외관은 강원도 산골 구석에 있는 호텔이라고는 생각할 수 없을 만큼 사치스러워 보였다.

진남이 호텔 뒤편의 주차장을 가리켰다. 주차를 마치고 운전석에서 내린 해수가 뒤돌아 커다란 암벽을 보았다. 자연 풍화로 깎인 표면과 불규칙하게 파인 홈들이 하나의 조각물 같았다. 높디높은 암벽 위로는 샛바람이 불고 있었다. 을씨년스러운 분위기에 괜스레 어깨가 시려진 해수가 양손으로 팔뚝을 쓰다듬었다.

"가서 마음껏 즐겨."

한마디를 툭 던진 진남이 중앙 현관으로 향했다. 로비로 들어가는 현관에 선 두 남자가 그를 알아보고 꾸벅 인사를 했다. 도금을 입혀 만든 D자 모양의 두꺼운 손잡이를 힘껏 당긴 직원이 옆으로 비켜섰다. 철제문이 열리자, 잔잔한 클래식 음악이 들렸다. 해수는 자신도 모르게 감탄하고 말았다.

바닥에 깔린 대리석은 티끌 하나 없이 깨끗했으며 천장에 달린 샹들리에의 크리스탈은 오묘하게 빛나고 있었다. 고급스러운 목제 벽과 푸릇한 식물 화분은 조화롭게 어우러졌고, 고객들이 앉아서 쉴 수 있는 크림색 소파는 얼마 전에 연

예인이 사용해 화제가 되었던 억 단위의 가구였다.

"안 본 사이에 더 예뻐졌네?"

프런트에 기대어 선 진남이 능글맞은 웃음을 보였다. 그는 직원이 입은 블라우스 사이로 봉긋하게 솟은 가슴을 은밀한 눈빛으로 훑었다. 직원이 모른 척 고개를 돌리며 진남과 해수를 엘리베이터로 안내했다. 해수가 재빨리 엘리베이터 버튼을 훑었다. 1층은 로비, 2층부터 6층은 객실, 7층은 연회장, 8층은 스위트 룸, 마지막으로 9층은 라운지였다.

"7층 연회장입니다."

엘리베이터가 7층에 다다르고 문이 열리자 직원이 안내했다. 해수는 복도에 울리는 리듬을 느끼며 진남을 흘겨봤다. 그는 움켜쥐었던 직원의 어깨에서 손을 떼고 엘리베이터를 나서고 있었다. 해수가 진남의 뒤에 대고 보란 듯이 중지를 올렸다. 그 모습에 직원이 풋, 하고 웃었다. 직원과 눈빛을 교환한 해수는 얼굴색을 바꾸며 엘리베이터에서 내렸다.

연회장에 가까워질수록 음악이 주는 울림이 크게 느껴졌다. 진남이 연회장의 문을 열자, 시끄러운 트로트 음악이 귓가를 강타했다. 음악에 몸을 맡긴 동네 사람들이 너나 할 거 없이 몸을 흔들고 있었다. 대부분 허름한 복장이었다. 호텔과 어울리지 않는, 흙 묻은 신발이 바닥을 짓이기며 카펫을 더럽히고 있었다.

인정군

해수가 연회장을 둘러보았다. 앉아서 손뼉을 치는 남자도, 접시를 들고 서성이는 남자도 팔과 다리 또는 목에 모두 깁스를 하고 있었다. 알 수 없는 추임새를 내뱉던 중년 남자가 덥석 해수의 손을 잡았다. 남자는 능글맞은 표정으로 손을 놓으며 금세 다른 아줌마의 손을 잡고 몸을 한 바퀴 돌렸다. 해수는 기분 나쁜 기색으로 방금 지나간 남자를 쳐다보았다.

깁스한 오른쪽 다리 때문에 중심을 잡지 못하면서도 계속해서 춤을 추는 모양새가 꽤 우스워 보였다.

"왔어?"

"네, 소장님."

해수는 소장을 따라서 안쪽으로 향했다. 그들을 향해 마을 사람들의 인사가 이어졌다. 소장은 때로는 미소로, 때로는 부드러운 손짓으로 어깨를 두드려 가며 주민들의 인사를 성심껏 받았다. 해수의 소개도 잊지 않았다.

"윤 이장, 인사하게. 이번에 새로 부임한 박해수 경위."

"알죠. 나 기억하지?"

먼저 테이블에 앉아 있던 이장이 해수에게 알은체했다. 한참 만에 자리를 찾아 앉은 해수는 진이 모두 빠져나간 기분이었다. 밥이나 빨리 먹고 싶었지만, 그사이에 이장의 악수가 날아들었다. 검게 변색된 이장의 손끝을 바라보던 해수가 그의 손을 맞잡았다. 차갑고 축축한 느낌이 썩 좋지 않았다.

"국수 몇 개 드려요?"

막 인사를 나눈 그들 사이로 쟁반을 든 남학생이 끼어들었다. 해수는 남학생의 툭 튀어나온 앞니를 보며 뉴트리아를 떠올렸다. 시선을 느낀 아르바이트생은 아니꼬운 시선으로 해수를 마주 보았다.

"뭘 봐요."

"학생, 이름이 뭐야?"

"제 이름은 왜요."

"그냥 내가 아는 학생이랑 좀 닮아 보여서."

"난 아줌마 몰라요."

"인마, 네 이름이 그렇게 비싸냐? 정구야, 남정구. 얘 아빠 이름은 남정길이고."

이장이 끼어들어 남자애에게 면박을 주었다.

"왜 남의 아빠 이름을 막 알려 줘요!"

"내 마음이다. 인마, 가서 국수나 가져와."

이장의 명령에 콧구멍을 씰룩이던 정구가 짜증 난다는 표정으로 쟁반을 물렸다. 이장이 해수를 향해 흐뭇하게 웃었다. 그가 부담스러워진 해수는 자리에서 몸을 일으켰다. 연회장 가장자리를 빙 둘러 차려진 뷔페 음식은 화려하고 먹음직스러워 보였다. 접시에 가득 음식을 담아 돌아온 해수가 식사를 시작했다. 진남이 전투적으로 밥을 퍼 올리는 그녀를 보며 혀를 찼다.

"점심 먹지 않았어?"

"제가 좀 배가 빨리 꺼지는 타입이라서요."

"그래도 체면 좀 지키면서 먹어. 식탐 있는 여자 별로 좋게 안 보여."

진남의 핀잔에 젓가락을 놓은 해수는 테이블 아래로 중지를 치켜들었다. 본서로 복직하면 제일 먼저 조져 놔야겠다고 생각하며. 경감님! 하고 부르며 바짝 긴장한 진남을 상상하니 지금의 치욕도 조금은 참아 줄만 했다. 남몰래 웃던 그녀는 자신의 위로 드리운 그림자에 표정을 굳혔다. 언제 왔는지 국수 그릇을 든 정구가 한심하다는 듯 해수를 쳐다보고 있었다.

해수가 슬그머니 중지를 든 손을 내려놓았다.

"야, 가서 양주 좀 내와."

정구가 국수 그릇을 내려놓자마자, 이장이 정구의 옆구리를 손등으로 툭 쳤다.

"연회 실장님이 절대로 안 된다고 하셨는데요."

"이 새끼가 어디서 말대꾸야?"

짜증이 팍 오른 이장의 미간이 좁혀졌다. 한숨을 내쉰 정구는 잠시 후에 돌아와 양주 한 병을 테이블에 올려놓고는 사라졌다. 이장이 흡족한 듯 양주의 뚜껑을 땄다. 춤판이 끝난 연회장은 시장통보다 더욱 시끄러웠다. 소장은 온데간데 없이 사라졌고, 진남과 이장은 양주를 들고 테이블을 돌며 으스대기를 반복하고 있었다.

해수의 옆자리를 차지한 아줌마들은 마을 사람들의 이야기를 시작했다. 누구 집 아들이 주식으로 밭을 말아먹었으며, 읍내에 한 식당 주인이 위암 판정을 받았다는 이야기까지 자질구레한 가십거리들이었다. 눈치만 보던 해수는 잠시 말이 끊긴 틈을 타서 슬그머니 대화에 끼어들었다.

"그런데 마을에 큰 사고가 있었나 봐요."

"사고?"

"다들 깁스를 하고 계시길래요."

"그거? 말도 마. 얼마 전에 마을에서 철렵 갔다가 차가 전복되는 바람에 화물차 짐칸에 타 있던 아저씨들이 다쳤어."

"철렵이요?"

"있잖아. 농번기 끝나면 계곡으로 소풍 가는 거. 그때 아저씨들 다쳐서 얼마나 놀랐는지. 우리 단체로 과부 될 뻔했잖아. 호호호."

"그런 큰일이 있었는데 마을 잔치가 열렸네요?"

"다친 건 다친 거고 배당금은 받아야지. 오늘 배당금 나오는 날이거든."

인정군

또다시 호호, 웃던 여자가 다른 여자의 눈치에 말을 그만 두었다. 해수는 모른 척 곁눈질로 그녀들을 살폈다. 두 여자 모두 음식만 꾸역꾸역 먹는 걸 보니 말실수를 한 모양이었다. 잠시 주위를 둘러본 해수는 조용히 몸을 일으켰다.

"남정구."

해수의 부름에 놀란 정구가 몸을 뒤로 물렀다. 정구는 쌓아 올린 접시를 다시 내려놓으며 해수를 강하게 노려보았다. 아까부터 힐끗힐끗 자신을 쳐다보던 해수 때문에 기분이 나쁘던 참이었다.

"혹시 김민영 알아?"

"모르는데요."

"생각 좀 하고 말해라."

"아씨, 모른다고요."

짜증스러운 얼굴을 한 정구가 그대로 등을 돌렸다. 해수는 정구의 뒤를 쫓았다. 김민영이라는 이름을 듣고 크게 동요하진 않았지만, 남정구의 얼굴은 분명히 낯이 익었다.

"야, 남정…구."

다시 한번 정구의 이름을 부르던 해수가 멈칫한 정구를 따라서 문가를 보았다.

"재밌냐? 시발!"

연회장으로 들어온 중년 여자가 불쾌한 얼굴로 손에 쥔

칼을 휘두르고 있었다. 여자를 쳐다보던 해수의 눈빛이 날카롭게 빛났다. 그사이, 연회장의 분위기는 찬물을 끼얹은 듯 순식간에 가라앉았다.

"아니, 자네 부녀회장 아닌가?"

부녀회장을 먼저 알아본 이장이 보물인 듯 손에 꽉 쥐고 있던 양주병을 내려놓으며 앞으로 나섰다.

"그래. 나다, 나! 주만이 엄마!"

"그 칼은 뭐야? 이리 내!"

"이장님, 말해 보세요. 그 투견장 내 아들이 그런 거 아니잖아요. 근데 왜 우리 아들한테 다 뒤집어씌워!"

"어허, 이 사람이!"

"내 아들 죽이고 여기서 잔치 벌이니까 좋냐? 좋아? 그 순진무구한 놈을 천하의 나쁜 사람으로 만들더니, 죽어서도, 죽어서도 이용하냐고! 이 천벌 받을 것들아!"

그녀가 말을 끝내자, 이장의 눈길이 엉뚱한 곳으로 향했다. 눈빛에 베인다는 말이 이럴 때 쓰는 말이었던가. 해수를 주시하는 이장의 얼굴이 이전과는 다른 낯빛으로 보였다. 이장에게 성큼 다가가며 또다시 욕설을 퍼붓던 부녀회장은 말을 끝내지 못했다. 진남의 발길질이 부녀회장의 가슴에 적중했기 때문이었다.

부녀회장이 넘어지며 휘두른 손발에 그릇과 술병이 처참

하게 깨졌다. 아직도 접시를 들고 서 있던 정구는 차마 그 모습을 보지 못하고 고개를 돌렸다.

"너, 너 이 새끼! 우리 주만이가 얼마나 형님, 형님 하면서 따랐는데!"

부녀회장이 악에 받친 눈빛으로 진남을 쏘아보았다. 진남은 골치 아프다는 듯 제 뺨을 매만졌다. 그의 태도에 비명인지, 욕인지 모를 말들이 부녀회장의 입에서 쏟아져 나왔다. 깨진 유리 조각을 쥔 부녀회장이 몸을 벌떡 일으켰다.

"죽어!"

진남에게 달려드는 몸짓에는 살기가 등등했다. 가볍게 그녀의 손길을 피한 진남이 바닥에 넘어진 부녀회장의 등을 구둣발로 짓밟았다.

"만날 술 처먹고 제 아들 패기나 한 주제에 어미 행세는 무슨 어미 행세야, 꼴 같지 않게. 그리고 주만이한테 엄마가 어디에 있어? 자식 버려 놓고 이제 와… 악!"

부녀회장은 여태껏 쥐고 있던 유리 조각으로 진남의 발등에 찍었다. 비명을 내지른 진남의 눈에서 불꽃이 튀었다. 부녀회장은 멈추지 않았다. 그녀가 손을 뻗으며 진남을 덮쳤다. 이장이 부녀회장의 허리를 잡고 뒤에서 매달려 보았으나 힘에 이기지 못하고 질질 끌려다닐 뿐이었다.

"너 잠깐 여기서 기다려!"

그 모습을 지켜보고 있던 해수가 정구에게 당부를 마치고 곧장 달려들었다. 그러고는 흥분에 휩싸인 채 부녀회장의 머리채를 잡은 진남의 손목을 단숨에 움켜쥐었다. 해수가 휘두른 힘에 진남이 부녀회장에게서 멀찍이 떨어져 나갔다.

"그만하세요, 최 팀장님."

"왜 나한테 그래? 조지려면 저년을 조져야지!"

"경찰이 참아야죠."

"나 오늘 옷 벗는다고 그래."

해수가 다시 달려들려는 진남의 어깨를 밀었다. 쉽게 뒤로 밀린 진남이 해수를 향해 눈을 부라렸다. 그러나 더는 행동하지 못했다. 사방에서 비명이 들렸기 때문이었다. 맹렬하게 뛰어든 사냥개 한 마리가 사람들을 가로질렀다. 개를 사이에 두고 놀란 사람들이 빠르게 흩어졌다. 순식간에 땅을 박찬 마스티프는 아가리를 벌리며 앞으로 치달았다.

해수가 즉각 바닥에 떨어진 나이프를 들며 방어했다. 하지만 마스티프는 해수에게 닿지 못했다. 누군가가 뒤로 당긴 목줄 때문이었다.

"서 사장님! 오셨습니까!"

목줄을 잡고 선 남자를 알아본 이장이 고개 숙여 인사를 올렸다. 서 사장이라고 불린 남자는 척 봐도 이장보다 한참이나 어려 보였다. 그의 손짓에 뒤늦게 도착한 직원들이 마스티

인정군

프를 끌고 나갔다.

해수의 곁을 스친 서재형이 부녀회장의 앞에 섰다. 풀썩, 제자리에 주저앉은 부녀회장이 흐느껴 울기 시작했다. 마을 사람들은 그 누구도 입을 열지 않은 채로 그가 말을 꺼내기를 기다렸다. 잠자코 기다리는 모습이 꼭 주인에게 충성하는 개의 모습 같았다.

"부녀회장님. 오실 거면 직접 연락을 주시지요. 그럼 제가 모시러 갔을 텐데…."

"잘못했어요."

"뭘 말씀이십니까?"

갑자기 태도가 변한 부녀회장의 비굴한 사과가 마음에 들지 않는 듯 서재형의 얼굴이 굳었다. 그럴수록 부녀회장은 더욱 안절부절못했다. 보다 못한 해수가 앞으로 나섰다. 해수는 마을 사람들의 시선을 한 몸에 받으며 서재형을 막아섰다. 부녀회장의 팔을 부축하는 해수를 본 진남이 당황스러운 기색을 감추지 못했다.

"야, 박해수…."

진남이 힐끗 서재형의 눈치를 보며 해수를 불렀다.

"팀장님은 얼른 병원부터 가세요. 발등 다치셨잖아요. 여기는 제가 수습할게요."

"됐어. 너나 상관하지 말고 가."

"괜찮아요. 미안해하지 말고 가세요."

"그게 아니라 서 사장님 오셨잖아."

"서 사장님이요? 아."

해수는 그제야 서재형을 알아본 척했다. 은근슬쩍 부녀회장을 등짝으로 가린 그녀가 한껏 여유로운 표정으로 앞에 선 남자를 마주 보았다. 서재형과 해수의 시선이 마주쳤다. 형용할 수 없이 깊고 습한 눈빛이 그녀를 옭아맸다.

"안녕하세요, 서재형 사장님. 제대로 인사드리고 싶었는데 상황이 좀 그렇네요. 박해수 경감… 아니 경위입니다."

잠시 무표정하던 서재형은 곧 웃는 낯으로 그녀를 맞았다. 해수의 눈동자가 샅샅이 그의 얼굴을 살폈다. 미소 뒤에 숨긴 속내를 파악하기 어려웠다.

"이런. 못 볼 꼴을 보인 것 같아 죄송하네요. 서재형입니다."

"뭐, 사람 사는 게 다 이렇죠."

"이해해 주시니 감사하네요."

"괜찮으시면 여기는 제가 정리해도 될까요?"

"그건 내가…"

나서려는 진남을 손짓으로 막아선 서재형이 기꺼이 몸을 옆으로 비켜 세웠다.

"그러시죠."

서재형의 허락 같은 대답이 떨어지자, 해수는 몸을 돌렸다. 부녀회장은 영혼이 빠져나간 사람처럼 공허한 얼굴로 허공만 응시하고 있었다. 그녀를 이끌고 연회장을 나가던 해수는 눈으로 정구를 찾았다. 기다리라고 했건만, 어디 갔는지 보이질 않았다. 서둘러 복도로 나온 해수는 곧장 엘리베이터 앞으로 향했다. 서재형이 쫓아올 것 같지는 않았지만, 마음이 조급해져 7층까지 올라오는 엘리베이터가 더디게 느껴졌다. 이윽고 엘리베이터 문이 열리고, 고개를 든 해수의 시야에 먼저 탄 손님이 보였다. 어려 보이는 소년이 지팡이를 쥐고 서 있었다. 해수의 눈길이 자연스럽게 지팡이를 쥐고 있는 손에 머물렀다. 검지가 없었다. 마치 서재형처럼.

　다른 점이 있다면 보철을 끼우지 않은 뭉툭한 손가락이 그대로 드러났다는 것이었다.

　해수의 시선을 느낀 소년이 제자리에 서서 그녀를 노려보았다. 동시에 멀리서 박해수, 하고 부르는 진남의 목소리가 들렸다. 소년이 절뚝이며 복도로 나와 고개를 돌렸다. 급하게 연회장에서 나오려다가 문턱에 발이 걸린 진남이 넘어진 몸을 일으키고 있었다. 진남과 해수를 번갈아 보던 소년의 눈동자에 적의가 몰려들었다. 그녀는 소년의 시선을 피해 엘리베이터에 탔다. 진남의 목소리를 못 들은 척하려면 서둘러 호텔을 벗어나야 했다.

이윽고 로비로 나온 해수는 자동차에 부녀회장을 태웠다. 그새 취기가 가셨는지, 불그스름했던 부녀회장의 얼굴이 노랗게 떠 있었다.

"벨트 매세요."

해수의 말에도 부녀회장은 여전히 멍하게 앉아 있었다. 보다 못한 해수가 시동을 걸다 말고 조수석 벨트를 채우기 위해 몸을 기울였다. 벨트를 채운 해수는 크게 한숨을 쉬며 콘솔 박스를 열었다. 수기의 팔이 신경 쓰여 점심때 사 둔 약인데 잘됐다 싶었다.

"자식 잃은 부모는 뜨거워지는 게 아니라 차가워져야 해요. 그래야 이겨요."

부녀회장의 찢어진 손바닥을 당기며 해수가 슬쩍 고개를 들었다. 가까이에서 보니 더욱 초라하고 볼품없어 보이는 행색이었다. 부녀회장의 흐릿한 시선이 약을 바르는 해수의 어깨 너머로 향했다. 무언가를 알아본 그녀의 동공이 순식간에 확장됐다. 해수는 부녀회장의 손가락을 쳐다보았다. 부르튼 손가락이 눈에 띄게 떨리며 창밖을 가리키고 있었다.

"19번, 19번이 나타났어!"

호텔 외벽의 모서리 사이로 자취를 감춘 하얀색 꼬리, 그건 분명 들개였다. 해수의 머릿속에 수기의 얼굴이 스쳤다. 운전석 시트 아래에 붙여 놓은 총을 뗀 해수가 부녀회장을 두고 퍼뜩 차에서 내렸다. 불길한 예감이 엄습했다.

"망할!"

해수가 숨을 고르며 흘러내린 머리칼을 뒤로 넘겼다. 부지런히 쫓아갔지만, 진돗개는 잠깐 사이에 자취를 감추고 말았다.

포기하지 않고 외벽 모서리를 따라서 걷던 해수의 눈에 발자국이 보였다. 진흙에 선명하게 찍힌 발자국은 산사태를 예방하기 위해 쳐 놓은 그물 사이를 오르고 있었다. 잠시 주위를 둘러보던 그녀가 수렵 총을 등 뒤에 멘 채로 초록색 그물 위를 타 넘기 시작했다.

해수는 허리까지 자란 풀들을 헤치며 진돗개의 발자국을 따라 걸었다. 가까이에서 매섭게 짖는 진돗개의 울음을 알아차린 그녀는 퍼뜩 수풀에 몸을 숨겼다. 정구가 보였다. 나무 위에 올라탄 정구의 엉덩이 밑으로 아가리를 벌린 들개들이 어림잡아 보아도 열 마리는 되는 것 같았다.

"난 아무것도 모른다고 했잖아!"

"개장이 어디에 있는지 알려 주기만 하면 살려 준다니까?"

나무 아래 선 수기의 질문에 지레 겁을 집어먹은 정구가 필사적으로 나무 기둥을 감쌌다. 정구의 엉덩이가 아래로 처질수록, 흥분한 개들이 더욱 크게 짖었다.

"나는 정말 몰라. 왜 다들 나한테만 지랄이야?"

"말해. 이번이 마지막이야."

"이런다고 네가 개장수를 이길 수 있을 거 같아? 그 사람은 자기 아들이 불구가 된 걸로 다시 판을 깐 사람이야. 널 살려 두는 이유도 분명히 따로 있을 거라고. 시발, 아무것도 모르면서."

"내가 서재형을 못 이긴다고?"

수기가 화를 삼키듯이 볼 안쪽을 씹고 있었다. 애써 평정심을 찾으려는 듯했다.

"그래. 넌 절대로 못 이겨!"

정구는 신음을 뱉으며 떨어지지 않으려고 안간힘을 쓰고 있었다. 수기는 잠자코 기다렸다. 힘이 빠진 정구가 결국 기둥에서 떨어져 버릴 때까지.

"얘들아. 밥 먹을 시간이야."

일순, 수기가 비틀린 웃음을 보였다. 떨어진 정구의 주변으로 들개들이 모여들었다.

해수는 가련하게 버둥거리는 정구를 더는 지켜볼 수 없었다. 그녀가 수기의 이름을 크게 부르며 수풀을 헤쳤다. 갑자기 등장한 해수 때문에 흥분한 들개들이 일제히 매섭게 짖기 시작했다.

"들개들 데리고 옆으로 물러서."

들개의 기세에 밀리지 않으려 해수가 총을 장전했다. 총구가 진돗개에게 향했다. 수기가 자유라고 부르던 그 개였다. 네 발로 우뚝 선 진돗개는 피하지 않고 수기를 지켜 내려는 듯 발톱을 세웠다. 그들 사이로 긴장감이 흘렀다. 해수가 방아쇠를 당기려는 듯한 행동을 취하자, 수기가 두 눈을 부릅떴다. 시퍼런 서슬 같은 눈빛이 해수에게로 향하고 있었다.

"쏘면 죽여 버릴 거야."

"그래? 그럼 누가 먼저 죽나 해 볼까?"

수기는 점점 감겨 가는 해수의 한쪽 눈꺼풀을 응시했다. 영점을 잡으면 바로 진돗개에게 총알이 날아들지도 몰랐다. 자신이 죽는 건 두렵지 않았지만, 들개들이 다치는 건 두고 볼 수 없었다. 수기는 하는 수 없이 자신이 먼저 물러서기로 했다. 짧은 하울링에 들개들이 서서히 걸음을 물렸다. 마지막까지 수기의 곁을 지키고 있던 진돗개 또한 주인의 굳센 명령에 들개 무리를 따라서 자취를 감췄다.

"아, 시발. 죽는 줄 알았네."

순식간에 바뀐 상황에 득의양양해진 정구가 고개를 뒤로 젖혔다. 손가락을 잃고 불구가 된 깡의 뒤를 이어 병신이 되는 건 아닌가, 싶었는데. 때마침 나타난 얼굴도 모르는 아줌마가 자신을 구했다. 그것도 총을 든 경찰이 말이다. 그러니 이번 기회에 백수기를 완전히 눈앞에서 치워 버려야 했다.

"아줌마, 저년 감옥에 처넣어 버려요! 절대로 긴장 늦춰서는 안 돼요. 오지게 질긴 년이니까."

시건방진 얼굴로 비죽이던 정구는 문득 총구의 방향이 바뀌었음을 깨달았다. 정구는 자신의 무릎을 꿇리는 해수의 손길에 속수무책으로 당했다. 총을 등 뒤로 멘 해수가 손바닥으로 정구의 머리통을 갈겼다.

"야, 이 대가리에 똥만 찬 아메바야. 누구한테 명령이야?"

"아줌마 상황 파악 못 해?"

"못 한다. 못 해. 왜. 어쩔래."

"악! 그만 때려요."

우습다는 듯 한 번 더 정구의 뒤통수를 내려친 해수가 핸드폰을 꺼내 들었다.

"너 김민영 알아, 몰라."

"아, 몰라! 김민영이 누군데!"

"아, 몰라? 대답 똑바로 안 해?"

"모, 모른다고 했잖아요."

"잘 생각해. 지금부터 모른다고 할 때마다 형량이 10년씩 늘어날 거야."

"경찰이 선량한 시민을, 그것도 미성년자를 이렇게 막 대해도 돼요?"

"이게 내가 싫어하는 말만 쏙쏙 골라서 하네. 미성년자인데 뭐, 뭐, 뭐 이 새끼야."

더욱 빠르고 거칠어진 손길이 정구의 머리통을 갈겼다. 손으로 머리를 감싸 쥔 정구의 비명을 들으며 수기는 고개를 갸웃했다. 경찰이라기엔 너무 거칠고 무질서해 보였다.

"너 메타뉴트 맞지?"

"그게… 뭔데요?"

씩씩거리는 해수를 보며 정구가 찔끔 비져나온 눈물을 닦았다.

"머리 굴리지 말고 그냥 말해. 지금부터는 때리지 않고 바로 형량 추가된다."

"진짜 나한테 왜 그래요."

"내가 아이디 메타뉴트에 대해서 좀 알아봤는데 말이야, 4월에는 중고 거래 사이트에서 물건 받고 도망치셨고요, 같은 아이디로 온라인 도박도 참여하셨죠? 하, 이건 형량이 어마어마한데. 마약까지 판매했네? 정구야, 남정구야! 너 학교 다니기 싫지? 그럼 그냥 쭉 감옥에서 살아라. 얼마나 좋니? 밥도 공짜로 주고 운동도 매일 시켜 주고."

"지금 나 협박하는 거예요?"

"그 말은 네가 메타뉴트가 맞다는 말이네? 자백 잘 들었다."

"사람 병신 만든 재도 있는데 왜 나한테만 그래요!"

정구가 억울하다는 표정으로 수기를 가리켰다. 해수는 정구의 양쪽 관자놀이를 엄지로 꾹 눌렀다. 무지막지한 힘에 정구가 비명도 내지르지 못하고 속으로 신음만 삼켰다.

"어딜 봐. 나 보고 다시 생각해 봐."

"네."

정신이 돌아온 정구는 자세부터 고쳐 앉았다. 눈치를 보아하니 빠져나갈 구멍이 없었다. 정구는 최선을 다해 머릿속에 김민영이라는 이름을 굴렸다. 분명히 어딘가에서 들어 본 이름이었다. 김민영, 김면영, 김민영. 아, 맞다. 단톡방!

"생각났어요! 단톡방에서 어리까던 애."

"단톡방?"

"그게… 그러니까 그게. 투견장 베팅하는 단톡방이요. 자꾸 귀찮은 질문으로 흐름 끊길래 골탕 좀 먹인 게 다였어요."

투견장 베팅이라는 대목에서 정구가 힐끗 수기의 눈치를 보았다.

"어떤 골탕. 구체적으로 말해."

"별거 아니고요, 그냥 돈 주면 프리미엄 정보방에 초대해 주겠다고요. 저는 진짜로 겨우 50 먹었어요. 나머지는 병주만이 알아서 한다고 했다고요!"

"병주만? 조주만을 말하는 거야?"

"주만이 형 알아요?"

정구가 되물었다. 해수는 대답 대신 둔덕 아래의 호텔을 응시했다. 생각이 많아 보이는 눈동자였다. 이윽고 상념에서 벗어난 해수가 강제로 정구의 핸드폰을 빼앗아 자신의 번호를 저장했다.

"전화하면 3초 안에 받는다. 알아들어?"

"그냥 저 한 번만 봐주시면 안 돼요? 프락치 된 거 들키면 저 죽어요."

"누구한테?"

"그야 당연히 서… 아니, 누구한테든요."

"됐고. 전화나 잘 받아."

"아, 진짜. 미치겠네."

"더 처맞기 싫으면 지금 내려간다. 실시."

해수가 가볍게 정구의 엉덩이를 찼다. 입술을 삐쭉인 정구가 샛길을 따라서 산 아래로 내려갔다. 그런 정구를 응시하던 수기가 해명하라는 듯이 해수를 쳐다보았다. 해수는 무어라 말해야 할지, 첫마디를 고민했다.

"왜? 뭐."

"너 뭐야. 뭔데 다 알고 있어."

목소리가 갈라진 걸 보니 꽤 열받은 모양이었다. 깊은 한숨을 내쉰 해수는 대답하기를 망설였다. 인정군으로 오기 전부터 해수는 수기를 알고 있었다. 정구에게 물었던, 해수를 이곳으로 오게 한 결정적 사건의 중심인 민영이 남긴 영상 때문이었다. 해수는 그날 보았던 장면을 머릿속으로 상기했다. 캄캄한 밀실처럼 보이는 공간에서 사람들이 투견에 쫓기고 있었다. 진돗개가 사람의 어깨에 올라타 귀를 물어뜯었고, 그 개의 뒤로 수기가 서 있었다.

클로즈업된 화면 속 수기의 눈동자에서는 어떤 동요도 보이지 않았다. 비명과 신음으로 물든 공간에서 홀로 다른 세상에 와 있는 듯 고요해 보였다. 서재형이 자신에게 총을 겨누고 있는데도 말이다.

"저기, 백수기."

생각을 정리한 해수가 입을 떼려는데 둔덕 아래에서 인기척이 들렸다. 수기는 눈치채지 못한 듯했다. 찰나에 해수가 수기의 입을 막았다. 순간, 몰래 둘을 지켜보고 있던 진돗개가 튀어나와 해수의 종아리를 물었다. 해수는 이를 악물며 비명을 속으로 삼켜 냈다. 곧이어 진남의 목소리가 들렸다. 둔덕 아래를 기웃거리다가 어딘가에 전화를 걸며 자리를 벗어나고 있었다.

"숙소로 와. 개는 놔두고."

빠르게 속삭인 해수가 발을 절뚝이며 조금 전 정구가 도망쳤던 샛길로 향했다. 그녀를 응시하던 수기의 얼굴에 호기심이 어렸다. 수기에게 남정구란 자신이 잡을 수 있는 유일한

인정군

꼬리였다. 19번이라고 불렸던 투견이 엉덩이 아래에서 아가리를 벌리고 있는데도, 정구는 끝내 입을 열지 않았다. 그런데 박해수는 힘도 들이지 않고 한 번에 열어 버린 것이었다.

게다가 자신과 남정구에 대해서도 알고 있었다. 서재형이 보낸 이도 아니었고, 그렇다고 투견장에 관련된 사람도 아닌 듯했다. 조금 전 한 행동도 쉽게 설명되지 않았다. 진돗개에게 종아리를 물리면서까지 진남으로부터 자신을 감추려고 애썼다. 이장의 옥수수밭에서도 그랬다. 눈앞에 흥분한 개를 두고도 방아쇠를 당기는 대신에 돌을 던지는 무모한 선택을 한 그녀였다.

"도대체 그 아줌마 뭐야?"

한참이나 해수 생각을 하며 산길을 오르던 수기가 진돗개를 쳐다보며 혼잣말했다.

그때 어디선가 바스락거리는 소리가 들렸다. 몸을 낮춘 수기가 긴장된 표정으로 주변을 살폈다. 귀를 젖힌 진돗개가 아무 일도 아니라는 듯이 가볍게 짖었다. 수기는 산을 오르는 동안 작은 기척에도 예민하게 반응하며 수시로 뒤를 확인했다. 이윽고 목적지에 도착한 수기를 향해 개 한 마리가 뛰어들었다. 갈색 도사견이었다. 세차게 꼬리를 흔들던 도사견이 수기의 주변을 맴돌며 냄새를 맡았다.

"잘 있었어?"

도사견의 머리통을 쓰다듬던 수기는 길쭉한 허리에 난 상흔을 응시했다. 그날, 서재형의 개장을 급습했던 날. 서재형을 피해 절벽에서 떨어진 수기를 살아남은 개들이 구했다. 물살에 허우적거리는 팔과 다리를 물어 뭍으로 끌어냈다. 쉼 없이 얼굴과 몸을 핥아 체온을 유지시켰다.

　하지만 자신은 개들을 위해 아무것도 하지 못했다. 정신을 차린 수기의 마음은 참담하게 무너져 내렸다. 무턱대고 투견장으로 끌고 간 개들은 대부분 죽었다. 죄책감에 눈물을 흘리던 수기의 뺨을 진돗개가 핥았다. 19번이라고 불리던 서재형의 투견이었다. 수기는 19번에게 자유라는 새로운 이름을 지어 주며 다짐했다. 무슨 일이 있어도 반드시 서재형을 제 손으로 끝내리라고.

　그 전에 서재형이 만들어 놓은 새 개장을 찾아야 했다. 그곳에서 투견을 탈출시키고, 자유를 찾아줘야 했다. 한 번의 실패는 수기를 신중하게 만들었다. 수기는 개들과 함께 서재형을 지켜보기 시작했다. 서재형의 패턴은 일정했다. 집에서 호텔로, 호텔에서 집으로 오가는 게 전부였다. 정구의 말대로 자신을 딱히 경계하지도 않았고, 오히려 방치하는 쪽에 가까웠다.

　"도대체 무슨 생각일까."

　마당에 사료를 뿌린 수기가 개들을 둘러보았다. 이곳은

돌아가신 할머니의 신당이 있던 터였다. 머릿골 깊숙이 지어진 움막 같은 곳이 수기와 개들의 유일한 안식처였다. 밥 냄새를 맡은 들개들이 모여들었다. 종종걸음으로 다가온 검은 개가 수기의 가방에 코를 박았다.

"하여튼 개코라니까."

재촉하는 검은 개를 두고 수기가 가방에서 소시지를 꺼냈다. 아침에 해수의 책상에 놓여 있던 소시지를 통째로 가져온 게 다행이었다. 수기의 눈빛에 개들이 얌전히 순서를 기다렸다. 수기는 큰 개부터 작은 개까지 모두 똑같은 크기로 나누어 주었다. 그리고 제일 큰 마지막 한 조각은 진돗개에게 건넸다.

"하지 마. 이건 자유 몫이야."

진돗개는 먹고 싶다고 졸라 대는 검은 개를 못 본 척하며 사료 그릇에 코를 박았다. 결국 소시지를 빼앗긴 수기는 검은 개의 엉덩이를 두드렸다. 살랑살랑 흔들리던 꼬리가 곧 세차게 움직였다. 검은 개는 가족과 함께 살다가 버려진 유기견이었다. 짖고 싶어도 짖을 수 없었다. 수술로 성대가 잘렸기 때문이었다. 그래서 주인이 저만 두고 캠핑장에서 도망쳤을 때도 짖지 못했다.

수기는 골짜기를 둘러보았다. 머릿골에 사는 개들은 모두 장애가 있었다. 밤이면 끙끙 앓았다. 진돗개는 한쪽 눈을 잃었으며, 또 다른 개는 발 한쪽이 없었다. 또 다른 개도, 또 다른 개도…. 진돗개의 찢어진 눈가를 쓰다듬던 수기는 신음을 삼켰다. 무엇을 위해 이 개들을 가두고 있나, 하는 죄책감이 슬며시 고개를 들었다.

서재형을 향한 복수심이, 증오가 이 개들을 구렁텅이로 몰아넣고 있다는 사실은 자명했다. 지금 느껴지는 죄책감이 커다란 뭉텅이가 되어 목구멍에 콱 걸리는 듯한 기분이 들었다. 눈물을 삼키는 수기를 향해 진돗개가 짖었다. 그 개가 짖자 또 다른 개들이 짖었다. 골짜기를 울리는 개 짖는 소리에 수기가 주먹을 쥐었다.

나약해지는 건 죄악이었다. 적어도 이 개들 앞에서만큼은 그랬다. 끝까지 서재형을 처단해야 했다. 더는 이 산에서 짐승들을 잃을 수 없었다. 그러기 위해서는 반드시 박해수가 필요했다.

7.

길을 걷는 해수의 얼굴이 기진맥진해 보였다. 부녀회장 사건으로 노발대발하는 진남을 달래느라 감정을 전부 소비하고 난 후였다. 부녀회장은 요양병원으로 돌아갔다고 했다. 소장은 원래 치료를 받던 곳에 무사히 도착했을 것이니 더는 신경 쓰지 말라고 했다. 무사히, 과연 무사히 도착했을까.

가슴이 답답해진 해수가 머리를 헝클였다. 건강을 위해서 오늘만은 참으려고 했는데 흡연이 간절했다. 편의점으로 들어간 그녀는 점원에게 담배를 달라고 한 후, 레토르트 음식이 진열된 매대 앞에 섰다. 종일 뭘 먹고 다녔는지 입술 옆이 허옇게 떠서는. 수기의 생기 없는 몰골이 영 눈에 거슬리는 해수였다.

"이걸로는 어림없지."

해수는 바구니를 가져와 음식을 쓸어 담았다. 반찬을 훔쳐 먹던 꼴을 생각하니 아무래도 한두 개로는 성에 차지 않을 듯했다. 한 손에 봉투를 든 그녀가 담뱃불을 붙였다. 터미널 뒤쪽은 역시 고요했다.

"어디 있냐, 조주만."

뿌연 담배 연기가 해수의 얼굴 위로 흩어졌다. 조주만을 찾아야 이 사건의 물꼬를 틀 수 있었다. 조주만은 투견을 이용한 온라인 도박장 '언더독'의 소유주였다. 아버지는 어렸을 적에 사망했고 이후 보육원에서 자랐다. 중학교도 졸업하지 못하고 소년원을 들락날락하며 밑바닥 인생을 살아온 그는 성년이 된 직후 서울과 경기를 오가며 통신업에 종사했다. 주로 스마트폰을 개통하는 일이었다.

일이 잘 풀리지 않아 빚도 졌다. 그가 고향인 인정군으로 향한 건, 감당할 수 없는 빚을 지고서였다. 그 뒤로 도하호텔에서 근무하며 생활을 이어 나갔다. 조주만이 어떻게 관광호텔의 호텔리어로 재직할 수 있었는지는 알려지지 않았다. 다만, 호텔리어 치고는 과한 월급을 받으며 빚을 갚아 나갔다.

호텔에서 퇴사한 후로는 본격적으로 언더독을 운영하며 막대한 수익을 벌어들였다. 개싸움을 촬영하고 인터넷에 사이트를 만들어 베팅시키는 일이었다. 온라인 도박장의 관련자 일부를 검거한 해수는 조주만이 실종됨으로써 더 이상 수사를 진척시키지 못하고 보류했다. 처음에는 그가 은신했다고 생각했다. 생활 반응이 나타나지는 않았지만, 어딘가에 살아 있다고 믿었다.

그러나 조주만의 어머니라고 주장했던 부녀회장의 반응을 보니 살아 있을 가능성이 극히 적다는 생각이 들었다. 만약 그가 죽은 것이라면 어디에 묻혔을까. 해수의 머릿속에 현우의 말이 떠올랐다. 기어코 해야겠냐는, 결국 네가 지고 마는 싸움이 될 거라는 말. 그런데도 해수는 거듭 부탁했다.

결국 그녀의 고집에 진 현우는 징계 방향을 좌천으로 틀어 그녀를 인정군으로 보내 버렸다. 네 마음속의 응어리가 풀린다면 잡아야겠지, 하고 말하는 현우의 위로에 해수는 울지 않기 위해 이를 악물었다. 그러니 여기까지 온 이상 무슨 수를 써서라도 투견장과 그 주인을 잡아야 한다. 그래야 하는데….

인정군

"왔어?"

"허."

수기의 뻔뻔한 말에 해수의 다짐이 무너졌다. 말 그대로 집안이 개판이었다. 해수가 헛웃음을 짓자, 수기가 해수를 따라 웃었다.

"환장하겠네."

방에서 찢어진 티셔츠를 물고 나온 진돗개를 보며 해수는 실성한 듯 웃었다. 힘들 때 웃는 자가 일류라고 했던가. 코를 킁킁거리던 진돗개가 살금살금 다가가더니 해수의 손에 들린 봉지를 물고 늘어졌다. 놓친 봉투에서 음식물이 여러 개 쏟아져나오자, 진돗개와 수기가 동시에 달려들었다.

해수는 깊게 한숨을 쉬었다. 게걸스럽게 음식을 먹어 치우는 모습이 왜 또 짠해 보인단 말인가. 그녀는 오르락내리락하는 감정을 나이가 든 탓으로 돌리며 곁에 앉아 포장된 김밥 하나를 들었다. 그녀의 손에 들린 김밥을 보며 진돗개가 으르렁거렸다.

"이거 내 돈 주고 산 거야."

"전부터 궁금했는데 안 무서워?"

포장지를 벗기며 진돗개를 노려보는 해수를 향해 수기가 물었다.

"사람이 무섭지, 짐승이 무섭냐?"

"…너 진짜 특이한 애구나?"

"애? 이게 진짜. 딱 거기까지 기어올라라."

"아니꼬우면 내 팔 돌려놓든가."

수기가 해수를 향해 퉁퉁 부어오른 오른팔을 들었다. 그러고 보니 수기의 팔이 어제보다 더욱 부어 있었다.

"됐고. 네가 왜 개들을 몰고 다니면서 헛짓거리 하는지나 말해 봐."

"바닥 차다. 보일러 좀 틀어."

그녀의 말을 무시하며 수기가 바닥에 몸을 누웠다. 해수는 작게 한숨을 쉬었다. 모로 누운 채로 잔뜩 웅크린 수기의 몸뚱이가 꽤 말라 보였다. 그녀는 다짜고짜 수기의 등짝을 때렸다. 왜인지 모르겠지만, 불뚝 성질이 났다.

"아! 왜 때려?"

수기의 짜증에 과자 봉지를 뜯던 진돗개가 이를 드러내며 즉각 반응했다. 그러거나 말거나 해수는 거실 한편에 놓아두었던 약국 봉투를 가져와 앉았다.

"뭐 하는 거야?"

"좀, 시끄러워!"

해수는 시끄럽게 짖는 진돗개에게 버럭 소리를 질렀다. 순간, 입을 다문 진돗개가 수기를 쳐다보았다. 머쓱해 보이는 진돗개의 눈길을 피한 수기가 조용히 팔을 내밀었다. 가녀린 팔뚝 위로 찐득한 겔이 발렸다. 능숙하게 붕대를 감는 해수를 빤히 쳐다보던 수기의 눈동자에 전에 없던 기대가 스쳤다.

"감동하지 마. 네 말대로 내 책임도 있으니까 치료해 주는 거야."

"대가리 빻았냐? 이런 걸로 감동하게."

"한 번만 더 막말하면 유치장에 처넣어 버린다."

미련 없이 팔을 놓은 해수는 수기의 머리를 쥐어박았다.

"너 왜 자꾸 때려?"

"분명히 말하지만 나는 미성년자라서 봐주고 그런 거 없어. 눈에는 눈, 이에는 이야. 알겠어?"

"…."

"대답!"

눈을 부라리는 해수를 외면하며 수기가 고개를 돌렸다. 진돗개는 멀찍이 떨어져서 몸을 웅크린 채로 상황을 지켜보고 있었다. 찔끔 나온 콧물을 닦는 수기를 보던 해수는 보일러를 틀었다. 방에서 스카프도 하나 찾아왔다. 뼈는 상하지 않아 보였지만, 부목 대신에 팔을 고정할 무언가가 필요했다.

"그래서 투견장에는 왜 갔어?"

수기의 어깨에 스카프를 두르며 해수가 물었다.

"무슨 투견장?"

"너 서재형 투견장 처들어갔다가 발렸잖아. 내가 제일 싫어하는 게 아메바들하고 하는 스무고개다. 그냥 묻는 말에 대답하기나 해. 최대한 상세하고, 길게. 알았어?"

"백수기야."

"알아."

"내 이름 백수기라고."

수기가 자신의 이름을 또박또박 말했다. 해수는 수기의 말을 대수롭지 않게 넘기며 자신의 종아리를 걷었다. 진돗개에 물린 상처가 선명하게 보였다. 힘주어 튜브를 누른 해수가 종아리에 덕지덕지 상처약을 발랐다.

"야, 혹시 저 개 광견병 이런 건 아니지? 주사 맞았어?"

"왜 물어. 짐승 안 무섭다면서."

"아씨. 내일 병원 가 봐야겠네. 당장 저 개 광견병 주사부터 맞혀. 알겠어?"

"저 개라고 하지 마."

"호칭 되게 따지네. 그럼 뭐, 19번이라고 부를까? 투견들로 사람은 왜 공격해서⋯."

"공격하는 게 아니라 방어하는 거야. 그렇게라도 하지 않으면 사냥당하니까."

"사냥?"

해수가 되묻자 수기가 고개를 끄덕였다. 수기는 간략히 그간의 일을 설명했다. 인정군에서 오랫동안 투견을 이용한 도박이 성행했고, 자신이 우연히 머릿골에 있던 개장을 발견했고, 그곳에서 19번을 탈출시키다가 서재형의 아들인 깡과 다툼이 있었고, 19번이 깡을 만신창이로 만들었고, 그 소식을 들은 서재형이 자신과 19번을 생매장하려고 했고, 겨우 살아남은 그녀와 19번이 반격을 위해 갇혀 있는 투견들을 구해 투견장 주인인 서재형의 호텔로 쳐들어갔다는 믿지 못할 이야기였다.

"그러니까 네가 투견들을 부렸다고? 그 몸으로?"

"그게 내 능력이니까."

"X맨이야?"

"그게 뭐야."

"X맨을 몰라? 초능력 짱, 울버린을?"

"짱?"

"됐고. 계속 말해 봐."

"결국에… 졌어. 그 후로 마을 사람들이 들개를 사냥하기 시작했고. 나도 들개들을 모아 사람들을 공격했지. 위험해도 어쩔 수 없었어. 뭐든 해야 살 수 있었으니까."

"그러니까 조주만 위에 서재형이 있다는 말이지?"

"그래. 서재형을 죽이고 그 사람이 만든 새 개장을 찾아야 해."

"백수기 너 조주만이 누구인지 알고 있구나?"

"…."

"지금 어디에 있는지도 알아?"

"몰라."

"어쨌든 넌 여기서 빠져."

"뭐?"

"당장 그 개들 부려서 사람 공격하는 짓거리 그만두라고. 서재형이든 개장이든 내가 알아서 할 테니까."

그 말에 수기의 눈동자가 차분하게 가라앉았다. 분명히 자신을 얕보고 있었다. 아무것도 모르는 이방인 따위가. 벌떡 일어난 수기가 돌연 문가로 향했다. 벌컥 열어젖힌 문틈 사이로 찬바람이 끼쳐 들어왔다. 해수의 부름에도 불구하고 수기는 곧장 마루로 뛰쳐나갔다. 그 뒤를 자유가 따랐다.

수기의 음울한 하울링이 밤하늘을 잠식했다. 신발도 제대로 신지 못한 채로 수기를 따라나서던 해수는 바람에 흩날리는 머리칼을 연신 쓸어올렸다. 가뜩이나 가로등이 없어서 앞이 캄캄한데 시야를 가리는 머리칼 때문에 앞이 보이질 않았다. 해수는 힘없는 손짓으로 수기를 부르며 가쁜 숨을 진정시켰다.

망할 중2병 감성, 한밤중에 왜 저렇게 뛰고 지랄이야, 하고 속으로 생각하며.

"뭐야?"

겨우 허리를 편 해수의 눈동자가 경악으로 물들었다. 어디서 튀어나왔는지 사방에서 들개들이 몰려들고 있었다. 어느새 수기는 수많은 들개에게 휩싸였다. 개들은 마치 왕을 추앙하듯 다소곳이 앉아 수기를 쳐다보았다. 수기의 손짓에 들개들이 금세 양옆으로 갈라졌다. 그 사이를 걸어간 수기가 해수를 마주 보았다.

"너는 왜 서재형을 쫓아?"

"경찰이니까."

"경찰들은 다 서재형 편이야."

"적어도 난 아니야."

"그럼 내 편에 서."

"내가 왜?"

"그러지 않으면 내가 당장 물어 죽일 테니까."

"뭔가 착각하나 본데, 너 범죄자야. 차라리 네가 나를 도와. 이번 일만 잘 마무리되면 네가 저지른 일들 최대한 정상 참작해 줄게. 물론 재판 때 변호사도 붙여 주고 말이야. 어때?"

"변호사 필요 없어. 어차피 서재형이 죽으면 내 임무도 끝난 거니까."

"이기적인 새끼. 복수만 끝나면 이 개들 다 버리겠다는 얘기지?"

"그런 뜻 아니야!"

"맞아. 그런 뜻. 네가 구한답시고 거리에 풀어 놓은 이 많은 개는 선량한 사람들을 공격할 거야. 함께 산책 나온 노부부, 밭일하던 아저씨, 학교 마치고 집으로 돌아가는 아이 할 것 없이 무차별적으로. 그리고 사람들은 외치겠지. 들개들을 죽입시다. 유해 동물로 지정해 모두 박멸해 버립시다. 바로 너 때문에."

"우리도 살고 싶어서 이러는 거야!"

"백수기. 찡찡거리지 말고 네가 뿌린 문제 네가 거둬. 그게 개들을 위한 길이기도 하니까."

"…."

"대답 안 해? 당장이라도 유치장에 처넣고 개들 싹 포획하는 거 보여 줄까?"

"너 진짜 짜증 나."

해수를 노려본 수기가 픽하니 돌아섰다. 심정은 복잡해 보이기는 했지만, 그렇다고 해수의 제안을 뿌리치는 태도는 아니었다. 수기를 따라서 들개들도 곧 어둠 속에 자취를 감췄다. 그 모습을 지켜보던 해수가 깊은 한숨을 쉬었다. 어쩌면 백수기는 독이 든 성배일지 몰랐다. 불완전하고, 그래서 위험하기 짝이 없는 초대형 아메바. 그러나 왠지 백수기가 없으면 영원히 서재형을 잡지 못할 것 같은 기분이 들었다. 해수는 연회장에서 느꼈던 이질감을 떠올렸다.

　서재형의 등장만으로도 압도된 공기, 집요하게 따라다니던 시선, 그의 손짓과 눈빛에 기꺼이 따르던 마을 사람들. 이방인인 자신이 서재형을 이길 수 있는 확률은 제로에 가까웠다. 그렇기에 백수기가 필요했다. 서세형을 잡을 뜻밖의 패, 그 패를 결코 놓을 생각이 없는 쪽은 바로 박해수였다.

2부
/
들
개

1.

새벽 공기가 차가웠다. 숙소에서 나온 수기가 곧장 읍내 로터리로 향했다. 벌써 며칠째 감시 중이었지만, 현주는 편의점에 코빼기도 비추지 않았다. 그녀는 오랜 기간 운영하던 슈퍼를 정리하고 읍내에서 가장 목 좋은 자리에 편의점을 차렸다. 모두 서재형 덕분이었다. 현주는 수기가 진돗개와 함께 생매장당할 뻔한 그 순간에도 서재형과 함께 있었다.

생각 같아서는 당장에라도 목덜미를 물어 죽여도 시원치 않았지만, 서재형의 개장을 찾기 위해서는 당분간 살려 두어야 했다. 수기는 아직 남은 앙금을 곱씹으며 공실이 된 건물에 올랐다. 준비물은 보리차가 담긴 보온병 하나와 소시지, 그리고 망원경이었다.

"먹기 싫다니까."

옥상 난간에 자리 잡은 수기가 보온병을 꺼내며 말했다. 보리차는 해수가 꾸역꾸역 싸 준 것이었다. 맛이 없어서 먹기 싫다는 짜증에도 그녀는 기어코 가방에 뜨끈한 보리차가 담긴 보온병을 넣었다. 수기는 그 점이 마음에 들지 않다가도, 또 마음에 들었다.

"짜증 나."

부목 대신 고정해 놓은 스카프가 무색하게, 수기는 다친 손으로 꽉 닫힌 뚜껑을 열었다. 김이 모락모락 나는 보리차 한 모금에 추위가 사르르 녹는 듯했다.

배낭에서 망원경을 꺼낸 수기는 아예 스카프에서 손을 뺐다. 편의점에는 현주 대신에 아르바이트생이 앉아 있었다. 오늘도 역시 출근이 늦는 모양이었다. 그날의 습격 이후로 현주는 절대로 홀로 다니지 않았다.

다시는 들개에게 당하지 않겠다는 듯이 늘 남자들을 데리고 다니거나 몰고 온 자동차에서 내리지 않은 채로 아르바이트생을 불러 지시했다. 그러니 수기가 할 수 있는 일은 기회를 기다리는 것뿐이었다.

"빨리 좀 오지."

몇 시간 동안이나 주변을 지켜본 수기는 이내 난간에 기대어 앉았다. 참는 게 특기이긴 해도 시간을 견디기란 여간 힘든 게 아니었다.

어슴푸레하던 하늘이 맑게 개고 있었다. 수기는 그간 정찰견으로 마을 사람들을 감시해 왔지만 별로 소득이 없었다. 자신은 그렇게 발품을 팔며 움직이는데 박해수는 달랐다. 앉은자리에서 보고, 생각하고, 판단했다.

마을의 협동조합이 서재형과 관련 있을 거라는 사실도 해수를 통해 알았다. 어떻게 구했는지 마을 사람들의 통장 출금 명세서를 보며 일부 마을 사람들이 거액의 배당금을 받고 있다는 사실을 알아냈다. 수기는 그제야 깨달았다. 마을 사람들이 서재형에게 충성하는 건 투견을 부리듯 가하는 폭력 때문만은 아니라는 걸.

서재형은 사람들이 원하고 필요로 하는 것을 줬다. 바로 돈이었다. 돈을 받은 그들은 기꺼이 서재형의 개가 되었다. 해수는 말했다. 그깟 투견을 부리는 걸로 서재형을 잡을 수는 없다고. 서서히 좁혀 나가야 한다고 했다. 꼬리에서부터 야금야금, 머리에 닿을 때까지 그렇게.

"또 딴짓하니?"

앙칼진 목소리가 편의점 쪽에서 들려왔다. 귀에 익은 목소리에 수기가 몸을 일으켰다. 난간에 팔을 괴며 망원경을 들자, 현주가 삿대질로 아르바이트생을 나무라고 있었다. 수기는 망원경의 시야를 옆 건물로 돌렸다. 건물과 건물 사이로 난 좁은 골목에 진돗개가 숨어 있었다. 길을 걷던 행인이 수기의 휘파람 소리에 잠시 고개를 들었다.

아차 싶은 얼굴로 몸을 난간에 숨긴 수기가 빠끔히 고개를 들었다. 다행히 행인은 제 갈 길을 갔다. 때마침 현주가 편의점에서 나왔다. 어깨 아래로 흘러내리는 퍼를 위로 추스르며 핸드백에서 차 키를 찾고 있었다. 진돗개와 눈빛을 주고받은 수기는 손가락으로 신호를 주었다.

그 순간, 튀어나온 진돗개가 현주의 가방을 물었다. 놀란 현주가 비명을 질렀다. 진돗개는 뒤도 돌아보지 않고 긴널목을 건넜다. 로터리를 돌던 차가 경적을 울렸다. 날렵한 몸이 민첩하게 도로를 쏘다니며 종적을 감췄다. 멍하니 진돗개에게 당하고만 있던 현주가 정신이 번쩍 든 얼굴로 눈을 부라렸다.

"저 개새끼가!"

그 뒤로 악다구니가 이어졌다. 계단을 내려온 수기가 발길을 돌려 편의점 방향으로 향했다. 건널목을 건너자 흥분한 얼굴로 가쁜 숨을 쉬는 현주가 보였다. 그녀는 수기를 알아보지 못한 채로 반대 방향으로 달려갔다.

"열심히 달려요, 사장님. 곧 잡으러 갈 테니."

수기는 오랜만에 거둬들인 수확에 들뜬 웃음을 지었다.

2.

홀로 나래백반을 찾은 해수는 반찬을 담고 있는 나래 할머니를 살폈다. 마을 협동조합원 명단에는 없는 인물이었다. 전에 수기를 옹호했던 것도 그렇고 서재형의 편은 아닌 것 같왔다. 잘만 구슬리면 유용한 정보를 얻을 수 있으리라. 식당 안은 점심을 먹는 사람들로 북적였다. 나래 할머니를 지켜보던 그녀는 조용히 시선을 돌렸다.

아까부터 모자에 후드까지 눌러쓴 손님이 영 신경에 거슬렸다. 경찰의 촉 같은 거랄까. 그는 의미 없는 손길로 한참이나 그릇에 담긴 반찬만 헤집고 있었다.

"아이고, 박 순경. 나 좀 도와줘."

그 모습을 의심쩍은 눈길로 쳐다보던 해수는 곧 시선을 거두었다. 나래 할머니가 그녀를 불렀기 때문이었다. 얼떨결에 쟁반을 받은 해수가 남이 먹다 남긴 반찬 그릇을 쳐다봤다. 나래 할머니는 곧장 부엌으로 사라지고 없었다. 그녀는 하는 수 없이 상을 치우기 시작했다. 사람들은 제복을 입고 쟁반을 든 해수를 향해 격려와 칭찬을 아끼지 않았다.

해수가 마지막 테이블을 치우고 돌아가려는데 투박한 손길이 손목을 붙잡았다. 막 식사를 마친 이장이 이쑤시개로 이 사이를 쑤시며 해수를 향해 웃고 있었다. 그가 은근한 눈길로 쟁반을 쥔 해수를 훑으며 말했다.

"파출소 안 가?"

"점심 먹으러 왔어요."

"착하네. 밥 먹으러 왔다가 도와줄 줄도 알고."

"식사 다하셨으면 계산해 드릴게요."

해수가 친절하게 웃으며 자신의 손목을 쥔 이장의 손목을 붙들었다. 비틀어 내리는 손길이 아픈지 그의 입이 벌어졌다. 발치 아래로 떨어진 이쑤시개를 외면한 해수가 그제야 이장의 손을 놓았다. 빨갛게 부어오른 손목을 쓰다듬던 이장은 민망했던지 괜한 기침 소리를 내며 입을 열었다.

"그 진돗개 말이야, 어떻게 했어? 내가 급히 좀 쓸 일이 있어서."

"도망갔는데요?"

"도망?"

"네. 어쩌죠?"

해수의 말에 머리를 긁적인 그가 대수롭지 않다는 듯이 식탁 위에 현금을 놓았다.

"어쩌긴 뭘 어째. 어쩔 수 없지."

"어디에 쓰시려고요? 제가 다른 개들 좀 알아봐 드려요?"

"됐어. 그 개 아니면 소용없거든."

머릿속으로 무슨 생각을 했는지 홀로 고개를 주억거린 이장이 해수의 어깨를 두드리며 밖으로 나갔다. 끝까지 배웅하며 그를 내보낸 해수가 단박에 출입문을 닫았다. 이제 식당 안의 손님이라고는 후드를 눌러쓴 남자뿐이었다. 시간이 지났는데도 남자의 밥상은 거의 그대로였다. 조금도 줄지 않은 공깃밥을 응시하던 해수가 한 발짝 앞으로 나섰다.

그녀가 정의하는 미친 사람들이 이 마을에 널리고 깔렸으니 의심쩍은 이들은 가볍게라도 신원을 확인하는 게 좋을 듯했다.

"오늘은 김 순경 없으니까 뺏기지는 않겠네."

하지만 늘 그렇듯 계획대로 움직이지 못했다. 막 주방에서 나온 나래 할머니가 억지로 해수를 자리에 앉혔다.

"배고프지?"

미안하다는 얼굴로 묻는 나래 할머니를 본 해수는 그만 남자에게서 시선을 거뒀다. 이미 점심때를 훌쩍 넘긴 시간이라서 배고프기도 했고, 쟁반을 내온 할머니를 외면하기에는 그녀 또한 미안한 마음이 들었다.

"지금 먹으면 돼요. 식사 같이 하세요."

"나는 됐어. 늙으니까 이제 입맛도 없지 뭐야. 자, 이거는 박 순경을 위한 특별 서비스. 나 아무한테나 이렇게 안 퍼줘."

그녀는 나래 할머니가 내민 그릇을 보며 짧게 웃었다. 달걀프라이가 두 개나 담겨 있었다. 동그랗게 모양이 잡힌 노른자를 보던 해수의 머릿속에 문득 이장이 계산한 음식값이 떠올랐다. 그녀는 서둘러 주머니에 넣어 두었던 지폐를 나래 할머니에게 건넸다.

"이거 아까 이장님 밥값이요."

"가져가. 알바비야."

"에이, 됐어요."

"가져가서 과자 사 먹어."

나래 할머니가 해수의 손등을 쥐었다. 거친 손길이었지만, 느껴지는 따뜻한 온기에 해수는 더는 거절하지 않고 돈을 도로 주머니에 넣었다.

"감사합니다."

"타지에 와서 고생이 많지?"

"그렇죠, 뭐."

"어려운 건 없고?"

"저, 혹시 부녀회장님 소식 들으셨어요? 지난번에 제게 병원에 모셔다드리지 못한 게 마음에 걸려서요."

"그 사람 어디 아랫대로 갔다고 하던데. 참 불쌍한 사람이야. 왜 그렇게 불쌍한 사람들 천지인지. 수기 그 아이도 그렇고 말이야. 밥 굶고 다니는 건 아닌지 원."

"잘 먹고 다녀요."

"언제 수기를 봤어?"

"아뇨. 잘 먹고 다닐 테니까 걱정하지 마시라고요. 그런데요, 그 부녀회장님 아들이 죽은 거 같던데요."

아들이라는 말에 나래 할머니가 해수의 눈길을 피했다.

"그 사람 아들 없고 딸만 있어."

"딸만 있다니요?"

"딸 죽고 정신을 놨다더니 없던 아들까지 만들었네. 불쌍한 사람. 아이고, 내 정신 봐라. 가스 불을 그냥 켜 놓고 왔네. 많이 먹어, 박 순경."

나래 할머니가 종종걸음으로 주방으로 들어갔다. 어딘가 황급해 보이는 모습이었다. 골몰히 무언가를 생각하던 해수가 젓가락을 들기 전에 핸드폰을 먼저 찾았다. 본서 후배인 지우에게 부녀회장의 소재지를 알아봐 달라는 문자를 남기기 위해서였다. 문제가 풀리지는 않고 계속 쌓여 가는 느낌에 해수가 깊은 한숨을 쉬었다.

"그래, 다 먹고 살자고 하는 짓인데."

그녀는 얼마 남지 않은 점심시간을 확인하며 머슴같이 밥숟갈을 밀어 넣었다. 전역자들 사이에서도 빨리 먹는 건 일등이었으니 뜨거운 국물도 단숨에 마셔 버리는 건 일도 아니었다. 몇 숟갈을 뜨지 않았는데도 밥공기가 비어 갈 때쯤, 후드를 뒤집어쓴 남자가 할머니를 불렀다.

마지막 한 숟가락을 욱여넣은 해수는 급히 자리에서 일어났다. 남자가 나래 할머니를 기다리는 동안 해수도 계산을 할 것처럼 카운터로 다가갔다. 모자 아래로 드러난 이목구비가 퍽 앳되어 보였다. 그는 나래 할머니에게서 카드를 받자마자 꾸벅 인사를 하고는 밖으로 나갔다. 뒤따라 식당에서 나

온 해수는 너무 가깝지 않게 거리를 벌리며 그를 쫓았다. 그
때였다. 그녀가 골목 어귀에 발을 들인 순간, 날카로운 무언
가가 얼굴 정면으로 날아들었다.

"칼 내려놔!"

본능적으로 몸을 굴려 피한 해수가 엉성한 손길로 쥐고
있는 나이프를 보았다.

"따, 따라오지 말아요!"

다급하게 한마디를 남긴 남자는 뒤돌아 뛰기 시작했다.
해수는 재빨리 달려가 왜소한 몸을 덮쳤다. 목덜미를 낚아채
며 훌러덩 모자를 벗기자, 얼굴이 훤히 드러났다. 예상대로
앳된 얼굴의 학생이었다.

"이거 놔요!"

"가만 보자. 얼굴이 익숙한데? 너 누구야."

"놓아 주세요. 제발."

소년의 애원을 한 귀로 흘린 해수가 얼굴을 찬찬히 살폈
다. 자세히 보니 낯이 익었다. 정구보다 훨씬 하얗고 여린 이
얼굴….

"이율?"

일순 소년이 멈칫했다. 사진으로 보았던 동물병원장의 아
들인 이율, 사건 이후로 인근 도시로 전학 갔던 아이였다.

"저를 알아요?"

"알지. 너 수기 친구잖아. 둘이 백반집 자주 드나들었다며."

놀란 듯이 눈을 동그랗게 떴던 율이 수기의 이름에 입을 꾹 다물었다. 해수는 작게 한숨을 쉬었다. 또 이놈의 아메바들을 상대해야 하는구나, 하는 착잡한 기분이 들어서였다. 아이가 경계하는 모습이 꼭 부드러운 버전의 수기를 보는 것 같았다.

"너는 제발 싸가지가 있기를 바란다."

"네?"

"나 열 오르게 하지 말아 달라고. 이 정도면 믿겠지?"

해수가 핸드폰에 저장된 사진첩을 열었다. 수기와 진돗개의 사진이었다. 사실 해수는 이 사진이 찍힌 줄도 모르고 있었다.

자료를 정리하다가 드라이브에 저장된 사진을 발견한 것뿐이었다. 사진에는 심각한 얼굴로 키보드를 만지고 있는 수기와 혀를 내민 채로 카메라를 응시하는 진돗개의 모습이 찍혀 있었다. 노트북의 비밀번호를 다섯 번 틀리면 사진이 찍히게끔 설정해 둔 것을 모른 채로 비밀번호를 풀려다가 찍힌 사진 같았다.

"봤지? 나 수기랑 있어. 함께 서재형을 쫓는 중이고."

"정말요?"

"어."

"정말로 수기 편 맞죠?"

"편이라고 할 것까진 없지만 어쨌든 목표는 같지."

"수기 지금 만날 수 있어요?"

"그 전에 안내해."

"네?"

"머릿골 말이야."

"머릿골은 왜요?"

"거기가 좀 복잡해야 말이지."

수기는 안개처럼 속을 알기 어려운 아이였다. 물어보는 건 솔직하게 말하는 듯하면서도, 자신에게 해가 될 이야기는 영리하게 피해 갔다. 머릿골에 있는 개장도 그랬다.

조주만이 관리했던 장소에 한번 가 보자는 말에 주저 없이 개장이 있던 곳으로 이끌었다. 하지만 투견들이 모여 있었다던 농장에 설치된 개장은 달랑 하나뿐이었다. 그것도 빈 채로 말이다. 조주만의 흔적은 조금도 찾을 수 없었던 해수는 허탕을 치고 집으로 돌아왔다. 물론 수기의 탓은 아니었다. 서재형이 미리 개장을 치웠을 수도 있을 테니까.

그러나 수기가 정말로 개를 부릴 줄 아는 능력자라면 무어라도 찾아야 했다. 인간과 비교하면 수십 배나 뛰어난 후 각으로 탈옥수를 찾는 경찰견들도 있으니 말이다. 실망하는 해수에게 수기는 이렇게 말했다. 거저먹으려고 하지 말고 네가 찾아야지. 맞는 말이기도 했다. 애초에 수기가 해수와 손잡은 이유는 서재형이 숨긴 새로운 개장을 찾기 위함이었다.

그 후로 해수는 몇 번 머릿골을 올랐다. 깊은 골짜기는 이방인에게 쉽게 모든 걸 내보이지 않았다. 서재형이 수기를 생매장하려고 했다는 구덩이도 혼자서는 찾을 수 없었다.

"오랜만에 쓸모 있는 아메바를 찾은 것 같네."

해수가 씩 웃자 잠자코 있던 율이 겁먹은 표정을 했다. 사실 율의 계획은 나래백반에서 손님이 빠져나갈 때까지 기다렸다가 조용히 수기의 행방을 묻는 것이었다. 그런데 해수가 자꾸만 수상쩍게 따라붙는 바람에 자신답지 않은 행동까지 하고야 말았다.

"어딜."

지금이라도 도망쳐야 하나 눈치를 보던 율의 목덜미를 해수가 덥석 잡았다. 수사는 진행되고 있었으나 진전이 보이지 않으니 아무래도 서재형의 개장이 있던 곳에서부터 출발해야 할 듯했다.

3.

나무와 수풀, 물웅덩이가 조화를 이루던 습지가 썩어 가기 시작한 건, 개들을 키우고서부터였다. 이곳은 해발 1295m

에 형성된 서재형의 사유지였다. 그는 공무원들에게 술과 돈을 건네며 맞바꾼 임도가 완성된 날에 이곳에 개장을 들였다. 머릿골에서 조주만이 관리하던 농장보다 훨씬 방대한 규모였다.

훈련장에는 늘 피비린내가 진동했다. 생존 본능만 남은 투견은 동족의 얼굴도 알아보지 못한 채로 싸우고 또 싸웠다. 출산을 계속하는 공장은 신음과 고름이 들끓었다. 이곳에 갇힌 어미 개는 끊임없이 교배하고 임신했으며 출산을 거듭했다. 모성을 느낄 틈도 없이 새끼들을 빼앗겼고 몸을 추스르기도 전에 발정기의 수컷을 만나야 했다.

뱃가죽이 너덜너덜해지도록 구애를 받아들여야 했지만, 개들은 순응했다. 짖으면 몽둥이가 날아왔으므로 침묵만이 생존하는 방식이 되어 버렸다. 번식견과 투견의 마지막 순간은 늘 똑같았다. 인간들은 죄책감 없이 수풀에 사체를 내던졌다. 그들에게 개 따위는 인간에게 충성을 다하는 짐승 그 이상, 그 이하도 아니었으니.

승완은 그렇게 버려진 개들을 떠올렸다. 아버지에게 쓸모없는 존재란 버려지는 것이다. 다리를 절뚝이며 지팡이나 짚고 다니는 저처럼. 지금 순간에도 승완은 뒤처지지 않기 위해 어금니를 악물었다. 쫓아가느라 숨을 헐떡이던 승완을 돌아본 서재형의 눈길은 싸늘하기만 했다. 아버지의 경멸 섞인 눈빛을 이기지 못한 아들은 그만 고개를 숙이고 말았다.

그들의 발길이 습지 깊숙한 곳에서 멈췄다.

모래를 부어 만들어 놓은 평평한 공터에 새로 들여온 개장이 있었다. 원형으로 공터를 빙 둘러싼 개장은 모두 검은 천막으로 가려져 있었다.

"열어."

서재형의 명령에 직원이 서둘러 개장 하나를 씌운 천막을 거뒀다. 서재형의 등 뒤에 서서 상황을 주시하던 승완의 겨드랑이가 어느새 축축하게 젖었다. 개장 안에 갇힌 건 개 따위가 아니었다. 사람이었다.

"사장님! 정말 죽을 죄를 지었습니다. 이번 한 번만 용서해 주십시오."

개장에 갇힌 여자의 얼굴은 이미 심하게 구타를 당한 흔적이 역력했다.

"몇 마리나 팔았어요?"

"한, 한 마리가 전부입니다! 워낙 희귀한 종인데 이곳에서는 여러 마리가 보여서 그만…. 용서해 주세요!"

"어떻게 주변이 전부 도둑년들뿐이야."

피곤하다는 듯 얼굴을 쓸던 서재형의 시선이 승완에게 닿았다. 음습한 시선에 승완의 눈동자가 세차게 흔들렸다. 그 사이에 직원은 여자가 갇혀 있던 개장 문을 열었다. 여자는 불안함에 떨면서도 개장 밖으로 기어 나왔다. 서재형이 감정 없는 얼굴로 지그시 여자를 응시했다.

"살고 싶어요?"

"사장님, 제가 정말 잘못했습니다!"

"내 아들 이기면 살려 줄게요."

"도련님을요?"

"싫어요?"

승완의 어깨를 잡아끈 서재형이 여자를 보며 들뜨게 웃었다. 무슨 뜻인지 눈치를 챈 여자의 눈빛이 돌변했다. 승완은 지팡이를 꽉 쥐었다. 여기서 지면 개장에 갇히는 건 저 여자가 아니라 자신일지도 몰랐다. 그건 여자도 마찬가지였다. 그녀는 제일 먼저 승완의 불편한 다리를 후려쳤다.

힘없이 넘어진 승완이 지팡이를 놓쳤다. 여자가 주먹을 휘둘렀다. 사정없이 얼굴을 얻어맞자 승완의 얼굴에 점점 패색이 짙어졌다. 이전 같았으면 지팡이를 무기로 쓰더라도 끝까지 맞섰을 게다. 그러나 동물병원에서 진돗개에게 손가락을 잃은 날, 승완은 모든 걸 잃었다. 깡도, 힘도, 지위도, 아버지까지도.

수기가 진돗개를 데리고 동물병원에 나타나지 않았더라면, 아버지의 개를 모조리 훔쳐 달아나지 않았더라면, 그 개들을 이끌고 투견장을 습격하지 않았더라면, 그래서 아버지의 심기를 건드리지 않았더라면, 19번이 차라리 아버지를 죽여 버렸더라면, 그랬더라면 이보다 비참하지는 않았을 텐데.

두 팔로 막아선 여자의 얼굴 위로 아버지의 얼굴이 겹쳐 보였다. 죽고 싶었고, 죽이고 싶었다. 이제 그만하고 싶었던 승완은 눈을 감았다. 막아서던 팔에 힘이 풀린 걸 느낀 여자가 회심의 일격으로 주먹을 높이 치켜들었다. 하지만 여자의 주먹은 승완에게 닿지 못했다. 서재형이 떨어진 지팡이를 주워 여자의 얼굴을 후려쳤기 때문이었다.

쓰러진 여자의 함몰된 눈가에서 피가 흘렀다. 그 모습을 외면한 승완이 몸을 일으켰다. 서재형이 부드럽게 웃으며 아들의 손에 지팡이를 쥐었다. 그리고 귓가에 속삭였다.

"이겨."

감히 거부할 수 없는 명령이었다. 지팡이를 쥔 승완이 천천히 여자에게 다가갔다. 여자는 물 밖으로 나온 물고기처럼 입을 뻐끔거리고 있었다. 입에서 나온 소리는 애원이었다. 눈을 꼭 감은 승완은 지팡이를 치켜들어 그녀의 어깨와 등과 다리를 마구 내려쳤다.

"그게 아니지."

승완의 손을 움켜쥔 서재형이 지팡이의 방향을 틀었다. 서재형의 힘으로 내려친 지팡이가 정확히 여자의 이마로 떨어졌다. 그 충격에 여자가 작게 경련했다.

"주인에게 충성하지 않는 개는 이렇게 다루는 거다. 알겠니?"

"네."

서재형은 나약하게도 시선을 회피하는 아들의 얼굴을 꽉 움켜쥐었다. 승완은 그만 손에서 지팡이를 놓았다. 핏물이 고인 웅덩이로 지팡이가 떨어지자, 서재형이 한심스럽다는 듯이 승완을 향해 혀를 찼다.

직원 둘이 여자의 시신을 어딘가로 가져갔다. 여자의 시체는 오늘 조각나 개밥으로 던져질 것이었다. 그사이, 다른 직원들이 서둘러 개장을 덮고 있던 검은색 천막을 벗겨 냈다. 개장 안에서 움츠리고 있던 투견들은 빛을 보자마자 매섭게 짖었다.

승완은 욕지기를 삼키며 겨우 버티고 서 있었다. 새파랗게 질린 입술이 파르르 떨렸다. 개들의 충혈된 눈동자가 보였다. 그 안에 서린 원망이 언제고 자신을 옭아맬 듯했다. 순간, 압박감이 숨통을 짓눌렀다. 아버지가 있는 한 이곳에서 벗어날 방법은 영원히 없을 것이다.

"그 아이는 어떻게 됐지?"

기어코 손으로 입가를 가린 채로 수풀로 뛰어든 승완을 외면하며 서재형이 물었다.

"아직도 머릿골에 살며 들개로 사람들을 공격한다고 합

니다."

"잘하고 있네."

그가 수기를 생각하며 가소롭다는 듯이 피식 웃었다. 그날, 수기가 자신의 개장을 열어 버린 날. 개들은 살 방법을 알고 있었다. 꼬리를 내리고, 양발을 모으고, 입을 벌리고, 혀를 내밀면 살 수 있었다. 하지만 그 개들은 주인인 자신에게 복종하지 않았다. 개들의 시선은 오직 백수기에게로 향해 있을 뿐이었다.

들개뿐만이 아니었다. 자신에게 늘 충성을 다짐하던 인간도 별반 다를 게 없었다. 앞에서는 입안의 혀처럼 굴더니 정작 위기가 닥치니 도망치기에 바빴다. 그날의 기억을 떠올리자 문득 모멸감이 든 서재형이 잘려 나간 손가락 대신에 끼운 보철을 만졌다. 이윽고 그의 눈빛에 적나라한 욕망이 들어찼다.

처절하게 깨닫게 해 주리라. 들개들의 주인이 누구인지 말이다.

4.

한낮임에도 그늘진 산길은 스산한 느낌을 자아냈다. 축축한 낙엽을 밟으며 산을 오르던 율이 문득 뒤를 돌아보았다. 샛바람에 휑하니 낙엽 한 장이 날아가고 있었다. 동물병원에서 그 사달이 난 이후로 율은 수기를 찾아 머릿골을 오르려고 했다. 하지만 머릿골에 들개들이 득실거린다는 소식에 차마 오르지 못했던 길이었다.

아니, 사실은 수기가 무서웠다. 인간이길 포기하고 짐승이 되어 버린 그 애를 마주할 자신이 없었을지 모른다.

"또 여기네."

해수가 덩그러니 놓인 개장을 둘러보며 말했다. 녹슨 철장이 버려진 이곳은 처음으로 수기가 개를 구출했던 개 농장이었다. 율은 몸을 움츠리며 주변을 둘러보았다. 그날의 기억이 선명히 떠오르자 양어깨가 시렸다. 개장이 텅텅 비었는데도 여전히 갇혀 있던 개들의 울음이 들리는 듯했다.

"여기 말고 다른 곳은 없어?"

"모르겠어요."

율이 고개를 저었다. 힘들게 머릿골을 올랐건만, 이번에도 허탕이었다. 해수는 허무한 마음을 감추지 않으며 개장을 발로 걷어찼다. 갑작스럽게 열을 올리는 그녀의 모습에 율이 겁먹은 얼굴을 했다.

"잘 생각해 봐. 이 주변으로 다른 개장 본 적 없는지."

해수가 GPS를 보여 주며 다시 물었다. 위성 지도를 확대하자, 그들이 있는 장소가 나타났다. 주변을 둘러보던 율이 무심코 화면을 확대했다. 숲 가운데에 작은 공터가 보였다.

"여긴 뭐예요?"

"그냥 배추밭이야."

"배추밭이요? 누가 이런 산속에다가 농사를 지어요?"

"내가 밭인 거 확인했는데? 고랭지 배추 뭐 이런 거겠지."

"그런가. 예전에 저희 아빠도 이 근처에서 농사짓다가 접었거든요. 멧돼지 때문에."

"여기 그렇게 산짐승이 많나?"

"그렇죠. 비둘기도 원래 산에서 살았잖아요. 어쩌다가 도시로 내려와 살아서 그렇지. 수기는 뭐래요?"

"주인 없으면 배추 뽑아가자 이딴 소리만 하고 뭐, 아는 게 없어. 개장이 들어가려면 분명히 차가 다니는 길이 있을 텐데. 주변에는 아무것도 없고. 답답해 미치겠네."

"여기 밭으로 들어가면요?"

"어?"

"밭 앞쪽까지는 차가 들어갈 수 있잖아요. 밭을 가로질러서 더 깊은 골짜기 안으로 들어갈 수 있지 않을까요?"

"굴착기."

"네?"

"조주만이 굴착기 면허증을 갖고 있었어."

율의 말에 무언가가 떠오른 해수가 급하게 걸음을 옮겼다. 지난번에 수기와 함께 밭을 찾았을 때 보았던 굴착기였

다. 한편에 덩그러니 서 있던 굴착기가 장소와 어울리는 듯
하면서도 어딘가 생경해 보였는데. 만약에 임도까지 싣고 온
개장을 굴착기로 옮겼다면? 농사를 핑계로 왔다 갔다 하는
일도 의심을 덜 샀을 거다.

"가자."

해수는 곧장 입구에 세워 놓은 차로 향했다. 배추밭으로
가는 길은 산을 깎은 외길이었다. 높은 경사 때문에 자동차
의 중심이 뒤쪽으로 쏠리자, 율이 두 눈을 질끈 감으며 천장
에 달린 손잡이를 잡았다. 경사를 오른 자동차가 이내 산을
빙 둘러 밭에 도착했다. 자동차에서 내린 해수는 곧장 굴착
기의 버킷을 둘러보았다. 유심히 살펴보자 흙 묻은 바가지에
붙은 털 뭉치가 보였다.

"뭐든 좀 나와라."

단숨에 운전실로 올라선 해수는 시트부터 조종 박스 아
래까지 샅샅이 훑었다. 애쓴 끝에 시트 아래에서 뾰족한 무
언가가 만져졌다. 손톱 끝으로 눌러 빼낸 종이는 끝이 구겨
진 걸 제외하면 반듯했다. 해수는 앞쪽에 스테이플러로 고정
해 놓은 명함을 보았다. 그녀가 주시하고 있던 조주만의 협
동조합 이사직 명함이었다.

명함 뒤에는 견적서로 보이는 종이가 끼워져 있었다. 개들
의 종류와 몸무게 그리고 가격이 정리된 표였다. 희귀종임을

고려하더라도 개들의 몸값은 상상 이상이었다.

"개를 팔아서 배당금을 챙기는 건가?"

세상에는 가치가 없어도 가치를 매겨 판매하는 것들이 있었다. 가령 돈세탁을 위한 난초라든가, 그림 같은 것이 그랬다. 서재형의 돈을 세탁하기 위해서 조주만이 움직였던 것이라면 개들의 가치를 보통의 시선으로 보아서는 안 됐다.

"오케이. 꼬리 잡았다."

해수는 종이를 접어 주머니에 넣었다. 남정구라면 뭐라도 알고 있겠지. 정구의 번호를 찾으며 그녀가 잠시 바깥을 살폈다. 율이 어린아이처럼 흙바닥에 나뭇가지로 장난을 치고 있었다.

* * *

흙바닥에 수기의 이름을 쓴 율은 산세로 지는 노을을 바라보았다. 말도 없이 사라진 자신을 찾느라 엄마가 안달복달하고 있을 것이었다. 아마도 벌써 인정군 읍내를 덮쳤을지도 몰랐다. 그 전에 수기를 만나야 했다. 마음이 급해진 율은 등 뒤에서 느껴지는 인기척에 퍼뜩 나뭇가지를 버렸다.

들개 한 마리가 오도카니 자신을 주시하고 있었다. 율이 긴장된 목소리로 해수를 불렀다. 그러나 해수는 핸드폰을 붙

들개

든 채로 여전히 굴착기에 머물러 있었다.

"형사님!"

들개에게 시선을 고정하며 율이 조금 더 크게 외쳤다. 다급한 목소리에 고개를 돌린 해수의 시야에 들개가 보였다. 낮게 욕설을 뱉은 그녀는 곧장 운전석의 문을 열며 냅다 소리를 질렀다. 들개의 시선을 돌리기 위함이었다. 하지만 들개는 섣불리 달려들지 않았다. 대신에 으르렁대며 둘 사이에서 팽팽하게 중심을 잡았다.

"이율, 괜찮아?"

"네."

율이 고개를 끄덕였다. 해수는 율의 다리를 힐끗거렸다. 눈에 띄게 떨리는 다리를 보아하니 도망치다가 힘이 풀릴 수도 있을 거 같았다.

"내가 신호하면 도망쳐."

들개를 주시하며 해수가 자세를 낮췄다. 여차하면 쓸 수 있는 테이저건도 있었고, 허리춤에 찬 삼단봉도 있었다. 허공에 삼단봉을 펼친 해수가 들개를 경계하며 율에게 가까이 다가갔다. 이대로 율을 보호하며 천천히 길 아래까지 내려가 자동차에 탑승할 생각이었다.

"젠장!"

그러나 들개가 짖는 소리에 놀란 율이 뒤돌아 뛰는 바람에 계획은 무산되었다. 그들은 정신없이 나무를 짚으며 숲길을 달렸다. 해수가 뒤를 돌아보자, 어느새 합류한 들개 두 마리가 따라붙고 있었다. 그녀의 시선이 재빠르게 근처를 물색했다.

"나무 위로 올라가!"

다급한 외침을 알아들은 율이 바로 앞에 보이는 나무 기둥을 잡았다. 책상에만 앉아 있던 왜소한 남학생이 단번에 기둥을 오르기란 쉽지 않았다. 율은 곧 나무 기둥 아래로 떨어졌다. 해수가 막을 틈도 없이 들개 한 마리가 그에게 덮쳐들었다. 마지막을 예감한 율이 두 눈을 질끈 감았다. 그러나 아무런 감각도 느껴지지 않았다.

"괜찮아?"

익숙한 목소리에 슬며시 눈을 뜬 율의 눈앞에 수기가 보였다. 수기의 날갯죽지를 덮쳤던 들개는 공격 직전에 발톱을 숨기며 주르륵 미끄러졌다. 덕분에 해수가 묶어준 스카프가 헐렁하게 내려앉았다. 그 뒤로 들개의 애처로운 울음이 들렸다. 수기는 괜찮다는 듯이 들개를 보며 고개를 끄덕였다.

순간, 손을 뻗은 율이 수기의 목덜미를 감쌌다. 원망보다 애틋함이 몰려왔다. 수기는 어정쩡한 자세로 율이 놓아 주기를 기다렸다.

"그만 놓지?"

"미안해."

율은 그제야 꼭 붙들었던 수기의 목덜미를 놓았다. 오랜만에 마주 본 수기의 얼굴은 생각보다 괜찮아 보였다. 너무 수척하지도, 마르지도 않았으며 눈동자의 총기는 아직 그대로였다.

"너 괜찮은 거지?"

"보다시피."

찔끔 눈물을 흘리는 율을 두고 수기가 몸을 일으켰다. 잠시 감상에 젖기는 했지만, 지금 중요한 건 재회가 아니었다. 마침 머릿골에 있었던 진돗개의 신호를 받지 않았더라면 자칫 율이 다칠 수도 있었다. 화가 치밀어 오른 수기가 해수에게 원망의 시선을 보냈다.

"박해수!"

"거 봐. 내가 선량한 사람이 다칠 수도 있다고 했잖아."

"이게 내 탓이라는 거야?"

"우리 모두의 탓이라는 거지. 그러니까 말이 통하면 들개 단속 좀 잘 해. 세상에 나쁜 개는 없다. 나쁜 주인만 있을 뿐. 오케이?"

"하."

해수의 태연한 대답에 수기가 입술을 물었다. 온갖 궂은 일을 도맡아 하는 건 자신인데 앉아서 명령질만 하는 주제에 계획에 없던 사람까지 끌어들이다니. 머리끝까지 화가 난 수기의 얼굴이 잔뜩 상기되어 보였다.

"식당에서 우연히 만났어. 그렇지? 이율?"

"네. 수기야, 내가 형사님이랑 같이 온 거야."

심상치 않은 분위기에 해수가 얼른 책임을 율에게 미뤘다. 상황을 보아하니 여기서 더 약을 올렸다가는 저 미친개들에게 물릴 수도 있겠다 싶었다.

"너희 둘이 사귀니?"

"이 썅년이!"

그 말에 걸리적거리는 스카프를 벗은 수기가 주먹을 휘두르며 달려들었다. 해수 딴에는 그저 분위기를 풀어 보겠다고 한 발언이었는데 심기를 잔뜩 건드린 모양이었다.

"뭐야? 손 괜찮네?"

해수가 수기의 주먹을 가볍게 피하고는 손목을 잡아 뒤로 꺾었다. 잡힌 메뚜기처럼 펄떡거리던 몸뚱이를 패대기치자, 가차 없이 밀린 수기가 바닥에 넘어졌다. 웬만하면 참으려고 했건만, 어른에게 쌍욕을 하는 아메바에게는 교육이 필요했다.

"그만 하세요!"

보다 못한 율이 수기의 앞을 막아서며 해수를 노려보았다. 그 모습에 해수는 입고 있던 점퍼를 벗었다. 이 아메바들이 쌍으로 열받게 하고 있었다. 해수의 기색을 살피던 율은 일어서려던 수기의 어깨를 재빨리 눌렀다.

"수기 너도 그만해."

"비켜. 다치기 싫으면."

수기는 오만한 얼굴로 저를 내려다보는 해수의 시선을 견딜 수 없었다. 끝내 율을 뿌리친 수기가 몸을 일으켰다. 비록 키는 훨씬 작았지만, 기세만큼은 해수 못지않았다.

"나도 더는 안 참아."

"참지 않으면 뭘 어쩌게. 또 개들 부려서 공격하게?"

"못 할 것도 없지. 그게 내 무기인데."

"언제는 들개가 친구라면서? 가만 보니까 너 다 위선이었구나? 겉으로는 위하는 척하면서 위급할 때는 네 마음대로 부리는 무기쯤으로 여기는 위선자."

"모르면 닥치고 있어."

"무섭지? 들개 없이 네 힘으로 할 수 있는 일이 아무것도 없어서."

"닥치라고. 시발!"

"그 실력으로 퍽 서재형을 이기겠다."

해수가 말을 마치자마자 들개들이 마구 짖었다. 공격하지는 않았으나, 공격할 듯이 꼿꼿하게 버티고 서 있었다. 해수는 여전히 자신을 노려보고 있는 수기에게 비웃음으로 응수했다. 어디 해 볼 테면 해 보라는 뜻이었다.

"수기야."

오도카니 서 있던 수기를 부른 건 율이었다. 율은 충혈된 눈동자로 해수의 뒷모습만 좇는 수기를 보며 더는 말을 잇지 못했다. 두 주먹이 하얗게 질리도록 버티고 서 있는 수기의 짐을 함께 들어 주고 싶었다. 그러나 자신에게는 그럴 만한 힘이 없었다. 오히려 오늘처럼 짐이 되고야 말겠지. 지금 백수기에게 필요한 사람은 자신이 아닌 다른 이였다.

5.

차 안의 공기가 무거웠다. 뒷좌석에 앉은 수기는 내내 창밖만 보고 있었다. 율은 분위기를 살피느라 결국 하고 싶은 말은 입 밖에 꺼내 보지도 못했다. 해수는 수기의 기분 따위는 관심 없다는 듯이 하품을 하며 운전에 몰두하고 있었다. 요금소를 빠져나온 자동차는 남춘천으로 향했다. 그동안 율의 핸드폰이 쉴 새 없이 울렸다. 엄마로부터 온 전화였다. 눈치가 보인 율이 핸드폰 전원을 껐다. 그사이에 도심에 다다른 자동차가 어느 아파트 단지로 들어섰다.

"얼른 들어가 봐. 엄마 걱정하시겠다."

"저기, 형사님. 동물병원에서요. 수기가 그런 거 아니에요. 개한테 물려서 다친 게 아니라 깡한테 맞아서 다쳤어요. 물론 깡은 19번에게 물린 게 맞지만…. 적어도 저는 아니에요!"

"입 다물어."

무어라 말을 덧붙이려던 율은 서슬 퍼런 수기의 저지에 입을 다물었다. 시무룩해진 율이 수기를 쳐다보며 말했다.

"잠깐 내려. 할 말 있어."

"그냥 가."

"내려. 안 그러면 또 찾아갈 거야."

율의 반응에 눈을 흘긴 수기가 뒷좌석 문을 열었다. 진심이든 으름장이든, 오늘 같은 상황을 다시 겪고 싶지 않았다. 어쩔 수 없이 차에서 내린 수기는 아파트 단지를 둘러보았다. 조경이 잘된 단지와 층마다 훤히 밝혀 놓은 불빛이 따뜻해 보였다. 머릿골과는 다르게.

"빨리 말해."

"나 부산으로 이사 가. 엄마가 아예 이민 가자고 하는 바람에 인정군에서 최대한 멀리 떨어지기로 했어. 아빠 친구가 거기서 동물병원을 크게 하시는데 같이 일하자고 하셨대."

"그래. 잘 가."

"수기야, 나는 네가 그냥 행복해졌으면 좋겠어."

행복이라는 말에 수기의 입술 사이로 실소가 터졌다. 후회됐다. 율이 자신과 같은 부류의 사람이라고 착각했던 순간들이. 이럴 줄 알았으면 처음부터 친구가 되는 게 아니었다.

차라리 저 여자처럼 자신에게 경멸을 쏟아 냈다면 이토록 마음이 아프지는 않았을 거다. 수기는 율의 어깨 너머로 저벅저벅 다가오는 중년 여성을 응시했다.

"안녕하세요."

"안녕?"

수기의 인사를 되받은 그녀가 뺨을 내리쳤다. 그리고는 우악스러운 손길로 율을 자신의 등 뒤로 밀어내었다. 분을 이기지 못하고 몸을 부들부들 떠는 그녀 앞에서 수기는 반박하지 않고 죄인처럼 고개를 숙였다.

"엄마!"

"우리 착한 아들이 너 때문에, 너 때문에!"

한 번도 보지 못한 표독스러운 엄마의 모습에 율은 말문이 막혔다. 수기는 그들을 두고 말없이 자동차에 올라탔다.

'세상에 꼭 나쁜 사람들만 있는 건 아니야. 진심으로 동물을 좋아하고 사랑하는 사람들도 있어.'

수기의 머릿속에 퍼뜩 율의 말이 떠올랐다. 율은 자신의 말을 실천하듯 열심히 수기를 도왔고, 그의 아버지는 아들이 데려온 야생 동물이며 유기된 동물을 한 번의 야단도 없이 받아들였다. 함께 그 시간을 겪으면서도 율은 여전히 좋은 사람으로 남았다. 이미 들개가 되어 버린 수기, 저 자신과 달리. 그러니 더는 피로 더럽혀진 손을 내밀며 내 편이 되어 달라고 말할 수 없었다.

그날, 죽어 가던 개들의 형상이 수기의 머릿속에서 폭죽처럼 터졌다. 투견장에 진동하던 피비린내, 피에 흠뻑 젖은 털, 경련하는 근육, 미처 감지 못한 눈동자. 서재형은 웃고 있었다. 몽둥이로 개들을 때려죽이면서도 웃었다. 울부짖으며 잘못했다고 빌어도 방망이질을 멈추지 않았다. 서재형은 나쁜 사람이었다.

그건 자신도 마찬가지였다. 가련한 짐승들을 한낱 도구처럼 이용하는, 나쁜 사람. 그렇기에 머릿골에서 들개를 무기처럼 이용하냐는 해수의 말에 답할 수 없었다. 이 싸움은 나쁜 사람과 나쁜 사람이 만나 서로를 물어뜯고, 늘어지고, 결국에는 산산이 부서져야 끝나는 싸움이었다.

"박해수, 너는 좋은 사람이야?"

수기가 물었다. 해수가 대답 대신에 라디오 볼륨을 크게 틀었다. 수기는 시트에 몸을 기대며 조용히 눈을 감았다. 잠시간의 침묵으로 느낄 수 있었다. 박해수는 자신과 같은 부류의 인간이라는 것을. 이 싸움에 낄 자격이 충분해 보였다.

전보다 더욱 무거운 침묵이 둘 사이를 갈랐다. 해수는 묵묵히 운전만 할 뿐 어떠한 위로도 건네지 않았다. 아니, 건넬 수 없었다.

6.

파출소에서 근무한 뒤로 처음 맞는 휴일이었다. 해수는 홀로 숙소에서 나왔다. 율과 헤어진 이후로 수기에게 무기력증이 찾아왔기 때문이었다. 좋아하던 떡볶이도 먹질 않았고, 도무지 일할 생각도 없어 보였다. 종일 그런 수기를 보고 있자니 해수의 마음속에 열이 뻗쳤다. 담배를 피우는 횟수도 늘어났다.

곧 있을 선거 때문에 지원이다 뭐다 심부름꾼으로 전락한 것도, 요즘 따라 자주 마주치는 이장 때문에 행동에 제약이 생긴 것도, 해수만 나타나면 입을 다물고는 감시하는 눈초리로 쳐다보는 동네 사람들도 모두 스트레스 요인이었다. 이럴 때 수기라도 물밑에서 움직여 주면 좋으련만. 여전히 이불 속에 자빠져 누워만 있는 수기를 생각하니 담배라도 피우지 않으면 돌아 버릴 지경이었다.

"근데 김지우, 이 자식은 왜 연락을 안 해 줘?"

일을 맡긴 지가 언젠데, 아직도 감감무소식이었다. 주머니에서 핸드폰을 찾은 해수는 키패드를 꾹꾹 눌러 지우에게 전화를 걸었다. 한참 동안 신호음이 울린 끝에 속삭이는 목소리가 들렸다.

"왜요?"

"왜요? 너 죽을래?"

"지금 회의중이라고요."

"회의 중은 무슨, 똥이나 처 싸고 있겠지."

"아이, 진짜!"

"똥 싼 거 맞네. 내가 널 몰라?"

"왜 자꾸 눈치 보이게 부탁을 해요? 갔으면 알아서 해결 해야지."

"야, 내가 얼마 전에 아기 매트 시공해 줬잖아. 가족도 없는 불쌍한 내가 너희 집 매트까지 선물로 줬는데 이 정도도 못 해 주니? 너 나한테 잘해야 한다? 내 재산 다 어디로 가겠어? 어?"

"결과 보고 하겠습니다!"

"그래. 어디 해 봐."

해수가 거만한 표정으로 턱을 치켜들며 지우의 말을 기다렸다.

"언더독에 업로드된 영상이요, 베팅한 날짜와 영상이 녹화된 날짜가 달랐어요. 그러니까 먼저 개싸움을 녹화하고 그다음에 온라인에 푼 거죠. 지독한 자식들. 어차피 질 개한테 승부를 걸게끔 유도해 놓고 돈을 쭉쭉 빨아먹었더라고요. 참여한 사람들은 실시간이라고 믿고 있었고요. 수억 잃은 사람도 있던데 그냥 나락이지 뭐. 자살 안 하게 생겼어요? 하하, 자살이라는 말은 취소. 선배 예민하니까."

"왜 나도 알고 있는 사실을 되짚어. 누가 그거 물어봤어?"

"지금 말하려고 했어요. 성격도 급하셔라. 일단 조주만의 어머니 행적은 확실해요. 근처 요양원에 있는 거 확인했고요, 치매기가 있어서 정신이 오락가락한대요. 딸은 얼마 전까지 투병하다가 죽은 게 맞고요. 그리고 선배가 말한 협동조합이요. 겉으로는 아무런 문제가 없던데요. 그냥 평범한 축산 협동조합이에요. 인정군에 소고기 맛있지 않아요? 나도 소 좋아하는데. 뭐, 보내 달라는 건 아니고요."

"배당금은 좀 알아봤어?"

"아니, 무슨 촌구석 협동조합 배당금이 비율이 대기업보다 세요? 분기별로 꼬박꼬박 몇천씩 나눠 가졌더라고요. 마을 기업이라고 따로 만든 회사에 근무하는 사람들도 많고요. 출자금도 상상 그 이상이에요. 보통 많으면 몇백인데 억 단위로 출자한 사람도 있고요."

"투견 관련해서 새로 문 연 베팅 사이트는 없니?"

"없어요."

"최현주 핸드폰 포렌식은?"

"선배. 진짜 너무하시네. 새로 온 팀장 눈깔이 완전 카멜레온이에요. 이리저리 막 돌아가. 특히 내부 정보가 밖으로 나가는 걸 극혐한다니까요!"

"어, 그럼 그 눈깔 피해서 잘 알아봐."

"지금 그 말 하는 게 아니잖아요. 엇! 서장님! 여긴 어쩐 일이십니까!"

수화기 너머로 지우의 경직된 목소리가 들렸다. 목소리를 알아들은 해수가 자신도 모르게 자세를 고쳐 섰다. 그토록 피했건만, 전화를 바꿔 든 이는 현우였다.

"야, 박해수. 너 전화도 한 통 없고 서운하게 할래? 잘 지내고 있는 거야?"

"예."

"내가 보낸 반찬은 먹었어?"

"아마도요."

"먹었으면 먹은 거지, 아마도는 또 뭐야?"

해수는 반찬통에 코를 박았던 자유와 수기를 떠올렸다. 그들이 대신 맛있게 먹었으니 자신이 먹은 것이나 다름없다고 생각했다.

"잘 먹었어요."

"그런데 인사도 없냐."

"또 보내 주세요. 고기 위주로."

"고기는 네가 사서 보내야지, 인마. 거기 한우로 유명하잖아."

"저보다 많이 버시잖아요. 벼룩의 간을 빼 드세요."

"우리 아들은 미국에 있거든?"

"저는 자식도 없어요."

"그래 내가 졌다 졌어. 고기로 보내 줄게!"

"최대한 빨리요."

"뻔뻔하기는. 정말 별일 없지? 너 거기 언더커버로 간 게 아니라 유배 생활하러 간 거다. 돼지처럼 먹고 뒹굴고 하란 말이야."

"바빠요. 끊어요."

"너 사고 치면 안 된다. 여보세요? 야?"

현우는 잔소리가 많은 것이 흠이라면 흠이었다. 전화를 끊은 해수가 곧장 편의점으로 들어갔다. 지금의 기분 상태로는 무어라도 입에 쑤셔 넣을 게 필요했다. 껌을 고르던 해수의 시선에 문득 머리끈 하나가 걸렸다. 해수는 강아지 캐릭터가 달린 머리끈을 만지작거렸다. 산발한 채로 돌아다니던 수기가 떠올랐다. 고민 끝에 고리에서 머리끈을 빼내어 걸음을 안쪽으로 옮겼다. 젊은 여자가 떠드는 소리 때문이었다.

"그렇다니까. 재형 씨가 알기 전에 찾아야 해!"

명품으로 몸을 휘감은 여자가 다리를 꼰 채로 앉아 통화하며 호들갑을 떨고 있었다. 손톱을 잘근잘근 물던 그녀의 시선이 문득 해수에게로 향했다. 해수가 모른 척 과자를 하나 집어 반대편으로 향했다. 목소리를 낮춘 현주는 이내 편의점의 창고로 들어가 버렸다. 아쉬운 마음에 그 앞을 서성이던 해수는 더는 목소리가 들리지 않자, 포기하고 매대 앞으로 돌아 나왔다.

"또 보네요."

바코드를 찍는 아르바이트생을 빤히 쳐다보던 해수가 반가운 기색으로 먼저 인사를 건넸다.

"저 아세요?"

"그럼요. 내가 여기 단골이잖아."

"아, 네."

아르바이트생의 시선이 손에 들린 카드에 닿았다. 퉁명스러운 눈짓에 해수가 카드를 기계 안에 넣었다.

"소식 들었어요? 여기 사장님 개한테 소매치기당한 거."

그녀는 보란 듯이 닫힌 창고 문을 곁눈질하며 아르바이트생에게 속삭였다. 들뜬 시선을 따라서 창고 문을 힐끗거린 아르바이트생의 울대가 출렁였다.

"사실 내가 경찰이거든요. 여기 옆에 파출소에서 근무해요. 신고 내용 보고 어찌나 웃기던지, 한참을 웃었다니까요?"

"웃을 일이 아니에요. 그렇지 않아도 히스테릭한 성격이 더 심해졌거든요. 그 핸드폰 언제 찾을 수 있어요?"

"뭐, 서재형 사장님이 부탁하신 일이니까 총력을 다해 봐야죠."

"역시. 애인이 능력 있으니 살기 편하겠구나. 이 편의점도 그 사장님이 차려 준 거잖아요."

"그렇구나."

해수가 경쾌한 손놀림으로 카드를 뽑았다. 동시에 창고에서 나온 현주가 종종걸음으로 편의점을 나갔다. 시야에서 사라지는 현주를 살피던 아르바이트생의 얼굴에 찝찝함이 내려앉았다. 괜한 말을 했나 싶은 표정이었다. 해수는 곧장 편의점에서 나왔다. 수기에게 지시하고 나온 일이 착착 돌아가야 할 텐데, 하는 걱정이 들었다. 그때 해수의 핸드폰 벨이 울렸다. 발신인은 진남이었다.

7.

검은 개는 혀를 내밀고 크게 헉헉댔다. 사람이 올 때는 냄새를 맡는 척 고개를 숙였다. 장날이라서 그런지 평소에 휑하던 거리가 포장 친 가게들과 구경하는 사람들로 붐볐다. 검은 개는 오만가지 냄새 중 현주의 향수 냄새를 쫓았다. 생선 냄새, 나물 냄새, 뻥튀기 냄새, 떡볶이 냄새가 진을 쳤지만, 인위적인 꽃향기를 감출 수는 없었다.

현주가 문득 뒤를 돌아보면 태연하게 노점상 주인의 옆에 앉았다. 얌전히 앉아 자리를 지키는 모습은 누가 봐도 노점상 주인의 개 같았다. 노점상 주인은 귀에 이어폰을 꽂은 채로 스마트폰으로 동영상을 시청하고 있었다. 검은 개는 그와

조금 떨어진 곳에 다소곳이 앉아 현주를 기다렸다. 건물 안으로 들어갔으니 언제 다시 나올지 몰랐다.

지루하지는 않았다. 활기찬 거리에는 구경거리가 넘쳐났으니까. 엄마의 손을 놓은 어린아이가 손에 튀김을 들고 다가왔다. 검은 개는 짖지 못했으므로 꼬리를 흔들며 반가움을 표시했다. 고소한 기름 냄새에 군침이 돌았다. 그러나 아이의 엄마가 검은 개에게 내밀던 앙증맞은 손을 재빠르게 저지했고, 튀김이 땅에 떨어지고야 말았다.

검은 개는 은밀하게 튀김 앞으로 향했다. 날름 튀김을 입에 넣고 씹어 삼키는데 꽃향기가 짙어졌다. 퍼뜩 정신을 차린 검은 개는 다시 현주를 쫓았다. 종종걸음으로 큰길을 건넌 그녀가 인적이 드문 골목으로 향했다. 검은 개의 시선이 덜렁이는 손가락으로 향했다. 오늘, 검은 개의 임무는 저 손가락을 물어 오는 것이었다.

막중한 임무에 검은 개는 겁이 났다. 살면서 한 번도 사람을 물어 본 적이 없었다. 검은 개에게 사람의 손이란 한없이 다정하다가도 일순간 무기로 돌변해 버리는 무서운 것이었다. 망설이던 검은 개가 그 자리에 멈춰 섰다. 자신을 이곳에 버리고 간 주인의 얼굴이 떠올랐다. 밉기보다는 보고 싶었다.

만약 자신이 눈앞의 손가락을 물어뜯어 버리면 저 인간은 키우는 개에게 밥도 못 주고, 똥도 치우지 못하고, 쓰다듬

생각이 거기까지 미치자 검은 개는 아무것도 할 수가 없었다. 검은 개는 자신이 한심해졌다. 이대로 머릿골로 돌아간다면 동료들이 비난할 게 뻔했다.

"잘했어."

시무룩한 얼굴로 제자리에 앉아 있던 검은 개의 몸이 덜렁 들렸다. 애처로운 울음을 듣던 수기가 괜찮다는 의미로 검은 개의 정수리에 입을 맞췄다. 검은 개는 안심했다. 임무를 수행하지 못해도 버려지지 않겠구나, 하는 생각이 들었으니까. 검은 개 대신 수기가 현주의 뒤를 밟았다.

"거기! 몸 팔아서 편의점 차린 아줌마!"

자신을 부르는 목소리에 앙칼진 시선으로 수기를 노려보던 현주가 이내 놀란 듯 헛숨을 들이켰다. 그녀는 퍼뜩 주변을 돌아보았다. 닥스훈트 한 마리가 있었지만, 진돗개는 보이지 않았다. 몇 걸음 물러난 현주는 두르고 있던 퍼 안에 은근슬쩍 손을 넣었다. 주차된 차가 근처에 있으니 잠금장치만 풀리면 곧바로 뛸 작정이었다.

"이거 사장님 거 맞죠?"

현주의 앞에 수기가 핸드폰을 내밀었다. 일전에 진돗개 때문에 잃어버렸던 핸드폰이었다. 놀란 현주가 손을 뻗어 핸드폰을 잡아채려던 순간, 어디선가 매섭게 개 짖는 소리가 들

들개

졌다.

"저리 가! 가란 말이야!"

"괜찮아요. 우리 자유는 착해요."

수기가 비웃음을 거두며 말했다. 현주는 이러지도 저러지도 못한 채로 벌벌 떨고만 있었다. 당장에라도 도망치고 싶었지만, 핸드폰이 수기의 손에 있었다. 머릿속으로 방법을 타개하던 현주의 종아리가 무언가에 쓸렸다. 어느새 다가온 검은 개가 꼬리를 흔들며 얌전히 기다리고 있었다.

그녀는 몸을 일으키며 어깨 아래로 늘어진 퍼를 추슬러 올렸다. 쌍놈의 들개들, 진작에 죽여 버렸어야 했는데. 수기를 구덩이에 파묻던 날이 떠올랐다. 서재형은 산 채로 수기를 매장하려고 했고, 자신은 말렸다. 그런데도 저 아이는 죽지 않고 끝내 살아나서 투견으로 사람들을 공격했다. 보란 듯이 사람들을 곤란과 위험에 빠뜨리며.

"원하는 게 뭐야?"

현주가 물었다.

"간단해요. 서재형의 개장이 어디에 있는지 말해요."

"몰라. 머릿골에 있던 개장이 그렇게 쉽게 털렸는데 재형 씨가 가만히 있겠니? 나도 모르는 곳에 만들었어."

"그 말은 아직도 투견을 기르고 있다는 뜻이네요."

우리 일 크게 만들지 말자. 그때 봤잖아. 재형 씨가 억지로 끌고 가는 바람에 나도 어쩔 수 없었어. 널 매장하려는지 꿈에도 몰랐다고!"

"병든 개들을 머릿골에 생매장한다는 건 알고 있었잖아요."

"…짐승이잖아. 그래, 도덕적으로는 잘못된 일이지. 하지만 사람도 아니고 병든 개 좀 버리면 어때. 사람도 죽어 나가는 세상에. 안 그러니?"

현주의 말에 수기가 입을 다물었다. 자신의 말에 흔들렸다고 생각한 현주는 머릿속으로 계산기를 두들겼다. 마음을 흔들어 놨으니 얼마 정도의 돈이면 회유할 수 있겠다 싶었다.

"내가 도와줄게. 애, 너 아직 어려. 그 꽃다운 청춘을 왜 시궁창에 처박으려고 하니? 여기 떠나서 새로 시작해. 그래, 춘천이 좋겠다. 너랑 맨날 붙어 다니던 개, 그 동물병원 원장 아들내미도 춘천으로 이사 갔다며?"

"…주세요."

"뭐? 잘 안 들려. 크게 말해 봐."

"손가락 주세요. 열 개 모두 준다고 하면 생각해 볼게요."

"뭐, 뭐?"

물끄러미 자신을 쳐다보고 있는 수기는 뭐든 저질러 버릴

들개

수기의 시선을 느낀 현주가 손을 뒤로 숨겼다. 진돗개가 으르렁거리며 앞으로 나서자, 현주는 악다구니를 쓰며 뒤로 물러났다.

"살려 주세요!"

현주는 이제 막 골목으로 들어서는 남자들을 보며 외쳤다. 그들을 향해 검은 개와 진돗개가 버티고 섰다. 진돗개가 매섭게 짖자, 그들은 뒤도 돌아보지 않고 황급히 흩어졌다. 맥이 풀린 현주가 제자리에 주저앉았다. 가까이 다가간 수기가 바닥에 떨어진 퍼를 주워 건넸다.

"사장님, 설마 이거 개털 아니죠?"

수기의 물음에 현주는 필사적으로 고개를 저었다.

8.

실내가 고기 굽는 연기로 뿌옜다. 낮부터 이어진 회식이었다. 돼지 껍데기를 굽던 동철이 제일 먼저 해수의 앞접시에 고기를 놓았다. 소장은 손수 그녀의 잔에 막걸리를 따랐다. 해수가 얼른 자신의 술잔을 위로 올리며 소장의 술을 받았다. 서재형의 호텔에 다녀온 후로 할 일이 태산이었건만, 소장의 갑작스러운 회식 요청에 어쩔 수 없이 끌려온 해수였다.

"자, 쭉 들이켜."

허공에서 맞부딪쳤다. 열심히 고기를 굽는 동철을 제외한 나머지는 주거니 받거니 술을 마셨다. 해수는 파출소 사람들의 얼굴을 훑었다. 확인한 바로 여기서 협동조합에 가입한 이는 진남뿐이었다. 해수는 일부러 나 잘났다고 떠드는 진남의 잔에 술을 가득 따르며 그의 경쟁심을 부추겼다.

한 번도 남자들에게 술로 져 본 적이 없다는 그녀의 말을 진남은 대놓고 비웃었다. 소장의 만류에도 그는 해수의 속도에 맞춰 술을 마시기 시작했다. 그러나 연거푸 들이킨 술잔에도 해수는 눈 하나 깜빡하지 않았다. 얼굴도 모르는 부모에게서 받은 유일한 유산이 바로 주량이었으니까.

"야, 나 학교 다닐 때 전교 어린이 회장이었거든?"

"최 팀장님. 어린이 회장 레퍼토리 나온 걸 보면 취하셨습니다."

만류하는 동철을 뿌리친 진남이 스스로 술잔에 막걸리를 부었다. 하지만 진남이 술잔이라고 생각한 대접은 먹다 남은 콩나물국이 담긴 그릇이었다.

"서재형이 내 꼬붕이었다고. 꼬붕."

"그 반대가 아니라?"

이번에는 소장이 진남의 말을 받아쳤다. 그 말에 눈치 없이 웃던 동철은 괜히 뒤통수 한 대를 얻어맞았다. 동철의 머

들개

분명 같은 속도로 마셨건만, 해수는 얼굴색 하나 변하지 않은 채였다. 진남은 체념한 듯한 얼굴로 콩나물이 섞인 막걸리를 단숨에 마셔 버렸다.

"야, 박해수! 너 어린이 회장 해 봤어?"

"안 해 봤습니다."

"그렇지?"

진남이 딸려 온 콩나물 줄기를 씹으며 웃었다. 전교 어린이 회장은 진남의 자랑이었다. 처음이자 마지막으로 서재형의 그늘에서 벗어났던, 그의 인생에서는 희대의 사건이기도 했다.

"시발, 나는 걔가 평생 개장수로 남을 줄 알았다. 개나 팔아먹던 인간이 갑자기 호텔 사장이 되더니 어디서 성인군자 노릇이야, 재수 없게. 야, 박해수! 너 그 새끼 손가락 봤지? 그 두 번째 손가락 말이야. 기르던 개한테 잘렸잖아. 19번이라고 네가 데려간 진돗개…."

"최 팀장, 입 다물어라."

"소장님은 왜 자꾸 나한테만 입 다물래요?"

"왜 외지인한테 동네 얘기를 막 해? 그것도 서 사장 이야기를."

"모르는 사람이라니요. 언제는 식구라면서요."

나시죠."

그들 사이에서 눈치를 보던 동철이 집게를 놓았다. 자리에 앉아 비틀거리던 진남이 부축하려는 동철의 손길을 뿌리치며 때리는 시늉했다. 그 모습에 깊은 한숨을 내쉰 소장의 시선이 해수에게 향했다.

"방금 내가 실언을 했어."

그가 해수의 접시 위에 잘 익은 돼지 껍데기 한 조각을 놓으며 말했다.

"아닙니다. 외지인 맞죠, 뭘."

"상처가 좀 있어서 그래. 도시에서 살던 사람들이 노후를 보낸다, 좀 쉬어 간다, 하면서 오면 아주 유난을 떨어. 그냥 지나가도 될 일을 꼭 따지려고 들고. 지난번에는 닭 울음 때문에 난리였다니까. 이사 온 사람은 새벽에 닭 우는 소리가 층간 소음보다 더하다고 난리고, 그 옆집 주인은 오래전부터 키웠는데 왜 갑자기 지랄이냐고 그러고. 내가 이런 말 하면 젊은 사람들은 텃세 있다고 하는데 인정군 사람으로서 변명하자면 문화가 다른 거지."

말을 마친 소장이 물끄러미 해수의 앞접시를 보았다. 동그랗게 말린 껍데기가 그대로 있었다.

"내 생각은 그래. 로마에 왔으면 로마법을 따르라고, 여기

들개

는 거야. 처음에는 좀 투박하고 거칠어 보여도 정들면 가족처럼 나서는 게 또 여기 사람들이니까. 내 말 알아듣지?"

"걱정하지 마세요. 저는 이미 인정군 사람입니다."

"나이스! 박해수 나이스!"

그들의 대화에 갑자기 끼어든 진남이 손뼉을 쳤다. 꼬부라진 혀로 추임새를 넣으며 연거푸 엄지를 치켜드는 진남을 본 동철이 뜨악한 얼굴로 말렸다. 그런데도 진남은 멈추지 않았다. 자연스럽게 해수의 어깨에 손을 올리며 추파를 던지고 있었다.

"징그럽게 왜 이러세요?"

"내가 널 여동생으로 생각해 준다."

"됐어요. 저는 외동이 좋아요."

해수가 진남의 얼굴을 밀어내며 자리를 옆으로 옮겼다. 그녀의 단언에 머쓱해진 진남이 머리를 긁적이며 잔을 채웠다. 그들은 시시껄렁한 이야기를 주고받았다. 주로 들개 이야기였다. 소장은 관리에 소홀한 군청을 욕하고, 진남은 파출소로 신고하는 민원인들을 욕했다. 이야기 끝에 얼큰하게 취한 소장이 화장실을 간다며 몸을 일으켰다.

가만히 눈치를 보고 있던 동철은 소장의 손에 쥔 대리운전 명함을 빼앗아 들었다. 이 순간을 위해 막걸리는 마시는 시늉만 했던 동철이었다. 소장은 거듭 도망가는 게 아니라며 변명하다가 모셔다드린다는 동철의 설득에 못 이기는 척 자리를 파했다. 어느새 술집에는 해수와 진남 둘뿐이었다.

"우리 얘기 좀 해요."

"우리끼리? 무슨 얘기?"

해수는 게슴츠레하게 눈을 뜬 채로 웃는 진남의 인중을 갈겨 주고 싶은 마음을 꾹 참았다. 어차피 술에 취해 다음 날에 기억 못 할 게 뻔했지만, 지금은 그의 입을 막는 대신 활짝 열어 버릴 수단이 필요했다. 이를테면 동경과 질투의 대상이기도 한 서재형 같은….

"서재형 사장님이요, 여기서 그렇게 파워가 세요?"

"왜 너도 콩고물이나 받아먹으려고 그러냐?"

"받아먹으면 좋죠. 저 좌천됐잖아요."

"아서라. 걔가 겉으로는 상냥해 보여도 보통이 아니야. 괜히 건드렸다가 저 위가 아니라 나락으로 처박힐 수 있다고."

"그럼 협동조합이라도 끼워 주세요. 최 팀장님도 그 정도 파워는 있으실 거 같은데."

"그 얘긴 어디서 들었어?"

"이 동네에 비밀이 있나요. 소문 듣자 하니까 배당금이 쏠쏠하다면서요? 저도 좀 끼워 주세요."

"그건 출자금 낸 사람만 낄 수 있어. 외지인은 안 돼."

"아까는 여동생 삼고 싶다면서요. 식구끼리 그런 것도 못 해 줘요?"

"아니, 나는 그런 권한이 없어요. 정 들고 싶으면 현주한 테 가 봐."

"현주요?"

"저기 편의점 주인. 걔가 서재형 이거잖아."

진남이 엉큼스러운 얼굴로 자신의 새끼손가락을 들었다.

"걔가 키스를 그렇게 잘한대."

"서재형 사장님 사모님은 안 계신가 봐요?"

"죽었지, 옛날에. 뭐, 죽였을지도 모르고."

"네?"

"아니, 농담. 농담. 하여간 인정군에서 서재형 돈 받아 처 먹지 않는 인간들이 없어요. 야, 박해수 너도 줄 잘 서라. 외 지인 티 내면 그대로 아웃이라 이거야. 알겠어?"

"그럼 오빠가 이야기 좀 잘해 주세요."

"뭐? 너 방금 뭐라고 했어?"

"오빠라고 했는데요? 오빠."

"오빠? 좋아, 내가 당장에 현주한테 연락을 해서, 어? 문 자가 와 있었네. 근데 터미널 뒷집이면 우리 동생 숙소 아니 야?"

핸드폰을 확인하던 진남이 현주가 보낸 문자를 보았다.

문자를 확인한 해수가 급히 가방을 챙겼다. 진남은 쏟아지는 졸음을 참지 못하고 테이블 위로 쓰러졌다. 다 먹지 못하고 남은 고기가 불판 위에서 지글지글 타고 있었다.

9.

"백수기!"

해수가 마당으로 뛰쳐 들어갔다. 진돗개가 현주를 향해 짖고 있었다. 몸을 던진 해수가 현주를 감싸안았다. 해수를 알아본 진돗개가 뒤로 물러나며 수기를 쳐다보았다.

"왔어?"

"너 지금 뭐 하는 짓이야?"

서슬 퍼런 해수의 물음에 수기는 그만 입을 다물었다. 해수가 그만 나가라고 눈짓했다. 그 모습에 수기의 기분이 가라앉았다. 기분이 나빴다. 박해수가 현주보다 자신을 나쁜 사람으로 보고 있는 거 같아서. 수기는 두말하지 않고 핸드폰을 챙겨 마당을 떠났다. 험악하게 으르렁대던 진돗개는 수기의 부름에 어쩔 수 없이 발길을 돌렸다.

"괜찮으세요?"

그들이 완전히 숙소에서 떠나고서야, 해수는 현주의 얼굴을 살필 수 있었다. 고개를 든 현주의 얼굴은 눈물범벅이었다. 발작하듯 해수의 옷깃을 움켜쥔 현주가 눈알을 굴리며 마당을 살폈다.

"갔어요?"

"네. 안심하세요."

그제야 고개를 든 현주가 산발이 된 머리칼을 정리했다. 그동안 해수는 마당에 널브러져 있던 소지품들을 가방 안에 챙겼다.

"최 팀장이 보내서 왔어요?"

아직도 찔끔 흐르는 눈물을 닦으며 현주가 물었다.

"네. 팀장님이 좀 취하셔서요."

"제 핸드폰, 핸드폰은요?"

"아무래도 도망가면서 가져갔나 보네요. 제가 경황이 없어서, 죄송합니다."

"찾아야 해요! 당장 쫓아가요. 어서요!"

"예, 일단 사건 접수를…."

"아뇨! 그런 거 필요 없어요. 그냥 핸드폰만 찾아 주세요. 아니다. 최 팀장 불러 주세요. 지금 당장!"

"진정하시고요, 일단 사건 경위를 좀 말씀해 주세요."

"잠시만요. 근데 아까 그년 이름 부르지 않았어요?"

"아, 그건요."

해수가 변명하기도 전에 현주가 먼저 떨어져 나갔다. 경계심이 바짝 든 얼굴로 해수를 응시하던 현주는 뭔가 깨달았다는 듯이 주변을 둘러보았다. 이윽고 다급한 손길에 싸리 빗자루가 잡혔다.

"너 누구야! 여기는 어떻게 알고 왔어!"

빗자루를 정면으로 들이댄 현주가 곧 휘두를 듯이 덤벼들었다.

"진정하세요. 최 팀장님 문자 받고 대신 온 거예요."

"거짓말! 그러고 보니 백수기가 이 집으로 나를 괜히 끌고 온 게 아니야."

"맞아요. 여기 제 숙소예요."

"그것 봐!"

"저도 서재형 사장님 편이라고요!"

답답하다는 듯이 해수가 버럭 소리를 질렀다. 미간을 찌푸린 그녀의 얼굴에 현주의 기세가 조금 움츠러들었다. 슬며시 아래로 떨어지는 빗자루를 보던 해수는 허리춤에 손을 올렸다.

"쪽팔려서 이런 말 안 하려고 했는데, 사실은 동아줄 좀 잡아 보려고 왔어요."

"동아줄이라니?"

"저 다시 본서로 올라가고 싶거든요? 그럼 서재형 사장님 눈에 들어야 하잖아요. 최 팀장님한테 듣기로는 백수기가 자꾸 들개로 사장님을 귀찮게 한다고 해서 소란 없이 처리하려고 접근한 상태였고요, 갑작스럽게 서재형 사장님의 아내가 되실 사모님께서 위험하다고 하길래 회식 도중에 뛰어온 겁니다."

"그게 정말이야?"

"최 팀장님께 확인해 보시라니까요? 아니면 제가 어떻게 알고 왔겠어요."

해수를 빤히 쳐다보던 현주가 빗자루를 내려놓고 이내 팔짱을 끼었다. 해수의 말을 전부 신뢰할 수 없었지만, 사모님이라는 호칭은 나쁘지 않았다. 무엇보다 그녀는 잃어버린 핸드폰을 찾아야 했다. 그러려면 아무래도 경찰의 도움을 받는게 낫겠지 싶었다. 따로 설명하지 않아도 알아서 입을 다물어 줄, 확실하게 일을 마무리해 줄 사람이 필요했다.

"핸드폰 꼭 찾아 줄 거지?"

"물론이죠."

어느새 말을 놓은 현주를 속으로 우습게 여기며 해수가 명함을 건넸다. 건넨 명함을 현주가 받는 걸로 그녀들의 거래가 끝났다. 택시 정류장까지 현주를 극진히 모신 해수는 번호판이 보이지 않을 때까지 굽힌 허리를 펴지 않았다. 이윽고 고개를 든 그녀의 얼굴에 피곤함이 몰려들었다.

"야."

"시발! 깜짝이야."

아직 반도 못 피운 담배가 해수의 발치 아래로 떨어진 건, 막 정자를 지날 때였다. 캄캄한 곳에 숨어 해수를 기다린 이는 수기였다.

"너 혹시라도 딴생각 하지 마. 쥐도 새도 모르게 죽을 수 있으니까."

"내가 말본새 고치라고 했지?"

협박성 발언을 서슴없이 내뱉는 수기를 향해 해수가 손을 뻗었다. 여느 때처럼 머리를 쥐어박으며 나무랄 생각이었다. 하지만 해수의 손길이 미치기도 전에 수기가 먼저 팔을 막았다. 팔걸이를 한 손을 이마 위로 올린 수기의 눈동자가 어둠 속에서 빛났다. 분위기를 파악한 해수는 손을 거뒀다.

괜한 일로 에너지를 쏟고 싶지 않았다. 절대로 겁을 먹어서가 아니었다.

"손 안 다친 거 다 뽀록났는데 그건 왜 하고 다녀?"

"내 마음이야."

"그것도 패션이냐? 참으로 알 수 없는 Z 새끼들."

"엉큼한 노땅보다 낫겠지."

"이게 한 마디도 안 져. 너 내가 개로 사람 공격하지 말라고 했지?"

"개장 찾는다고 했잖아."

"개장이 아니라 네 욕심 채우려고 했겠지."

들개

"욕심이라니?"

"너 지금 개들 부려서 스트레스 풀고 있잖아. 안 그래?"

"언제는 나가서 움직이라며?"

"이런 식으로 막 나가라고는 안 했어."

둘 사이의 기류가 팽팽했다. 애초에 현주를 숙소까지 끌고 온 건 해수의 작전이었다. 정보도 얻고 현주의 신임도 얻기 위한, 완벽한 서재형의 틈을 파고들 작전. 비번인 날 잡은 회식에 억지로 간 이유도 바로 진남을 이용하기 위함이라는 걸 백수기가 알 리가 없었다.

"너처럼 단순한 아메바가 뭘 알겠니."

"내가 아메바라고 하지 말랬지?"

"그래. 너 잘났다, 백수기."

"김민영처럼 쓰고 버릴 생각은 하지 마. 나는 순진하게 당할 생각 없으니까."

민영의 이름을 들은 해수의 얼굴이 순식간에 어두워졌다. 해수는 오도카니 서 있는 수기를 두고 먼저 숙소로 올라갔다. 언급만으로도 걸음이 무거워지는 걸 보면 생각과 달리 마음은 결백하지 않다는 증거였다.

"왜 저래?"

수기는 축 처진 어깨로 길을 오르는 해수가 마음에 들지 않았다. 박해수라면 쌍욕 한 번 날리고 넘어가리라고 생각했다. 그런데 예상과 달리 상처받은 얼굴이 마음에 걸렸다. 조용히 해수를 따라가는 수기의 걸음이 점점 빨라졌다. 수기가 보란 듯이 해수의 옆에 나란히 서며 물었다.

"그사이에 알아낸 건 없어?"

"…"

"없냐고."

"더 알아봐야지."

"존나 무능하네."

그 말에 해수가 걸음을 멈췄다. 여느 때처럼 열이 솟구치는 느낌이 아니라 오히려 몸이 싸늘하게 식는 느낌이었다.

"왜 사람을 그렇게 쓰레기 보듯 봐?"

"더는 기어오르지 마. 참는 것도 한계가 있으니까."

"내가 틀린 말 했어? 네가 여태까지 뭘 했는데."

수기의 말이 맞았다. 진돗개가 훔쳐 온 현주의 핸드폰은 채팅 애플리케이션이 외국에 본사를 두고 있어서 포렌식 협조 요청이 어렵다고 했다. 갤러리나 연락처에도 딱히 건질 만한 건 없었다. 겨우 찾아낸 건 잠든 서재형의 얼굴을 몰래 찍은 사진 정도.

"개장은 대체 언제 찾을 거야? 그걸 찾아야 한다고."

"지금 사람이 죽어 나가는데 개들이 문제니? 넌 네 몸뚱이나 지킬 생각해. 사람 귀찮게 하지 말고."

"귀찮아?"

"어. 귀찮아."

"알았어. 그럼 꺼져 줄게."

수기가 더는 상대하기 싫다는 듯이 길 아래로 홀연히 사라져 버렸다. 혼자 남은 해수는 마른 손길로 제 얼굴을 훑었다. 수기가 정곡을 찔러서였을까. 아직도 감정만 앞서는 자신이 한심하게 느껴졌다. 담배를 찾아 주머니를 더듬던 손길이 안쪽에 닿았다. 울퉁불퉁한 머리끈의 감촉이 느껴졌다.

수기에게 주려고 기회만 보고 있었는데 이제는 줘도 쓰레기통에 처박힐 판이었다. 번쩍 얼굴을 든 그녀가 밤하늘에 고함을 쳤다. 온갖 욕설이 메아리처럼 자신에게 돌아왔다. 한동안 제자리에 서서 고래고래 소리치던 해수의 몸이 비틀거렸다. 이래저래 시끄러운 밤이었다.

10.

오늘 해수의 목적지는 인정고등학교였다. 학년당 세 개 반, 전교생 276명의 작은 학교는 고요했다. 해수는 운동장 스탠드에 자리를 잡고 앉았다. 점심시간이 될 때까지 기다릴 셈이었다. 수기도 이 학교에 다녔겠지. 해수의 머릿속에 교복을 입고 운동장으로 걸어 나오는 수기의 모습이 그려졌다.

수기는 어떤 모습이었을까. 여느 여고생들처럼 의미 없는 말들을 나불거리며 까르르 웃고, 매점에서 빵 하나를 고르는 것도 신중하며, 돌아보면 별것 아닌 일에 상처받고 눈물 흘리는 그런 아이였을까. 아니면 반대로 어떠한 기대도 없는 얼굴로, 모든 걸 무의미하게 흘려보내고, 그저 내일이 오기만을 기다리던 그 시절의 박해수 같은 모습이었을까.

"진짜 거슬리게 하네."

해수가 수기의 생각을 거두며 몸을 일으켰다. 수업을 마치는 종이 울렸기 때문이었다.

정구의 번호를 찾은 그녀가 통화 버튼을 눌렀다. 긴 신호음이 이어졌지만, 원하는 목소리는 들을 수 없었다. 학교에 결석하는 일도 잦았으니 오늘이라고 나타날 리가 없었다. 그런데도 해수는 직접 정구를 찾아 나서기로 했다. 오늘은 제발 나타나 주기를 바라며.

이미 교실로 들어간 학생들을 따라서 교정을 걷던 해수는 소각장으로 향했다. 애들 말로 교실에서 남정구를 보지 못했다고 했으니 학교 주변을 뒤져야 했다. 그러나 몇 바퀴를 돌아도 남정구의 모습은 보이질 않았다. 해수는 다시 핸드폰을 꺼냈다. 숨어든 쥐새끼한테는 거부하지 못할 먹잇감이 필요했다.

문자를 보낸 지 몇 초 만에 해수의 핸드폰이 울렸다.

"형사님? 죄송해요. 핸드폰이 물에 빠져서요."

"어, 그랬니? 그래서 우리 정구가 연락이 안 됐구나. 하마터면 오해하고 긴급 출동할 뻔했어. 혹시나 하고 좀 알아봤는데 너 원양어선 탄다며?"

"예? 미성년자가 무슨 원양어선이에요. 에이."

"전부터 자꾸 미성년자, 미성년사 하는데 너 부모님 허락 없이도 탈 수 있잖아."

"무슨 소리세요. 근데 형사님 저 지금 서울이라서요. 갑자기 핸드폰이 왜 안 들리지? 여보세요? 제가 연락드릴게요."

점점 멀어지던 정구의 목소리가 끝내 끊겼다. 해수는 정구에게 다시 전화를 걸지 않았다. 서울에 있다던 그가 버젓이 해수의 눈앞에 보였기 때문이었다. 멀리서 정구를 지켜보던 해수는 눈을 가늘게 떴다. 정구의 뒤를 따르는 소년 때문이었다. 적의 가득한 눈빛으로 자신을 쏘아보던, 동물병원 개 물림 사건의 피해자인 서승완이었다.

둘은 교정을 한 바퀴 돌아서 뒤쪽에 있는 소각장으로 향했다. 조용히 뒤를 따라간 해수가 기척을 죽이며 벽 뒤로 몸을 숨겼다.

"내가 오늘까지 5000 준비해 오라고 했지?"

"갑자기 그 큰돈을 어떻게 마련해…."

"개장수 금고라도 털라고!"

"그게 말처럼 쉬우면…"

"시발. 빨리 여기 떠야 한다고 내가 말했잖아."

"조금만 더 시간을 줘."

"이게 다 너 때문이야!"

머리를 쥐어뜯던 정구가 별안간 승완의 멱살을 잡아끌며 눈을 부라렸다.

"상황 파악이 안 돼? 경찰이 주만이 형을 찾고 있다고."

"경찰이?"

"그래, 병신아. 그러니까 돈 빨리 가져와. 안 그러면 너희 아빠한테 다 말할 거야."

"뭘?"

"네가 그런 거잖아."

해수는 눈살을 찌푸렸다. 정구가 승완의 귓가에 속삭인 다음 말이 잘 들리지 않았다. 다만, 그 말이 승완을 자극했다는 사실만은 명확해 보였다. 정구의 말에 멈칫한 승완의 기색이 순식간에 바뀌었다.

"같이 죽을래?"

"뭐?"

승완이 정색하자 당황한 건 정구였다. 부릅뜬 눈에 보이는 살기가 예전의 깡을 보는 듯했다. 그러나 19번에게 물려 사라진 검지 하나와 절뚝이는 발로 건장한 체격의 정구를 밀어내는 건 무리였다. 정구가 뒷발을 디디며 승완의 두 손목을 잡았다. 깡이었던 시절의 승완이었다면 절대로 당해 내지 못했겠지만, 지금은 상황이 달랐다. 중심이 무너진 종아리를 걷어찬 정구는 바닥을 구르는 승완의 몸에 올라탔다.

"지랄하네. 네가 아직도 예전의 깡인 줄 알아? 그냥 물려 죽지 그랬어, 이 병신 새끼야! 너 때문에 주만이 형도 죽은 거야. 너랑 개장수 때문에 형이 죽은 거라고! 나는 절대로 그런 개죽음 안 당해. 알아들었어?"

거친 주먹이 승완의 얼굴을 가격했다. 이미 흥분한 정구의 눈동자에는 이성이 사라진 지 오래였다. 무자비하게 휘두르던 주먹을 멈춰 세운 건 해수였다. 그녀는 두말하지 않고 승완의 몸에서 정구를 떼어냈다.

"형사님, 그게 아니라요."

"내가 말하지 않았나? 아메바들은 생각이 없어야 한다고. 지금부터 머리 굴리는 소리 들리면 진짜 돼진다."

해수가 승완에게 시선을 돌렸다. 지팡이를 짚고 일어선 승완이 교복 바지를 털고 있었다.

"너 왜 재 삥뜯어."

"요즘 세상에 누가 삥을 뜯는다고 그러세요. 친구한테 돈 좀 빌려달라고 한 거지."

해수는 얼굴을 굳혔다. 정구는 변명으로 일관하며 능글맞게 빠져나가려고 했다. 예고 없이 정구의 턱을 움켜쥔 그녀

가 자신보다 큰 몸뚱이를 벽으로 밀쳤다. 갑작스러운 상황에
벌어진 정구의 입안으로 포장지도 뜯지 않는 껌이 쏟아졌다.

"씹어."

그녀의 명령에 정구는 고개를 끄덕이며 종이째로 껌을 씹
기 시작했다.

"남정구. 내가 지금 장난하는 거 같아?"

"아니요."

입안 가득 물린 껌 뭉치 때문에 정구의 발음이 어눌하게
들렸다.

"네 철없는 짓에 놀아난 피해자들을 생각하면 당장이라
도 목구멍에 총알을 쑤셔 넣어도 시원치 않아. 지금 내 주머
니에 껌밖에 없는 걸 다행으로 생각해."

"잘못했습니다."

"조주만 죽은 거 확실해?"

"그게…. 그럴걸요?"

"누가 시체라도 파묻었어?"

"그냥 주만이 형 엄마가 죽었다고 하길래 그렇게 생각한
거예요."

"원양 어선은 왜 타려고 했어."

"형사님이 저 찾은 거 서재형 사장님이 알면 진짜 죽어
요. 그래서, 쟤는 부자니까 돈 좀 마련해서 여기 뜨려고 한 거

예요. 말이 나와서 하는 말인데, 형사님이 쟤 입단속 좀 해주세요. 이대로 보내면 우리 둘 다 내일 개장에서 발견될지 모른다고요! 서재형이 괜히 개장수가 아니라니까요?"

해수는 자신을 노려보는 승완을 살폈다. 전에 호텔에서 마주쳤을 때처럼 적의가 고스란히 느껴지는 눈빛이었다. 먼저 시선을 거둔 승완이 소각장을 벗어났다. 해수는 승완을 잡지 않았다.

"너 전에 김민영 이야기하면서 프리미엄 단톡방 이야기했었지?"

"네?"

"이게 뭘까?"

주머니에서 종이를 꺼낸 해수가 정구의 앞에 그것을 들이밀었다. 종이를 찬찬히 훑어보던 정구가 해수의 눈치를 보며 입안에 있던 껌 뭉치를 바닥에 뱉었다. 입가에 묻은 침을 닦은 정구는 얼른 뒷말을 이었다.

"명함하고 영수증 같은데요?"

"그걸 누가 몰라서 물어?"

"그러니까 마스티프가 일, 십, 백, 천, 만, 억? 1억이 넘네요?"

아둔한 대답에 그녀가 두리번거리며 무언가를 찾았다. 마침 소각하려고 버려둔 대걸레 봉이 보였다. 거침없이 바닥에 내려쳐 걸레가 달린 머리와 봉을 분리한 그녀가 검도의 기본자세를 취하며 허공에 봉을 휘둘렀다.

"경찰이 이, 이렇게 막 협박하고 폭력을 써도 돼요?"

"응. 나 부양할 부모도 없고 거둘 자식도 없어. 이 세상에 내 몸뚱이 하나인데 내키는 대로 살지 뭐."

동그랗게 뜬 해수의 눈동자에 광기가 흘렀다. 퍼뜩 정신을 차린 정구가 다시 목록을 살피기 시작했다. 사실 아까부터 짐작이 가는 게 있었다. 더구나 조주만이 하던 일이라면 뻔했다. 개장을 관리하는 일 이외에 그가 했던 짓은.

"그냥 제 추측으로는요. 여기 자세히 보면 옆에 몇 kg인지 적혀 있잖아요? 무게에 따라서 금액이 이렇게 올라가는 건 마약밖에 없어요."

"마약? 그럼 이게 지금 약 거래한 명세서란 말이야?"

"그것보다는 일종의 광고지 같은 거죠. 이걸 보고 살 사람들은 주문을 넣을 거예요."

"이 협동조합은? 조주만이 여기 이사로 등재되어 있던데 약이랑 관련이 있어?"

"협동조합이 뭐예요?"

"정말 몰라?"

"뭐 서로 협동하는 그런 거예요?"

"됐다. 너 전에 약 팔던 건 누가 줘서 팔았어?"

"그건 주만이 형이 부탁해서 던지기 몇 번 한 거뿐이에요. 정말로 모른다니까요?"

"어디에 던졌는데."

"몰라요. 그냥 시키는 장소에 가져다 놨어요."

"그러니까 어디!"

"해산시에 주택가요! 주소는 자세히 몰라요. 세워 주는 곳에 내려서 뿌리고 온 게 다였어요."

"…"

"저는 이제 아는 거 다 털었어요. 형사님, 저도 어떻게 보면 피해자예요!"

감정에 호소하는 정구의 얼굴에 억울함이 떠올랐다. 싸늘한 시선으로 정구를 보던 해수가 대걸레 봉을 놓았다.

슬금슬금 걸음을 옮긴 정구가 이내 벽 뒤로 사라졌다. 해수는 손안에 쥔 종이를 다시 보았다. 개들의 종류와 금액이 적힌 목록이 열 개가 넘었고, 무게도 상당했다. 이게 모두 약 거래의 증거라면? 영장 없이도 현행범으로 체포할 수 있었다. 조금 더 확실하고 간단한 방법으로 서재형을 잡을 물꼬가 트인 것이었다.

이제 자신이 할 일은 정해져 있었다. 현장을 덮치든가, 확실한 물증을 찾는 것. 해수는 본서에 공조 요청을 넣을 궁리를 하며 교정을 벗어났다. 생각에 잠긴 그녀가 걸음을 멈춘 건, 막 정문을 지나쳤을 때였다.

문득 고개를 든 해수의 눈앞에 승완이 보였다.

"왜 김민영 말 안 믿었어요?"

"뭐?"

"기회를 날린 건 당신이야. 그러니까 꺼져, 이 위선자야."

"…따라와. 여기서 이야기할 건 아닌 거 같다."

"왜? 남정구 그렇게 비난하더니. 본인 치부 밝혀질까 봐 겁나요?"

해수는 반박하지 않았다. 승완의 말에 동의해서가 아니었다. 수사를 하다 보면 충분히 일어날 수 있는 일이었다. 그래서 서재형을 잡아 자신의 결백을 증명하고 싶었던 걸지도 몰랐다. 나는 아무런 잘못이 없다고, 김민영은 나 때문에 죽은 게 아니라고 말이다.

11.

모든 재앙은 '그날따라'로부터 시작된다. 해수도 그랬다. 그날따라 몸이 피로했다. 아침부터 밀려드는 업무 때문도 있었지만, 승진 심사에 탈락했다는 실망감 때문이었다. 같은 경찰대학 출신이라도 연줄이 있는 자와 없는 자는 달랐다. 현실적인 입장에서는 인맥과 고과로 승진을 바라는 것보다 차라리 특진을 노려야 했다.

하지만 남들보다 궂은일, 험한 일을 도맡아 하는데도 좀처럼 기회는 오지 않았다. 대학 때 자신보다 성적이 아래였던 애들까지 앞세우고 이제는 만년 과장이 되어 버린 심정을 누가 알아줄까. 또다시 승진 누락의 고배를 마신 해수는 그날따라 심한 오기가 생겼다. 무슨 방법을 써서라도 나를 우습게 보는 너희들에게 한 방 먹여 주겠다는, 속이 비어 있는 자존심이었다.

그날, 해수는 밀려드는 무력감과 열등감을 숨기기 위해 끊었던 담배를 줄지어 피웠다. 그러다가 멀리서 자신을 찾는 목소리를 들었다. 키가 멀대처럼 큰 깡마른 아이가 의경과 실랑이를 벌이고 있었다. 그 아이가 바로 민영이었다. 놀라울 건 없었다. 그런 식으로 경찰서를 찾아오는 아이들이 종종 있었으니까.

민영이 언더독만 언급하지 않았더라면 눈길도 주지 않고 되돌아갔을 테지. 해수는 언더독의 근거지를 알고 있다는 민영의 입을 열기 위해 밥을 사 먹이고, 담배를 나누고, 택시비를 주어야 했다.

'방금 영상 보냈어요. 확인해 보세요.'

'이게 언더독 투견장에서 벌어진 일이라는 거니?'

'그렇다니까요. 개싸움 붙이던 개새끼들이 어쩌다가 풀려났는지 사람을 막 물고 그랬대요. 하여튼 그 투견장이 인정

군에 있는데요, 강원도 인정군이요. 그 새끼들 잡히면 뭐 포
상금 줘요? 얼마나 돼요? 맞다. 혹시라도 베팅한 사람들 명단
에 제 이름 보이면 알아서 좀 빼 주세요. 제보자니까.'

'확실한 거야? 조작된 거 아니지?'

'프로그램 돌려 보면 알 거 아니에요. 투견장 내부자한테
받은 거니까 확실해요.'

'이걸 나한테 가지고 온 이유는?'

'아줌마가 인터뷰한 기사 봤거든요. 망설이지 말고 행동
하라고. 그래서 행동하는 거예요. 아줌마도 고아였다면서요?
시발, 왜 같은 고아끼리 통하는 게 있잖아요.'

그날, 상기된 민영의 얼굴을 보며 해수는 썩은 동아줄조
차 없었던 자신의 삶에 드디어 기회가 왔을지도 모른다고 생
각했다. 동기들의 비웃음을 떨치듯, 오직 사건 해결을 위해서
만 움직였다. 경찰이 되고 싶다는 민영의 꿈을 이용해 투견
장의 위치를 찾도록 했다.

그날, 민영을 그대로 되돌려 보냈더라면 조금 더 나은 결
과가 있었을까.

"위선자라는 네 말 인정할게. 하지만 아직 기회는 있어."

"입 다물어요."

해수가 싸늘한 주검이 된 민영의 모습을 애써 떨쳐 내며

말을 꺼내기가 무섭게 승완이 쏘아붙였다. 조수석에 앉은 승완이 운전사를 힐끗거리는 게 느껴졌다. 그들은 서재형이 보낸 차에 타고 있었다. 타이밍이 딱 맞았던 건지, 아니면 정말로 사방에 눈이라도 달린 건지. 서재형은 해수가 제 아들을 쫓자마자 운전기사를 보냈다. 물론 승완을 데리러 온 차에 강제로 올라탄 건 해수였지만.

자동차는 어느새 화려한 정원을 지나쳤다. 정문 앞에서 기다리고 있던 직원이 차를 멈춰 세웠다. 뒷좌석 문이 열리자, 승완이 해수를 쳐다봤다. 그 얼굴에 한마디로 정의할 수 없는 복잡한 감정이 얽혀 있었다.

로비로 들어선 해수는 직원의 안내에 따라서 VIP 전용 엘리베이터에 탔다. 이윽고 직원이 두 팔을 복도 쪽으로 뻗었다. 8층의 객실은 단 하나였다. 각오를 다진 해수가 문고리를 당겼다. 호랑이를 잡으려면 호랑이 굴로 들어가야 했다.

"오랜만입니다, 박해수 경감님."

"안녕하세요, 서재형 사장님."

짧게 인사를 나눈 그들이 함께 집무실에 마련된 소파에 앉았다. 노크하고 들어온 직원은 능숙한 솜씨로 테이블에 커피잔을 내려놓았다. 잔 위로 피어오르는 김을 응시하던 해수가 먼저 입을 열었다. 최대한 심각하지 않게, 가벼운 웃음으로 여는 말문이었다.

"이렇게 불쑥 찾아뵙고, 죄송합니다."

"아닙니다. 제 아들에 대해서 뭐 하실 말씀이 있다고요?"

"그 전에 드릴 말씀이 있네요. 저 얼마 전에 징계 받았어요. 이제 경감이 아니라 경위입니다."

"솔직하시네요."

"솔직하게 살아야죠. 있는 척해서 뭐가 달라지나요?"

"그래서 하실 말씀은…?"

"아드님께서 심각한 학교 폭력을 당하고 있더군요. 알고 계셨나요?"

"보시다시피 몸이 그렇게 된 후로 아이들이 괴롭힌다는 말은 들었습니다. 그런데 학교에는 무슨 일로 가셨습니까? 제 아들 때문은 아닐 테고."

커피를 한 모금 마신 재형이 잔을 내려놓았다. 잠시 말을 아끼던 해수가 눈을 빛내며 자세를 고쳐 앉았다.

"맞습니다. 사장님 아들 때문에 갔습니다."

"무슨 말씀이신지."

"솔직하게 말씀드리겠습니다. 저 다시 위로 올라가고 싶어요. 줄도 빽도 없이 겨우 올라간 자리였는데 불의의 사고로 여기까지 미끄러졌거든요. 제보자 이용해서 범인 잡으려다가 일 한번 치렀지요."

"일이라면?"

"그냥 딱 한 번, 정말 딱 한 번 정보원으로 쓰려고 한 거뿐인데 제보자가 부담스러웠는지 극단적 선택을 했습니다. 고의는 아니었어요. 정말 그렇게까지 압박을 느낄 줄은 몰랐으니까요."

"저런."

"그래서 여기까지 내려왔습니다. 이장님한테 들으셨죠? 제가 들개 한 마리 데려갔다고요. 그거 일부러 그런 거예요. 어떻게든 서재형 사장님께 제 존재를 좀 알려 보고자요. 그런데 이렇게 아드님 덕분에 기회가 오네요."

"…"

"사장님, 저 좀 도와주세요."

"도와달라고 하심은?"

"조주만, 지금 어디에 있습니까?"

"글쎄요. 저도 직원들 얼굴은 하나하나 기억하지 못해서요. 필요하시다면 경영지원팀을 통해서 한번 알아보겠습니다."

"저는 조주만이 여기 직원이라는 말은 하지 않았는데요."

해수는 서재형의 얼굴을 면밀하게 살폈다. 여전히 여유로운 표정으로 미소 짓고 있었지만, 분명히 얼굴 근육이 뒤틀리는 게 느껴졌다. 손가락에 끼워진 보철물을 만지작거리는 그를 응시하며 해수가 빙그레 웃었다.

"하긴. 이런 좁은 바닥에서 이름 하나 아는 게 대수인가요? 사장님 말씀대로 사장님 같은 분이 일개 직원을 알 리가 없죠. 그냥 한번 여쭤봤습니다. 조주만이 제가 쫓고 있던 언더독이라는 사이트 소유주였거든요. 뭐, 사실 모르셔도 상관없어요. 이렇게 사장님하고 안면을 텄으니까요. 대한민국에서 한 자리 차지하려면 사건 해결보다 어떤 동아줄을 잡느냐가 더 중요하다는 건 자명한 일 아니겠습니까?"

"박 형사님 참 매력 있으신 분이네요."

테이블 위로 반듯한 명함이 올라왔다. 명함에 박힌 박해수라는 이름 세 글자를 응시하던 서재형이 이내 자리에서 일어났다. 그는 해수를 자신의 책상 앞으로 안내했다. 그림을 보여 주기 위해서였다. 책상 뒤쪽에 설치된 그림은 30인치쯤 되어 보였다. 원시인이 돌도끼를 놓치며 넘어지고 있었고 원시인의 위로 올라탄 늑대가 그의 머리통을 물어뜯고 있는 형상이었다.

해수의 시선이 고통스러운 얼굴을 한 원시인에게 머물렀다. 반대로 서재형은 원시인의 위에 올라탄 늑대에 시선을 고정하고 있었다.

"늑대에게 물어뜯기고 있는 사람은 네안데르탈인입니다. 늑대를 길들이지 못한 죄로 참혹한 최후를 맞았죠."

"이런 그림을 걸어 놓으신 이유가 있으신가요?"

들개

그녀의 질문에 서재형이 고개를 돌렸다. 정색한 얼굴에 서늘함이 감돌고 있었다.

"사장님?"

해수가 그를 부르고서야 잠에서 깬 듯 서재형의 표정이 달라졌다.

"그냥 뭐랄까요. 이 그림이 주는 교훈이 좋아서요. 왜 요새 짐승을 사람처럼 대하는 이들이 있지 않습니까? 개를 보신다고까지 표현하지요. 그래서야 쓰겠습니까. 늑대까지 길들인 인간인데요."

"교훈…. 맞네요."

"하루빨리 조주만 씨를 찾길 바랍니다."

그는 끝까지 예의 있는 모습으로 해수를 배웅했다. 서재형의 집무실에서 나온 그녀는 조급해 보이지 않도록 신경 쓰며 걸었다. 복도에 달린 CCTV로 서재형이 끝까지 자신을 주시하고 있을 것만 같았다. 엘리베이터에서 내려 로비로 나온 해수가 문득 안쪽의 벽을 바라보았다. 나무 자재를 이용해 장식한 벽 너머에 수기가 말한 밀실이 있었다.

정보력으로 날고 긴다는 지우도 협동조합의 수상한 점은 알아내지 못했다. 물 좋고 공기 맑은 산골짜기에서 키운 소와 농작물을 기반으로 성공한 사회적 기업 그 이상, 그 이하도 아니었다. 정부 보조금 한 푼도 허투루 쓰지 않으면서 사회에 기여도가 높은 성공적인 사례. 협동조합 이름으로 받은 배당금도 사업 성과에 비례하면 과하게 이상한 일은 아니라고 지우는 말했다.

결과적으로 서재형이 마을 사람들을 돈으로 샀다는 증거는 없었다. 정원으로 나온 해수는 깊은 한숨을 내쉬며 고개를 들었다. 구름 한 점 없는 높은 하늘이 청명해 보였다. 현우의 말대로 그냥 돼지처럼 먹고, 자고, 놀면 얼마나 좋을까. 갑자기 벌여 놓은 모든 일이 훨씬 복잡하게 느껴졌다.

"망할, 돼지는 무슨. 그런 건 팔자 좋은 년들이나 하는 거지."

서승완과 함께 호텔에 왔으니 당연히 자신의 차는 없었다. 그것도 잊고 주차장까지 온 해수가 걸음을 돌렸다. 콜택시를 부르고 호텔 밖으로 나오자, 빼곡히 심어진 자작나무가 보였다. 위로 쭉 뻗은 하얀 나무줄기가 심어진 길을 따라서 내려가던 그녀는 잠시 야트막한 바위에 앉아서 숲을 바라보았다. 피톤치드 때문인가. 서재형과 마주하며 물들었던 음습함이 정화되는 기분이었다. 그러나 짧은 휴식을 방해하듯 주머니에서 진동이 느껴졌다. 느긋한 손길로 핸드폰을 꺼낸 해수는 메시지를 확인했다.

박해수, 너 진급 심사 들어갔다! 너 제치고 진급한 놈, 내부 감사 중이래. 그러니까 사고 치지 말고 숨만 쉬다가 올라와. 알겠냐?

"뭐라고?"

문자를 확인한 그녀가 단박에 몸을 일으켰다. 현우의 들뜬 음성이 귓가에 들리는 듯했다. 그저 서재형을 떠보기 위한 일이었는데, 서재형은 그녀의 부탁을 현실로 만들어 버렸다. 그것도 단 10분 만에. 메마른 손으로 입가를 닦은 해수의 눈빛이 조금은 달라져 있었다. 그토록 바라던 동아줄이 눈앞에서 덜렁이고 있었다. 비록 썩은 동아줄이라도.

3부

/

백
수
기

1.

정찰에서 돌아온 진돗개가 이장의 부재를 알렸다. 집 앞에 도착한 수기는 망설임 없이 현관문을 열었다. 이 동네 사람들은 딱히 문을 잠그고 다니지 않았다. CCTV나 잠금장치가 없어도 자신의 집에 아무도 들어오지 않을 거라는 믿음이 있었으니까. 십수 년을 함께 산 동네 사람들이기에 가능한 믿음이었다.

함께 학교를 졸업하고, 함께 술을 마시고, 함께 밭을 갈고, 함께 참을 먹고, 함께 마을을 지켰다. 그렇기에 의심하지 않았고, 그렇기에 낯선 이방인을 배척했다.

"좀 치우고 살지."

거실 한가운데에서 걸음을 멈춘 수기는 잠시 주위를 둘러보았다. 너저분한 거실에 켜진 TV가 보였다. 이미 방 안을 들쑤시고 온 진돗개가 컹, 하고 짖었다. 수기가 진돗개를 따라서 안쪽으로 들어갔다. 좁은 방에 널어놓은 고추 때문에 눈 밑이 매웠다. 마른 고추를 밟고 지나간 진돗개가 앞발로 옷장을 긁었다.

수기가 옷장 문을 열자, 옷걸이에 걸린 외투 아래에 놓인 목줄이 보였다. 낡고 헤진 나일론 목줄이었다.

"이게 수상하다는 거지?"

목줄을 잡은 수기가 냄새를 맡았다. 하지만 오래된 장롱 냄새만 날 뿐 다른 냄새는 느껴지지 않았다. 수기는 일단 투명한 봉투에 목줄을 넣었다. 말린 고추를 넣는 봉투였다. 입구를 여미니 제법 무게가 나갔다. 진돗개는 고추가 매워 서둘러 나갔는지 옆에 없었다. 봉투를 어깨에 둘러멘 수기가 현관 밖으로 나갔다.

"자유! 가자."

수기가 재차 불러 보아도 진돗개는 잇새로 으르렁거리며 움직이지 않았다. 진돗개의 신호를 읽은 수기가 대형 건조기 앞으로 향했다. 뒤쪽으로 돌아가자, 벽과 건조기 사이에 숨어 있는 누군가가 보였다. 승완이었다.

머리를 감싸 쥔 채로 벌벌 떨던 승완이 곁눈질로 수기를 쳐다보았다. 수기는 승완의 가랑이 사이를 응시했다. 물기에 흙바닥이 진하게 젖어 들고 있었다. 그 모습에 수기가 말없이 발길을 돌렸다.

"백수기…."

뭉툭하게 잘려 나간 손가락이 모래알을 쥐었다. 승완의

눈동자에서 굵은 눈물이 떨어졌다. 자신은 이렇게나 망가졌는데 수기는 그 흔한 생채기 하나 보이지 않았다. 그리고, 여전히, 그 애의 곁에는 19번이 있었다.

2.

샤워를 마치고 왔는데도 썩 상쾌하지 않은 건 수기 때문이었다. 냉장고에서 맥주를 꺼내 온 해수는 찝찝한 마음을 덜어 내려고 애썼다. 연거푸 몇 캔을 마셨는데도 자신을 쳐다보던 수기의 눈빛이 마음에 걸렸다.

"망할 백수기. 꼭 그렇게 사람 마음을 후벼파지."

캔을 구긴 그녀가 애써 수기의 얼굴을 지웠다. 처음부터 마음에 들지 않았다. 반말을 찍찍 해 대는 태도며 마음이 뒤틀리면 여지없이 나오는 폭력성까지. 백수기는 도저히 계도가 되질 않는 아메바였다. 그런데도 이토록 마음이 쓰이는 건, 분명히 이런 촌구석에 고립되며 약해진 마음 때문이었다.

"박해수!"

"깜짝이야!"

해수는 자신을 부르는 우렁찬 목소리에 벌떡 몸을 일으켰다. 죄라도 지은 듯이 표정을 바꾸며 호흡을 가다듬고 문을 열었다. 때마침 마루에 올라선 수기가 벌컥 문을 열어젖히며 의기양양한 얼굴을 하고 있었다. 옆에 선 진돗개는 도도

한 걸음으로 거실로 들어와 척, 한 자리를 차지하고 앉았다.

"내가 뭘 찾았는지 봐."

수기의 옆에는 목줄이 그득 든 봉투가 떡하니 놓여 있었다. 몹시도 당당해 보이는 수기의 태도에 해수는 못 이기는 척 봉투를 살폈다.

"이장이 그 협동조합장이라며. 그 집에서 찾은 거야. 자유가 이 목줄에서 이상한 냄새가 난대."

"야밤에 이장 집을 다녀왔다고? 너 미쳤어? 그러다가 이장이 눈 돌아가서 칼이라도 휘두르면 어쩌려고!"

"지금 나 걱정하는 거야?"

"뭔 소리야. 내 걱정하는 거지."

퉁명스럽게 수기의 말을 받아친 해수가 곧장 봉투로 눈길을 돌렸다. 대놓고 표현은 하지 못했지만, 기특하다는 얼굴이었다.

"다음부터는 혼자 다니지 마. 공조의 첫 번째 원칙은 항상 파트너랑 함께 움직이는 거야."

"파트너?"

"너랑 나 파트너 아니었어?"

"파트너는 무슨. 징그럽게."

"좋아하는 거 다 티 나."

해수가 수기의 엉덩이를 두드렸다. 매몰차게 손을 쳐내며 짜증을 내는 수기를 두고 그녀는 목줄을 뒤적였다. 목줄 안쪽에 작게 적힌 글씨가 보였다. 매직으로 적힌 글씨는 숫자였다. 십 단위부터 백, 천 단위까지 다양한 숫자들을 보던 해수의 머릿속에 견적서가 떠올랐다. 차근차근 숫자를 맞춰 보니 머릿골에서 찾은 거래명세서에 적힌 무게와 목줄 안에 적힌 숫자 몇 개가 일치했다.

수기는 배가 고픈지 진돗개와 함께 냉장고를 뒤지고 있었다. 해수는 숫자가 의미하는 바를 숨기기로 했다. 개가 마약 거래에 쓰인 게 사실이라면 수기의 마음이 지금보다 더 힘들어질 게 뻔했다. 그럼 더욱 통제하기 어려워질지도 몰랐다.

"먹을 거 없어?"

"도대체 하루에 몇 끼를 먹는 거니?"

"머릿골에 먹을 거 없어. 네 카드로 산 식량도 거의 떨어졌고."

"…내일 같이 사러 가."

"치킨은 언제 와?"

"언제 시켰어?"

"오면서 가게 들러서 말하고 왔지."

"이게 대놓고 지갑 취급이네. 근데 너 씻기는 해? 아주 산발이다. 머리 좀 묶어. 정신없어!"

"팔이 이런데 머리를 어떻게 묶어. 눈깔 없냐?"

"또, 말버릇!"

"아! 왜 때려!"

해수가 수기의 등짝을 때리자 수기가 억울하다는 표정으로 진돗개를 쳐다보았다. 그러나 진돗개는 피곤한지 바닥에 몸을 붙이고 앉아 졸고 있었다. 그사이, 해수는 책상 서랍에 넣어 놓은 머리끈을 가져왔다.

"와 봐."

"뭔데?"

"그 머리카락 거슬려. 좀 묶으라고."

"이거 나 주려고 산 거야?"

"알면서 왜 물어? 뒤 돌아."

"귀찮게."

해수의 손짓에 수기가 쭈뼛쭈뼛 등을 돌렸다. 손가락으로 헝클어진 머리칼을 빗은 해수가 엉성한 손길로 머리를 묶기 시작했다. 말랐다고 표현하기에도 미안한, 가느다란 수기의 목덜미가 보였다.

"백수기, 깨끗하게 씻고 다녀. 그래야 남들이 무시 안 해."

웬일로 수줍게 고개를 끄덕이는 수기를 본 해수가 저도 모르게 피식 웃었다. 이럴 때 보면 애는 애라는 생각이 들었다. 때마침 주문한 치킨이 도착했다. 게걸스럽게 치킨을 해치우는 수기를 지나쳐 방으로 들어간 해수가 준비한 종이 가방을 가지고 나왔다. 기름이 잔뜩 묻은 손으로 종이 가방을 헤치던 수기의 눈동자에 생기가 돌았다.

"연락하기 불편해서 하나 샀어. 그 안에 카드도 등록해 놨으니까 내 카드 자꾸 훔치지 말고 필요할 때 써."

"경찰 월급이 꽤 괜찮은가 봐?"

갑작스러운 핸드폰 선물에 수기는 애써 태연한 척 굴었다. 하지만 비실비실 나오는 웃음을 단속하기란 어려웠다. 그 모습에 해수는 약간 죄책감이 들었다. 스마트폰은 감시 도구의 일종이었다. 지우의 도움으로 미리 위치 추적이 가능한 악성 코드를 깔아 놓았고, 이제는 수기의 행동반경을 언제 어디서나 읽을 수 있었다.

"대신에 조건이 있어. 절대로 사람 해치고 다니지 마. 알았어?"

"우릴 구덩이에 파묻은 년이 눈앞에 있어도?"

"그래. 최소한 내가 너를 변호할 이유는 만들어 줘야지."

"알겠어."

대답하면서도 수기의 시선은 여전히 핸드폰에 머물러 있었다. 아무렇게나 나뒹구는 치킨 상자를 치우던 해수는 쓰레기통에 남은 음식물을 버리려다가 관두었다. 귀한 음식을 왜 버리냐고 앙칼지게 잔소리할 수기의 얼굴이 눈에 그려졌다.

"먼저 잔다. 양치 꼭 하고 자."

백수기

당부를 남긴 해수가 방으로 들어갔다. 고요한 거실에 남은 이는 수기와 진돗개뿐이었다. 한참이나 핸드폰을 가지고 놀던 수기가 이내 진돗개의 곁에 누웠다. 머리끈 때문에 목이 불편했지만, 감수하고서라도 그대로 자고 싶었다. 배가 불러서 그런지 오랜만에 나른함이 느껴졌다. 수기는 까무룩 잠에 빠져들었다. 왠지 오늘 밤은 기분 좋은 꿈을 꿀 수 있을 것 같았다.

＊＊＊

해수는 서천동으로 향하는 중이었다. 재개발지로 한창 논의 중인 4구역 주택지였다. 출동한 순찰차가 끝없이 언덕을 올랐고, 붉은 벽돌로 지어진 낡은 빌라와 담벼락에 적힌 흉물스러운 낙서를 지나쳤다. 계단을 오르는 해수의 걸음은 가볍기만 했다. 끝까지 오르기만 하면 진급은 그녀의 것이었다. 비록 여기까지 올라오는 길이 순탄치 못했어도 말이다.

민영이 신고한 빌라에 도착한 해수는 기척을 살폈다. 그녀가 총을 겨누며 현관문 안으로 뛰쳐 들어갔다. 꼼짝 마, 하고 기세 좋게 외쳤으니 남은 건 국내 최대의 온라인 도박장을 소탕하는 것뿐이었다. 하지만 해수의 시야를 덮친 건 반항하는 운영진 따위가 아니었다.

핏기 없이 질린 발이 허공에 떠 있었다.

해수는 가슴께에 달린 노란색 명찰을 응시했다. '김민영'이라는 이름 세 글자가 아슬아슬하게 매달려 있었다. 이윽고 민영의 가슴팍이 좌우로 흔들거리기 시작했다. 전선으로 칭칭 감긴 목이 거북이처럼 앞으로 쑥 나왔다. 실핏줄이 터진 흰자위는 붉게 물들었고, 치켜뜬 검은자위가 또렷하게 한 곳을 응시했다.

해수의 발치에 핏물이 고였다. 핏물은 곧 못이 되었다. 웅덩이에 빠진 해수가 몸부림쳤다. 민영의 피에 먹혀 가고 있었다. 그때 어딘가에서 하울링이 들렸다. 그녀는 정신을 집중하며 하울링이 들려오는 방향으로 몸을 돌리려고 애썼다. 핏물이 목 끝까지 차오르던 순간, 포박당했던 해수의 몸이 흐트러졌다.

누군가가 자신을 부르고 있었다. 해수… 박해수….

"박해수!"

천둥처럼 울리는 목소리에 해수가 잠에서 깨어났다. 밖에서 개 짖는 소리가 들렸다. 그녀는 전신에 흐르는 식은땀을 닦을 새도 없이 문가로 달려 나갔다. 해수가 재빨리 수기의 목덜미를 잡아챘다. 동시에 수기가 서 있던 자리에 칼날이 스쳤다. 가볍게 수기의 몸뚱이를 받아 낸 해수가 어둠 속을 노려보았다. 칼을 들고 수기를 위협한 이는 서승완이었다.

"그거 이리 줘."

"왜 백수기랑 있어요?"

"위험하니까 일단 놓고 얘기해."

"내가 불렀잖아요. 당신이 편들어야 할 건 나라고, 저년이 아니라!"

"승완아."

"내 이름 부르지 마!"

흥분한 승완의 눈이 세모꼴로 변했다. 다리를 절뚝이며 마구잡이로 칼을 휘두르는 승완을 피해 해수가 몸을 움직였다. 기회를 엿본 손날이 재빠르게 승완의 손목을 가격했다. 해수는 빈틈을 놓치지 않았다. 승완의 팔을 뒤로 꺾으며 벽에 가슴팍을 몰아붙였다. 그런 그녀를 향해 승완이 원망 섞인 눈빛을 보냈다.

"백수기가 죽어야 내가 살아요. 김민영처럼 개죽음당하고 싶지 않다고요, 나는."

"그래, 민영이가 죽은 건 내 잘못이야. 애초에 내가 정보원이랍시고 그 아이를 도박장에 보내는 게 아니었어. 그러니까 승완아, 나한테 기회를 줘."

"무슨 기회요? 아버지에게 아부할 기회? 웃기지 마요. 김민영을 누가 죽였는데 거기가 어디라고 찾아가서 그딴 말을 해요. 아버지가 그림을 괜히 보여 준 거 같아요? 아니에요. 당신한테 경고한 거야. 아버지는 이미 다 알고 있었다고. 이 멍청한 년아!"

"다 알고 있다니 뭘? 아니, 그것보다 김민영을 누가… 죽였는데?"

그때 진돗개가 승완의 티셔츠 자락을 물고 늘어졌다. 해수는 일이 커지기 전에 몸을 움직였다. 그녀가 승완을 감싸자, 지켜보고 있던 수기가 공격하려던 진돗개를 멈춰 세웠다.

"누가 죽였냐고."

설마 하는 눈길이 승완을 훑었다. 승완이 어깨를 움츠렸다. 문득 사늘에서 죽었던 여자의 얼굴이 떠올랐다. 비단 그 여자뿐만이 아니었다. 아버지의 손에 죽은 사람들, 그 사람들의 얼굴이 한순간에 스쳐 지나갔다. 울컥 욕지기가 오른 승완이 주저앉아 토악질했다. 제대로 먹은 게 없는지라 뜨끈한 맹물만이 쏟아져 나올 뿐이었다.

승완은 머릿속이 텅 빈 듯했다. 무엇을 위해 여기까지 온 건가, 헷갈렸다.

"아버지가 다 죽일 거예요. 우리 모두 다."

"말해. 김민영 누가 죽였어!"

"알잖아요."

"…"

"원래는 그냥 제보만 하라고 했는데 김민영 걔가 확실한 증거를 찾아야 한다고 했어요. 무모하게 찾아갈 줄 모르고 그냥 서천동 어디에 영상을 전송하는 중간 상황실이 있다고 만 말했어요. 근데, 근데 김민영이⋯."

승완은 말을 끝내 맺지 못했다. 예상치 못한 승완의 고백 에 해수의 시야가 뿌옇게 흐려졌다가, 다시 신명해졌다. 손등 으로 입가를 닦은 그녀는 냉정하기 위해 애썼다.

"그러니까 네가 김민영을 시켜서 나한테 언더독을 제보했 고, 꼬리가 밟힌 서재형이 김민영을 죽였다는 거니?"

그녀의 물음에 승완이 고개를 끄덕였다. 심적인 압박을 이기지 못한 승완은 쏟아 내듯 서재형의 마약 거래가 어떻게 이뤄지는지 실토했다. 대형견, 중형견, 소형견은 마약을 담는 그릇으로 분류하고, 개의 원산지는 마약을 들여온 나라를 뜻했으며, 품종이 귀할수록 더욱 비싼 약으로 불렸다.

잠자코 이야기를 듣고 있던 수기가 참지 못하고 승완에게 달려들었다. 몇 번이나 해수가 말리고, 수기가 흥분하는 상 황이 반복되었다.

"서승완, 너 죽여 버릴 거야."

기어코 마당에 떨어진 칼을 들고 달려드는 수기를 본 해 수가 손을 들고 수기의 팔을 꺾고, 바닥에 등을 찍어 눌렀다. 속상한 심정이야 이해할 수 있었지만, 그렇다고 해서 일을 그 르칠 수는 없었다.

"백수기. 서승완은 잘못 없어. 괜한 사람까지 엮지 마."

"쟤 아까 이장 집에 있었어. 그런데 상관이 없다고?"

"돈 훔치러 간 거야! 훔쳐서 여길 떠나려고 했어. 그 사람이 유통책이에요."

구석으로 몰린 승완이 억울하다는 목소리로 외쳤다.

"서승완, 너는 나가 있어."

"왜 저 새끼 편을 드는 거야! 여기서 나가면 무슨 짓을 할지 모르는 새끼라고!"

"나가!"

다시 한번 해수의 불호령이 떨어지자 승완이 마당을 나섰다. 한참이나 지켜만 보아야 했던 진돗개는 따라가지 못하고 승완을 향해 매섭게 짖기만 했다. 그사이, 포박된 몸이 자유로워진 수기가 해수의 어깨를 세차게 밀었다.

"왜? 네가 뭔데! 네가 뭔데 방해해!"

"서승완 데려다주고 올 동안 마음 좀 진정시키고 있어."

"지금 나 버리고 간다는 얘기야?"

"금방 돌아올 거야."

"날 죽이려고 했어."

"억지 부리지 마."

해수가 잠시 숨을 골랐다. 문득 어둠 속에서 민영의 얼굴이 보이는 듯했다. 민영이 물었다. 당신은 결백한 사람이냐고.

결백, 그 말은 해수와 어울리지 않는 단어였다. 양심을 짊어질 책임도, 최소한의 도리도 남겨 둘 필요가 없었다. 서재형을 잡으려면 그런 나약한 감정 따위는 버려야 했으니까.

목적을 위해서라면 쉽게 이용하고 가차 없이 버리는 냉혈한, 바로 박해수 자신이었다.

3.

버림받는 건 익숙했으나, 인정하기는 어려웠다. 수기는 해수를 기다리며 비참함을 느꼈다. 위험을 무릅쓰고 이장의 집에서 중요한 증거를 가져왔다. 그것으로 자신의 가치를 증명했다. 그러니 해수가 손을 내밀 사람은 승완이 아니라 자신이었어야 했다. 하지만 박해수는 서승완과 함께 떠났다.

뜬눈으로 밤을 지새운 수기는 동이 트고서야 진돗개와 함께 머릿골로 돌아왔다. 돌아온 수기는 찬 바닥에 몸을 뉘었다. 빛바랜 불상과 먼지가 뽀얗게 쌓인 촛대를 보자 현실로 돌아온 느낌이었다. 지그시 눈을 감은 수기가 과거를 되새겼다. 머릿골에서 태어난 그날을. 믿지 못하겠지만, 수기는 자신이 태어난 날을 선명하게 기억했다.

수기의 어미는 속싸개에 싸인 아이를 안고 머릿골을 올랐다. 바닥을 적신 핏물도 걸음을 막지 못했다. 힘겹게 산을 오른 어미는 죽은 개들을 묻기 위해 파 놓은 구덩이 앞에 섰다.

이곳에 아이를 숨기면 아무도 모를 것 같았다. 아니, 몰라야 했다. 어미는 비정하게 아이를 구덩이에 던져 놓고 뒤돌아 뛰었다.

수기는 엄마를 찾으며 울었다. 그때 살아남은 개 한 마리가 아이에게 향했다. 혀로 식어 가는 아이의 몸을 핥았다. 구덩이를 덮기 위해 찾아온 한 인간이 수기를 발견할 때까지 저의 생명을 다해 아이를 깨웠다. 개는 죽어 가며 다행이라고 생각했다. 아이가 살아서 동족의 절규를 대신 들어주길 바랐다.

그 개의 바람대로 수기는 살아남아 무럭무럭 자랐다. 하지만 질긴 생명력은 추악함이 되었다. 사람들은 아무도 아이를 거두려고 하지 않았다. 결국 아이를 거둔 이는 머릿골에 살던 늙은 무당이었다. 아이를 측은하게 여겨서가 아니었다. 그녀의 관심은 오직 돈이었다. 수기 몫으로 나오는 지원금이 큰돈은 아니었지만, 적어도 담뱃값 정도는 됐다.

어느 정도 자란 후에는 농사일에 공짜 인력으로 동원되었다. 수기는 입을 뗀 순간부터 밭에서 돌을 주워야 했고, 풀을 뽑아야 했다. 노파는 가끔 읍내에 내려가기라도 하는 날엔 한탄을 늘어놓았다. 불쌍해 보일수록 사람들은 온정을 베풀었다. 그렇게 두 손 무겁게 신당에 돌아오면 얻어 온 물건을 구석구석 숨겼다. 혹여나 아이가 함부로 만지고 먹지 못하도록. 노파는 먹다가 남은 밥을 수기에게 먹였다.

그래도 수기는 살아남았다. 또한 노파를 사랑했다.

수기가 열 살이 되던 해, 처음으로 친구가 생겼다. 작은 들개였다. 그들은 노파의 눈을 피해 산이며 강으로 놀러 다녔다. 밥을 나눠 먹고, 서로를 위로했다. 노파는 눈에 띄게 밝아진 계집의 표정에 의구심을 품었다. 사람답지 않던 아이가 점점 사람이 되어 가고 있었다. 수기는 노파의 눈길이 집요하게 따라붙는 줄도 모르고 들개를 만났다.

그날은 유난히 별이 밝은 밤이었다. 수기는 들개와 나란히 앉아서 밤하늘의 별을 쳐다보았다. 빛나는 별이 꼭 엄마처럼 느껴졌다. 쏟아지는 별을 등지고 달리기도 했다. 차오르는 숨과 상쾌한 공기에 그간의 서러움이 날아가는 듯했다. 그래서 유난히 들개와 헤어지기 싫었다. 결국 수기는 욕심을 이기지 못하고 들개를 신당으로 들였다.

몰래 구석진 곳에 숨어든 들개가 눈을 감았다. 피곤하다며 내일 보자고 했다. 노파는 자고 있었다. 분명히 자고 있었는데⋯. 다음 날, 수기는 낯선 남자에게 끌려가는 들개를 발견했다. 사지를 비틀거리던 들개가 고개를 돌려 수기를 보았다. 악을 쓰며 달려드는 수기를 붙잡은 노파는 그렇게 들개를 팔았다.

그날 이후 끌려가던 들개의 절규가 귓가에 또렷이 남아

내내 수기를 괴롭혔다. 마을로 내려온 수기는 들개의 울음을 쫓았다. 개장에 갇힌 들개가 만신창이가 된 몸으로 죽어 가고 있었다. 그러나 들개를 구하지 못했다. 쫓아온 노파의 손아귀에 잡혀 신당으로 끌려갔다. 신방에 처박힌 수기는 가만히 불상의 눈동자를 응시했다.

음습한 기운이 아이에게 스며들었다.

다음 날, 수기는 노파의 밥까지 뺏어 먹었다. 산에 놀러 가자며 노파의 손을 이끌었다. 그곳에서 다른 들개를 만났다. 들개는 노파를 쫓아 달렸다. 도망치던 노파의 발이 젖은 낙엽에 미끄러졌다. 노파는 바위와 바위가 만들어 낸 좁은 틈에 끼고 말았다. 숨통이 조여든 노파가 수기를 찾았다. 수기는 사흘 밤낮을 노파와 함께했다. 끝까지 죽는 모습을 지켜보았다.

그것이 자신의 첫 번째 살인이자 처단이었다.

"자유…. 어디에 있어?"

몸을 움츠린 수기가 돌아누우며 진돗개를 찾았다. 그 목소리에 개들이 짖었다. 그러나 진돗개의 목소리는 들리지 않았다. 몸을 일으킨 수기가 밖으로 나갔다. 검은 개가 짖지 못하고 낑낑거리며 무어라 말하려고 노력했다. 검은 개의 불안이 수기에게 전이되었다. 수기는 머릿골을 헤집으며 진돗개의 이름을 불렀다. 그러나 아무리 불러도 자유는 계속 나오지 않았다.

정찰에서 돌아온 삽살개가 진돗개의 흔적을 전했다. 트럭을 따라서 터널로 들어갔다고 했다. 수기의 머릿속이 하얘졌다. 자유마저 죽는다면 자신은 이 세상에 존재할 이유도, 가치도 없었다. 정신이 번쩍 든 수기는 그 길로 터널을 향해 달렸다.

늦기 전에 자유를 찾아야 했다.

* * *

해수는 일이 꼬일 대로 꼬여 버린 기분이었다. 그나마 다행이라면 승완과 수기가 자신의 통제하에 있다는 것. 인정군을 떠난 승완은 해수의 집에 머물기로 했다. 서재형의 시선을 피해 마땅히 갈 곳이 없었던 탓인지, 정말로 지쳐 버린 탓인지는 몰라도 승완은 그 제안에 순순히 동의했다.

오는 길에 지우에게 목줄도 전했다. 지우는 최대한 빨리 감식을 시작하겠다는 말만 남기고 새로운 팀장의 부름에 후딱 사무실로 돌아갔다. 해수는 현우를 만날까 하다가 그냥 돌아왔다. 아무것도 확실하지 않은 상황에서 지원을 섣불리 부탁할 수는 없었다.

중요한 건 조력자가 아닌, 시간이었다.

시간이 흘러 벌써 아침이 밝고 있었다. 택시에서 내린 해수가 조급한 걸음으로 길을 올랐다. 숙소에 도착하자마자 수기를 불렀지만, 응답이 없었다. 해수는 핸드폰을 급히 꺼내 수기의 위치를 확인했다. 붉은색 점이 인정군 밖으로 향하고 있었다. GPS를 확대한 해수가 거친 욕설을 내뱉었다. 어떻게 알았는지 붉은 점이 승완이 말한 해산시의 도살장 인근에 머물러 있었다.

4.

자유는 이장의 냄새를 쫓아다녔다. 집에서 시작된 이장의 냄새는 마을 곳곳에 묻어 있었다. 냄새를 따라가는 건 어렵지 않았지만, 인간들이 눈을 피하는 건 어려웠다. 요즘 들어 들개에 대한 경계가 더욱 심해졌다. 주인과 함께 산책을 나온 반려견까지 피하는 분위기였다. 이유도 모른 채로 주인에게 버림받은 개들이 머릿골로 속속들이 모여들었다.

덩치가 작은 개들보다 덩치가 큰 개들이 많았고, 조용한 개들보다 활발한 개들이 많았다. 버려진 개들을 생각하던 자유가 고개를 들고 코를 벌름거렸다. 이장의 냄새가 가까워지고 있었다. 전에 수기가 경고한 적이 있었다. 터널을 지나면 더는 인정군이 아니니 절대로 산을 넘지 말라고 했다.

수기의 말을 무시하고 인간을 쫓다가 차에 치여 죽은 동족들을 수없이 보았다. 차디찬 아스팔트 바닥에서 죽어 가는 동족들을 거두는 인간은 없었다. 바퀴에 밟혀 살이 뭉개지고 부서질 때까지 동족의 사체는 그 도로 위에 있었다. 산에서 내려온 자유가 이장의 트럭이 밟고 지나간 자리를 킁킁거렸다.

그 어느 때보다 냄새가 지독했다. 달려오던 자동차가 끼이익 소리를 내며 멈췄다. 고개를 돌린 자유의 눈에 경적을 울리는 운전자가 보였다. 자유는 다시 산으로 뛰어올랐다. 날렵한 몸이 바위를 뛰어넘고 나무 사이를 쏘다녔다. 인정터널을 지나서 한참을 달리다 보면 야생 동물을 위해 만든 육교가 나왔다.

산길을 타 넘던 자유의 발길이 육교로 향했다. 자유는 육교 앞에서 가까워져 오는 이장의 트럭을 노려봤다. 일순간 힘차게 뛰어오른 네 발이 적재함으로 떨어졌다. 아니, 정확히는 적재함에 씌운 부직포 위였다. 자유의 발 한쪽이 부직포를 뚫고 아래로 떨어졌다. 기우뚱거리는 몸의 중심을 잡은 자유가 구멍 난 부직포 안을 살폈다.

기절한 동족 두 마리가 나란히 붙어 깊은 잠에 빠져 있었다. 자유는 적재함으로 내려와 부직포를 씌운 철장 뒤로 숨었다. 동족은 수기와 함께 찾았던 것과 같은 목줄을 차고 있었다. 시큼한 냄새가 바람을 타고 자유의 코를 간질였다. 하품을 쩍 한 자유가 고개를 흔들었다. 산행이 힘들었는지 자꾸만 잠이 쏟아졌다.

애써 몸을 일으켜 보았지만, 다리에 힘이 풀렸다. 그렇게 꼬불꼬불한 도로가 이어지는 동안 몸을 가누지 못한 채로 잠이 들었다. 꿈결에 파이가 보였다. 끝내 주인을 만나지 못한 채로 철장에서 죽었던 파이였다. 다행히 그때보다 모습은 좋아 보였다. 죽어 가던 눈도, 부서진 턱도, 앙상한 갈비뼈도 찾아볼 수 없었다.

쓰러진 자유의 눈가를 핥으며 파이가 물었다. 그래서 함께 걸어 줄 주인을 찾았나? 자유가 그렇다고 답했다. 파이가 저의 이마로 자유의 가슴을 쓸어올렸다. 일어나라는 뜻이었다. 몸을 일으킨 자유에게 꼬리를 흔든 파이는 뒤돌아 뛰었다. 오랫동안 보지 못했던 파이의 힘찬 뜀박질에 자유의 가슴이 뛰었다.

다행이었다. 파이가 행복해 보여서.

덜컹, 하는 소리와 함께 자유가 잠에서 깨어났다. 높은 방지턱을 넘은 트럭이 정차했다. 최대한 기척을 죽이며 차 밖으로 뛰어내린 자유는 바퀴 안으로 몸을 숨겼다. 골목에서 나타난 여러 명의 인간이 힘을 합쳐 개장을 내리고 있었다. 숨결에 실린 썩은 내에 자유의 심장이 벌렁거렸다.

개장을 든 인간들은 골목 안쪽으로 사라졌다. 기회를 본 자유가 뛰쳐나왔다. 자유는 동족의 냄새를 따라서 골목으로 뛰어 들어갔다. 막 개장을 내려놓으려던 인간의 종아리를 물었다. 종아리를 놓은 자유는 또 다른 인간의 팔을 물었다. 순식간에 골목은 비명으로 물들었다. 자유는 끊임없이 인간들을 물고 놓으며 동족들을 불렀다.

그러나 개장 안에서 잠든 동족들은 여전히 일어날 생각이 없어 보였다. 도와줄 인간이 필요했다. 멀리서 나타난 다른 인간이 몽둥이를 들고 달려오는 것이 보였다. 방향을 튼 자유가 골목을 뛰쳐나갔다. 남자가 몸을 날렸지만 날쌘 자유를 잡지 못하고 바닥에 엎어졌다. 인간의 악다구니가 하늘을 찔렀다.

자유는 힐끔 뒤돌아보았다. 주택가까지 인간들이 쫓아 달려오는 게 보였다. 그들 중에는 저에게 물린 다리를 절뚝이며 내려오는 사람도 있었다. 길게 주차된 자동차들 밑으로 기어들어 간 자유는 들뜬 숨을 죽였다. 슬그머니 보닛 쪽으로 기어가자 시야에 그 앞을 서성이는 인간이 포착됐다.

자유가 힘껏 뛰어올라 인간의 엉덩이를 물었다. 주저앉은 인간의 등을 타고 뒷덜미를 물자 뜨끈한 피의 맛이 느껴졌다. 몸을 덮치는 또 다른 손을 피해 재빨리 자동차 밑으로 도망쳤다. 씩씩거리던 인간이 차 앞에 엎드려 긴 막대기로 아래를 마구 쑤셨다. 일순, 막대기를 밟은 자유가 옆으로 누운 코를 물었다.

자유는 코를 감싸 쥔 인간을 노려보며 당당하게 나왔다. 입에 물린 역겨운 살덩이를 바닥에 뱉자 쫓아온 인간들이 움찔하는 게 보였다. 그들은 아까처럼 함부로 덤비지 못했다. 코와 목덜미를 물린 둘을 부축한 인간들이 왔던 길을 되돌아 올라갔다. 자유는 곧장 따라가지 않았다. 대신 긴 하울링으로 도와줄 만한 이들을 불렀다.

건물 안에 갇힌 개들이 매섭게 짖기 시작했다. 뒤이어 인간들이 개를 단속하는 목소리가 들렸다. 자유는 계속해서 골목을 쏘다니며 짖었다. 누구라도 저의 목소리를 듣는 동족이 있다면 함께하자며. 어디선가 쇠구슬이 날아들었다. 정확히 뒷다리에 맞은 자유가 그 자리에 엎어졌다.

새총을 든 인간들이 몰려오고 있었다. 자유는 아픔을 참으며 절뚝이는 다리로 골목을 내려갔다. 잊고 있었다. 인간들은 자신보다 더한 복수심을 품고 있다는 걸. 근처에 있던 개들은 곧 잠잠해졌다. 쇠구슬이 엉덩이 뒤를 아슬아슬하게 피해 간 그때 반대편 블록에서 갑자기 나타난 인간이 그물을 던졌다.

겨우 그물망을 피한 자유가 화단으로 점프했다. 뒷다리 때문에 몸이 미끄러지면서 아래로 추락했다. 자유는 수기를 생각했다. 죽는 순간까지도 지켜야 할 인간, 나의 동족, 나의

백수기

친구, 나의 구원. 수기가 그랬다. 자유는 수기를 끝까지 지키지 못한 미안함을 뒤로한 채 송곳니를 보였다. 어차피 죽을 목숨이라면 단 한 명의 인간까지 처단하고 가리라 다짐했다.

그러나 인간의 발길질이 자유의 옆구리를 강타했다. 깨갱거리며 바닥에 쓰러진 자유가 다시 일어날 틈도 없이 지독한 냄새가 가까워졌다.

"자유! 일어나!"

저를 향해 손을 뻗던 인간의 고개가 별안간 뒤로 꺾였다. 낯익은 스카프가 인간의 목을 옥죄고 있었다. 눈을 뒤집어 깐 인간이 기절했다. 쓰러진 몸뚱이 뒤로 숨을 몰아쉬는 수기가 보였다.

수기가 늘어진 자유의 몸뚱이를 덥석 안아 들었다. 그 애는 처음 자신을 구해 냈던 그날처럼 온 힘을 다해 달리고 있었다. 자유는 정신을 잃지 않도록 안간힘을 썼다. 쓸모없는 몸뚱이로 짐이 되고 싶지는 않았다. 자유를 데리고 철길까지 내려온 수기가 주변을 둘러보았다. 다른 사람들은 쫓아오지 않는 듯했다.

주저앉은 수기가 눈물을 쏟았다. 눈가를 감싸 쥔 손가락이 바들바들 떨리고 있었다.

너는 왜 이렇게도….

말을 삼킨 자유가 수기의 뺨을 핥았다. 그리고 거칠게 눈물을 닦는 수기의 몸을 한 바퀴 돌며 이제 괜찮아졌다고 말했다. 자유는 망설였다. 이 불쌍한 아이에게 동족의 이야기를 하는 게 옳을까. 눈 밑에 진 그늘처럼 춥고 어두운 길을 계속해서 걸으라고 해도 되는 걸까. 그런 짐을 지는 건 자신으로도 충분하지 않나.

하지만 개장에 갇힌 동족을 구할 인간은 오직 수기뿐이었다. 꼬리를 늘어뜨린 자유가 수기에게 말했다. 역사 너머에 동족이 갇혀 있다며. 그들을 구해야 한다고. 일말의 고민도 없이 수기가 고개를 끄덕이자 자유는 길을 앞장섰다. 간이역을 빠져나와서 방금까지 도망쳐 나온 주택가로 향했다.

자유는 그곳에서 익숙한 냄새를 맡았다. 비가 내린 숲에서 나는, 묵직한 향기였다. 자유가 수기를 두고 골목을 내달리며 짖기 시작했다. 수기에게는 아군이 필요했다. 자신처럼 쓸모없는 패잔병이 아닌, 전쟁에서 이길 수 있는 박해수가.

5.

해수가 골목으로 뛰어 들어갔다. 비좁은 길 양옆으로 커튼이 쳐진 조립식 주택이 보였다. 버려진 홍등가였다. 조심스럽게 골목을 걷던 해수의 눈에 금이 간 유리들이 보였다. 오랫동안 건물을 돌보지 않은 티가 역력했다. 바닥에 떨어진 검붉은 핏자국을 발견한 해수는 자세를 낮추며 천천히 안쪽으로 발길을 들였다.

　다 허물어져 가는 허름한 건물에 손바닥만 한 창마다 쇠창살이 설치되어 있었다. 해수는 이끼가 잔뜩 낀 시멘트 마당을 걸으며 기척을 숨겼다. 주위가 고요했다. 그때 앓는 소리가 들렸다. 썩은 나무문을 젖힌 해수가 파이프를 들었다.

　"뭐야."

　쓰러진 개 한 마리를 부둥켜안은 남자가 침을 흘리며 해수를 노려보고 있었다. 그가 깡마른 손으로 개를 꼭 안으며 쉼 없이 중얼거렸다. 품에 안긴 개는 축 늘어진 채로 움직이지 않았다. 남자의 공허한 눈빛이 어둠 속에서 빛났다. 주변에는 버려진 주사기와 약봉지로 보이는 종이가 여기저기 널브러져 있었다.

　"내 개야. 내 개."

　"알겠으니까 일단 진정해요."

　"시발, 너 새치기하려고 그러지!"

　남자의 팔에는 멍 자국이 가득했다. 천천히 다가가는 해수를 경계하던 남자가 문득 고개를 돌렸다. 갑자기 헤실거리는 그를 본 해수는 등골이 서늘해졌다. 이윽고 나타난 이장의 충혈된 눈동자와 마주친 그녀가 몸을 날렸다. 엉거주춤하게 서 있던 이장의 손에 들린 칼에서 핏방울이 떨어졌다.

　해수는 즉시 자신의 몸을 살폈다. 다친 곳은 없었다. 그렇다는 건 이장이 벌써 누군가를 해쳤다는 이야기였다.

"저랑 얘기 좀 해요."

"박 경위. 여기까지 용케도 따라왔네?"

마구잡이로 칼을 휘두르는 이장의 눈동자에 광기가 어렸다. 힘겹게 칼날을 피한 해수가 몸을 틀었다. 좁은 방 안은 여러모로 그녀에게 불리했다. 빈틈을 보아 이장의 손을 내려친 그녀는 바깥으로 달렸다. 혀를 내밀며 징그럽게 웃던 이장의 시선이 별안간 딴 곳으로 향했다. 기척을 느낀 해수가 미처 피하기도 전에 파이프가 날아들었다.

그녀의 어깨를 내려친 남자가 동공이 풀린 채 침을 흘리며 해수에게 중얼거리고 있었다.

"내 개야. 내 개라고⋯."

"미친 새끼!"

어깨를 감싸 쥔 해수가 이를 악물며 남자의 명치를 발로 찼다. 방 안 구석으로 날아간 남자는 여전히 개타령을 하고 있었다. 그사이, 이장이 갑자기 달리기 시작했다. 해수도 그를 쫓아서 달렸다. 어느새 골목의 아래까지 내려와 있었다. 감쪽같이 사라진 이장의 흔적을 찾기 위해 그녀가 사방을 둘러보았다.

그때 멀리서 엔진 소리가 들렸다. 고개를 든 해수의 시야에 맞은 편에서 달려오는 트럭이 보였다. 그녀가 재빨리 초록색 대문을 향해 뛰쳐 들었다. 오래된 경첩이 떨어져 나가며 대문과 함께 해수의 몸이 마당 안으로 쓰러졌다.

정신을 차리려는 듯 고개를 흔드는 해수의 머리채를 우악스러운 손이 덥석 잡아챘다. 자동차에서 내린 이장이 해수의 얼굴을 내려쳤다.

"내가 나대지 말라고 했어? 안 했어?"

흥분한 이장이 그녀의 종아리를 걷어차자, 다리가 절로 굽혀졌다. 이장은 주머니에서 주섬주섬 손수건을 꺼냈다. 해수가 안간힘을 쓰며 가까워지는 이장의 손을 막았다. 손수건에 시큼한 암모니아 냄새가 진동하고 있었다. 입술에 닿기도 전에 퍼진 약기운에 정신이 몽롱했다.

"박해수!"

손아귀에 힘이 점점 풀려 갈 때쯤, 자신을 부르는 이름이 들렸다. 분명 수기였다. 뿌옇게 흐려지던 시야가 또렷해졌다. 수기가 스카프로 이장의 목을 조르고 있었다. 터질 듯한 얼굴로 욕설을 내지른 이장이 한 손으로 스카프를 뜯으며 다른 팔꿈치로 뒤를 가격했다. 팔꿈치에 정통으로 맞은 수기의 코에서 피가 줄줄 흘렀다.

"그만둬!"

다시 한번 이를 악문 해수가 이장의 어깨를 잡아 돌렸다. 동시에 수기가 이장의 등에 매달리며 손가락을 세운 주먹으로 눈가를 때렸다. 비명을 지른 이장이 눈을 감싸며 뒹굴었다. 해수가 얼른 수기를 잡아채며 자신의 뒤로 숨겼다. 수기는 주변을 두리번거렸다. 곧 철거 예정인 집이라 잡동사니와 수풀로 마당이 엉망이었다. 쟁반 하나를 주워 이장에게 달려간 수기가 넓은 표면으로 머리를 후려쳤다. 굉음과 함께 겨우 상체를 일으키던 이장의 눈이 뒤집혔다.

"너는 더 맞아야 해!"

쉴 새 없이 이장의 정수리를 내려치는 수기를 외면하며 해수가 손수건을 주웠다. 냄새를 맡아 보니 아직 시큼했다.

"이 새끼가 개들을 다 재웠대. 자유한테 들었어."

정신이 돌아온 이장은 순박한 얼굴로 해수를 불렀다. 참으로 역겨운 얼굴이었다.

"박 경위? 뭔가 오해가 있던 모양인데 말로 하자고, 말로."

"이장님. 겁도 없이 마약을 유통하시면 어떡해요!"

"마약이라니? 나는 개를 사고판 죄밖에 없어!"

"그냥 솔직히 말하세요. 이장님이 유통책이라는 사실 다 알고 왔으니까."

"누가 그래?"

"그걸 알면 어쩌시게요?"

"족치려면 저년을 족쳐! 나는 그냥 동네 이장일 뿐이라니까? 내가 비록 당황해서 우리 박 경위, 아니 박 선생을 공격하기는 했지만, 죄가 없다고!"

"아까 칼빵 넣으려고 하셨잖아요."

"당황해서 그런 거라니까? 칼에 묻은 그거 절대로 사람 피 아니야. 개 피야, 개 피."

"검사해 보면 나오겠죠. 일어나세요."

"아니, 순진한 시골 사람한테 이게 무슨 경우인가?"

"이장님. 저도 힘들어요. 애먹이지 말고 빨리 일어나세요."

해수의 말에 이장이 손가락으로 코를 문질렀다.

"그러니까 왜 서 사장님 개를 건드려서 이 사달을 만들어? 겁대가리 없이!"

방심하는 사이, 이장이 수기의 몸을 밀었다. 그러나 막 문턱을 넘으려던 그가 짧은 비명을 질렀다. 예상치 못했던 진돗개가 그를 기다리고 있었기 때문이었다. 잇몸을 드러낸 개는 당장이라도 물어뜯을 듯 으르렁거렸다. 그 틈에 해수가 이장의 등을 걷어찼다. 엎드린 그의 팔을 뒤로 꺾어 제압하자 수기가 잡동사니 속에서 노끈을 찾아왔다.

"이거 놔!"

"가만히 있어! 윤만복!"

"이래도 소용없어. 너희들 절대 못 이겨."

"그건 두고 봐야 알지."

"인정군에서 서 사장님 땅이 아닌 곳이 없어. 심지어 야산까지도 다 서 사장님이 빌려준 땅이라고. 거기서 빌어먹던 인간들은 절대 배신 안 해. 알아들었어?"

이장을 잡아 일으킨 해수가 트럭을 찾았다. 적재함에 실린 개장 문이 활짝 열려 있었다. 그 안에 억지로 이장을 처넣은 해수가 고리에 긴 쇠막대를 걸었다. 자포자기한 얼굴로 헛웃음을 내뱉던 이장은 적재함에 같이 탄 자유를 보고 얼굴을 굳혔다.

"너 잘 생각해. 줄 잘 서라고!"

"이장님도 잘 생각하세요. 지금 눈앞에 달랑이는 그 줄 썩은 동아줄이니까. 혹시라도 소리 지를 생각은 하지 마세요. 19번과 함께 갇히고 싶지 않다면."

해수가 옆에 쌓아 둔 모포를 개장 위로 덮었다. 진돗개는 사람들의 눈에 띄지 않도록 개장의 뒤로 돌아가 앉았다.

"이제 어떡해?"

"찾아야지, 증거."

"얼른 증거 찾으러 가자."

"그 전에 언니라고 불러 봐."

"뭐래."

"남들이 보면 욕해. 너랑 나랑 나이 차이가 얼만데 동방예의지국에서 야, 너 하는 게 말이 되니?"

백수기

"그렇게 듣고 싶어?"

"어."

"엄마."

수기가 해수를 빤히 쳐다보며 말했다. 생각지도 못한 호칭에 해수가 반응하지 못하고 눈꺼풀만 깜빡였다. 아직 결혼도 해 보지 못한 자신에게 엄마라니. 썩 기분 좋은 호칭은 아니었다. 그녀가 징그럽다는 듯 몸을 부르르 떨자 수기가 피식 웃었다. 해수는 앞서 나가는 수기의 등을 쫓아 홍등가로 향했다.

가는 길에 현우에게 지원을 요청했다. 마약 사건이라는 말에 현우가 긴 한숨을 내쉬었다. 전화를 끊은 해수는 마약에 찌든 남자를 발견했던 방 안을 살폈다. 남자는 이미 도망가고 없었지만, 죽은 개가 남아 있었다. 해수를 제치고 안쪽으로 들어간 수기가 개를 살폈다. 하지만 이미 숨통이 끊어진 후였다.

해수의 손길이 개의 뱃가죽에 닿았다. 지긋하게 눌러 보자 안쪽에서 무언가 이물질이 느껴졌다. 쪽방에서 나온 해수는 철제 계단으로 연결된 옥상으로 향했다. 위쪽으로 올라가면 올라갈수록 사체 썩는 냄새가 진동했다.

이윽고 물탱크의 뒤쪽까지 도달한 해수의 얼굴이 딱딱하게 굳었다. 개였다. 다섯 마리 모두 뱃가죽이 갈라져 있었다.

말라붙은 가죽 외에 장기는 따로 보이지 않았다. 죽은 개들은 눈을 뜨고 있었고, 실핏줄이 터져 검은자위를 덮었으며, 코 주변은 콧물 자국으로 엉망이었다. 해수가 제일 가까이 있던 개의 꼬리를 들어 보았다. 역시 실금한 흔적이 있었다.

"개들을 보디 패커로 쓴 거야."

손으로 얼굴을 쓸던 해수의 표정에 이루 말할 수 없는 고단함이 내려앉았다.

"죽여 버릴 거야…."

해수의 등 뒤에서 거친 숨소리가 들렸다. 뒤늦게 상황을 파악한 수기의 눈빛이 애처롭게 무너지고 있었다. 해수는 개들 위로 쓰러지며 울음을 참는 수기를 향해 손을 뻗었다가 거뒀다. 수기의 감정에 동조하면 더욱 흥분에 휩싸여 일을 그르칠까 봐 두려웠다. 박해수는 자조적인 웃음을 보였다. 인정할 수밖에 없었다. 자신은 지독히도 이기적인 인간임을.

6.

사이렌 소리가 요란했다. 골목으로 줄지어 오른 순찰차가 홍등가를 덮쳤다. 골방에서 도망친 남자는 홍등가 건물 어딘가에서 붙잡혔다. 그는 여전히 자신의 개를 찾아야 한다며 횡설수설했다. 해수의 연락을 받은 현우는 이례적으로 직접 현장을 방문했다. 조사를 시작하던 형사들이 너도나도 현우를 향해 고개를 숙였다.

"이거 스케일이 너무 크다."

현장을 둘러보던 현우가 어두운 표정으로 말했다. 해수
는 눈을 빛내며 현우의 앞에 섰다. 이 일은 반드시 그녀가 마
무리해야 했다.

"서재형 구속 영장 신청해야 해요."

"서재형의 개라는 증거는?"

"사람들의 증언도 있고, 짧지만 투견 관련 영상도 있습니
다."

"증인이 누군데. 믿을 만한 애야?"

"네. 제가 믿고 있는 사람입니다."

"그걸로는 부족해. 확실히 잡아 둘 증거 찾아와."

"일단 현행범으로 잡은 사람부터 조사해 보면 나오겠죠."

그때 현우의 핸드폰이 울렸다. 화면에 뜬 이름을 확인한
현우가 얼굴을 찌푸렸다. 누구냐는 해수의 물음에 현우는 딱
히 반응하지 않고 현장을 떠났다. 해수는 지우에게 현장을
맡겨 두고 골목을 내려왔다. 새로 온 팀장이 달갑지 않은 얼
굴로 시비를 걸려는 참이었다. 아슬아슬하게 팀장을 피한 그
녀가 트럭 가까이에 가자, 모포를 뚫고 나온 비명이 들렸다.

"이 쌍년아!"

해수는 땀으로 범벅이 된 얼굴을 응시했다. 이장이 눈을

부라리며 철창에 바짝 고개를 붙였다.

"경찰서 가면 사실대로 말하세요. 여차하면 윤만복 씨가 다 뒤집어쑵니다."

"넌 아무것도 몰라. 덫에 걸린 건 너라고."

"조주만 어디 있어요. 죽였어요?"

"죽였지. 수기 그년이."

"얕은수 쓰지 마세요."

"주만이만 죽였나? 최 씨도 죽였어. 19번 그 개새끼를 이용해서 말이야. 서 사장님은 그년이 불쌍하다고 그냥 덮어 두자고 하셨지만, 나는 알지."

"그게 무슨…."

"걔가 왜 그렇게 내 축사에 집착했는지 알아?"

"윤만복 씨."

"내가 조주만을 거기에 파묻었거든. 수기 그년이 죽인 걸 내 손으로 직접 치웠다고."

당황스러움에 말을 잇지 못하는 해수를 두고 이장이 크게 웃었다. 해수는 핸드폰을 찾아 수기의 위치를 확인했다. 근처에 머물러 있어야 할 수기가 인정군으로 향하고 있었다. 곧이어 문자로 명세서가 날아들었다. 버스터미널 근처에서 택시 요금을 결제했다는 메시지였다. 이장을 두고 달려간 그녀가 자동차 문을 열었다. 아니겠지, 하는 마음으로 손을 더

들었으나, 운전석 시트 아래가 휑했다.

"젠장!"

사라진 수렵 총을 찾던 해수의 손이 벌벌 떨렸다. 처음부터 이용당한 건 자신이었을지도 몰랐다. 백수기가 아니라.

7.

늦가을 비가 무섭게 쏟아졌다. 곧장 이장의 축사에 도착한 해수가 우산도 없이 자동차에서 내렸다. 흙탕물에 젖은 운동화가 질퍽한 땅을 밟았다. 해수는 빗물에 반쯤 쓸려간 발자국을 응시했다. 가볍고 작은 발바닥, 그건 들개의 발자국이었다.

발자국을 따라가는 해수의 심장이 두근거렸다. 아닐 거라고 믿으면서도 이장의 말이 자꾸만 귓가에 맴돌았다. 어쩌면 처음부터 예상한 일이었다. 들개를 이끌고 사람을 공격하고 다니는 비행 청소년 따위에게 무슨 기대가 있었을까. 하지만 가슴이 쓰린 건 어쩔 수 없었다.

축사에 다다른 해수가 샅샅이 바닥을 살폈다. 지푸라기와 오물 이외에 별다른 건 보이지 않았다. 농기구 창고도 그랬다. 구석까지 뒤져 보았지만, 사람을 파묻은 흔적은 없었다. 처연하게 가라앉은 해수의 얼굴에 번뜩임이 지나갔다. 그녀는 손에 잡히는 대로 농기구를 바닥에 내던졌다.

"어디 있어!"

거친 숨을 몰아쉬며 창고 밖으로 나간 해수는 비닐하우스를 찾았다. 전에 들개가 찢어 놓은 비닐이 비바람에 나부끼고 있었다. 거침없이 안쪽으로 들어간 그녀가 내부를 살폈다. 버섯을 키우는 원목이 일렬로 세워져 있을 뿐이었다. 그녀는 젖은 손등으로 입가를 닦으며 안쪽으로 다가갔다.

원목 옆으로 빠끔히 튀어나온 건, 발가락이었다. 가까이 다가가자, 핏기가 가신 맨발이 보였다. 어딘가 이상했다. 조주만의 시체라면 벌써 부패하고도 남았어야 했다. 더구나 피에 젖은 모래알이라니… 이윽고 시체를 확인한 해수는 악을 쓰듯 이름을 불렀다. 비와 피에 흠뻑 젖은 건 주만이 아니었다.

"서승완!"

흐리멍덩한 눈으로 천장을 바라보던 승완이 울컥 피를 토했다. 승완의 앞에 무릎 꿇은 해수가 재빨리 옆구리를 손바닥으로 막았다.

"정신 잃지 마. 나 봐, 나 보라고!"

"살려 주세요…."

"괜찮아, 승완아. 괜찮아."

한쪽 손으로 주머니를 더듬은 해수가 핸드폰을 들어 119에 신고했다. 그사이, 승완은 무언가를 말하고 싶은지 입을 빠끔거리고 있었다. 승완을 미처 발견하지 못한 해수의

백수기

시선이 열린 문밖으로 향했다. 큰 목소리로 도와달라고 외쳤다. 누구라도 빨리 와 주기를 간절히 바랐다. 그러다가 문득 불길한 고요함이 느껴졌다. 승완이 뜬 눈으로 해수를 응시하고 있었다.

"죽으면 안 돼. 숨 쉬어. 숨 쉬어!"

지혈을 포기한 해수가 필사적으로 심폐 소생술을 시작했다. 승완은 여전히 미동이 없었다. 민영이 죽었던 날처럼, 자신을 원망하는 눈빛으로 정면만 응시할 뿐이었다. 해수는 미끄러지듯 몸뚱이에서 내려왔다. 그리고 승완의 꽉 쥔 주먹 사이로 보이는 무언가를 발견했다. 반쯤 열린 손가락 사이로 보인 건 머리끈이었다.

"아. 안 돼…."

해수가 손을 뻗었다. 끈에 붙어 있던 강아지 캐릭터가 툭 하고 떨어졌다. 그녀는 장식물을 손에 쥐며 상체를 잔뜩 구부렸다. 입술 새로 분노인지, 슬픔인지 모를 것들이 쏟아졌다. 울부짖는 그녀의 손에서 강아지 캐릭터가 웃고 있었다.

8.

비가 퍼부어도 굴착기는 멈출 줄 몰랐다. 우비를 쓴 진남은 사람들을 통제하느라 여념이 없었고, 동철은 축사의 소들을 다른 곳으로 옮겼다. 착잡한 표정을 한 소장은 연신 머리칼을 쥐어뜯으며 서재형이 오기만을 기다렸다. 모두가 바삐 움직였다. 시간이 멈춘 듯 멍하니 앉아 있는 사람은 해수뿐이었다.

해수는 물끄러미 사건 현장을 보았다. 내리치는 빗물과 흙탕물, 그리고 축사에서 나온 가축 분뇨로 신발이 엉망이었다. 여태까지 발버둥 친 결과가 고작 이것이라니. 실망감을 넘어선 허탈함이 해수를 서서히 무너뜨리고 있었다.

"여기요! 발견했습니다!"

우비를 쓴 의경이 멀리서 손을 번쩍 들며 외쳤다. 해수는 억지로 걸음을 이끌었다. 가까이 다가가니 비닐에 싸인 시신이 보였다. 분주하게 움직이던 사람들의 어깨와 해수의 어깨가 부딪쳤다. 해수는 뒤로 물러나며 젖은 손으로 제 얼굴을 쓸었다. 이미 백골화가 진행 중인 시신이었지만, 알 수 있었다. 그가 주만이라는 것을.

"괜찮으십니까?"

비틀거리던 해수를 뒤에서 부축한 이는 동철이었다. 무언가 할 말은 많지만, 차마 묻지 못하는 기색이었다. 현장을 구경하려는 동네 사람과 시비가 붙은 진남은 눈을 부라리고 있었다. 짜증을 버럭 내며 삿대질하는 그의 기세에 구경꾼들이 주춤하며 뒤로 물러섰다. 동철의 부축에서 벗어나 몸을 지탱한 해수는 그 속에 서 있는 서재형을 보았다.

서재형은 완전히 안쪽으로 들어서지도, 그렇다고 물러서 지도 못하는 모습이었다. 진남이 그의 어깨를 다독였다. 어두 운 표정으로 고개를 숙이며 눈가를 닦은 서재형이 이내 안쪽 으로 향했다. 성큼성큼 내딛는 걸음이 밭을 가로질러 비닐하 우스로 향했다. 그 뒤로 아비의 한 서린 울음이 들렸다.

자식을 잃은 부모의 절규에 구경하는 사람들마저 탄식과 눈물로 입을 다물었다. 비틀거리며 비닐하우스에서 나온 서 재형은 눈시울을 붉히며 해수를 찾았다. 급히 우산을 펼친 비서는 서재형의 어깨가 젖지 않도록 우산을 기울이고 있었 다. 해수는 저도 모르게 걸음을 조금 뒤로 물렸다. 승완이 끝 까지 손에 쥐고 있던 머리끈이 아직 주머니에 있었다.

"박 형사님."

"죄송합니다."

"도대체 누가 제 아들을 저렇게 만든 겁니까."

"저도 뒤늦게 도착해서 잘은⋯."

"그럼 아무것도 못 보셨다는 이야기입니까?"

서재형이 재차 묻자 해수가 고개를 끄덕였다. 주머니 속 머리끈이 납덩이처럼 무겁게 느껴졌다. 말해야 했다. 승완이 무엇을 쥐고 있었는지를. 그러나 해수는 여전히 자신의 안위 가 먼저였다. 그런 해수를 보며 서재형이 손으로 입가를 가렸 다. 찰나였지만, 그의 얼굴에 웃음기가 스쳐 지나간 듯했다.

인정경찰서 서장까지 도착하자 형사가 간략하게 브리핑을 시작했다. 해수의 시선이 집요하게 서재형에게 따라붙었다. 여전히 비서가 받친 우산 아래에 서 있는 그에게서 어딘가 이질감이 느껴졌다. 담당 형사와 감식반 외에 빠지라는 명령에 해수와 동철은 폴리스 라인 바깥으로 밀려났다.

주변이 빗소리에 잠겼다. 해수는 승완의 마지막 얼굴을 떠올렸다. 핏기가 가신 얼굴로 살려달라며 애원하던 얼굴 위로 목을 맨 민영의 얼굴이 겹쳐 보였다. 두 아이의 죽음이 안타깝기는 했지만, 자신의 탓은 아니었다. 그들을 죽인 이는 따로 있었다. 김민영은 서재형이 죽였고, 서승완은 백수기가 죽였다.

어쩌면 그들 싸움에 자신이 재수 없게 낀 것일지도 몰랐다. 제보자 김민영에게 도박장의 주소를 알아내라고 말한 건⋯. 그래, 수사를 시작하기 위함이었다. 오랫동안 형사 밥을 먹으며 숱하게도 배신을 당했다. 훈방 조치했던 아이가 사고를 일으켜 사람이 죽은 적도 있었고, 겉으로는 사죄하는 척 뒤로 피해자를 농락하는 아이도 있었다.

그뿐이랴. 제 나이가 무기인 듯 안하무인처럼 구는 아이들이 대부분이었다. 해수는 어른으로서의 아량과 최대한의 온정을 보이며 계도하려고 노력했다. 하지만 언제나 배신하는 쪽은 그들이었다. 확인이 필요했다. 당당하게 돈과 담배를 요구하며 자신이 저지른 범죄를 훈장처럼 여기는 김민영에게 신뢰할 수 있는 최소한의 증거를 보여 달라고 한 것뿐이었다. 김민영도, 서승완도 그렇게 될 줄 몰랐다.

정말로, 꿈에도 몰랐다.

"선배님?"

"어?"

손톱을 잘근잘근 물어뜯던 해수를 부른 동철이 뒷말을 잇지 못하고 머뭇거렸다. 잠시 머리를 긁적인 그가 주변을 살피며 조심스럽게 입을 열었다.

"저를 믿으세요?"

"갑자기 그게 무슨 말이에요?"

"저는 선배님이 처음부터 좋았어요."

동철이 부슬부슬 내리는 빗줄기를 쳐다보았다.

"사실은 선배님 팬이었거든요. 경찰대 떨어지고 성적 맞춰서 지방대 경찰학과에 갔는데 교수님이 늘 그러셨어요. 무에서 유를 창조한 너희들의 예비 선배가 있다면서요. 나중에 교수님에게 물어서 선배님 관련한 인터뷰 기사를 봤어요. 너무 멋있더라고요. 망설이지 말고, 행동하라는 말이. 뒤는 경찰들이 지켜 준다는 그 말이요."

"김 순경, 알아듣게 말해요."

"그러니까 제가 하고 싶은 말은요…. 여기는 CCTV가 필요 없어요. 왜냐하면 보는 눈들이 모두 카메라거든요."

그의 시선을 따라서 해수가 근처를 둘러보았다. 지역 신문 기자들을 막아선 진남과 소장, 구경꾼에 속한 나래백반 할머니와 약초상 사장님, 곤란한 표정으로 머리를 쥐어뜯는 정구, 편의점 아르바이트생과 현주, 그리고 서재형이 보였다. 일순, 해수의 심장이 두근거렸다. 이곳에 있던 모두가 자신을 쳐다보고 있는 것 같았다.

"선배님. 저 갑자기 너무 무서워졌어요. 이게 맞는 거예요? 이렇게 사람이 아무렇지도 않게 죽어 나가는 게, 알면서도 모른 척 살아가는 게 맞는 거예요? 이제는 누굴 믿어야 하는지도 분간이 안 가요."

어느새 동철이 울먹이고 있었다. 폴리스 라인을 등진 해수는 동철을 두고 홀로 축사를 벗어났다. 급하게 차로 돌아와 핸드폰을 확인하자 현우에게서 온 부재중 통화가 몇 개나 있었다. 그녀가 핸들에 머리를 박았다.

마을 사람들 모두가 짜 놓은 각본에 놀아나는 건 자신이었던 걸까. 끝내 파멸로 향하는 이 게임을 위해 서재형이 준비한 장기판의 말은 도대체 몇 개일까? 방금 동철이 내뱉은 말들은 전부 진실인가? 수기가 승완을 죽인 건 사실이 맞을까? 아니, 애초에 그 애들은 왜 죽어야 했나? 그리고 나는 무얼 위해 여기까지 온 것일까.

'저 개, 행복해 보여?'

함께 개 사료를 사러 갔던 날, 공원에서 주인과 함께 달리는 개들을 보며 수기가 물었었다. 해수는 행복해 보인다고 답했다. 고개를 끄덕인 수기가 피식 웃었다. 다행이라고 했다. 저 개들은 자신처럼 나쁜 사람과 함께하지 않아서 행복할 수 있겠다며. 공원을 돌아보는 수기의 눈동자에는 부리움이 그득했다.

해사한 웃음을 짓던 그 애의 얼굴을 애써 지워 낸 해수가 퍼뜩 창문을 열었다. 가슴께에서 끓어오르는 열이 전신을 녹일 것만 같았다. 셔츠의 단추를 풀어 내린 해수가 다시 울리는 핸드폰을 들었다. 버젓이 뜬 현우의 이름에 절로 신물이 올라왔다. 그가 실망할 일만 남았지만, 어쩔 수 없는 일이었다. 아니, 어쩔 수 없는 일이었는가.

"서장님."

"박해수. 너 인마! 긴말하지 말고 당장 올라와."

더는 피하기가 어려워 전화를 받은 해수에게 현우는 일방적인 통보를 끝으로 전화를 끊었다. 그녀는 깊은 패배감을 느꼈다. 그리고 이 패배감은 한 인간을 무력하게 만들기에 충분했다. 단념한 얼굴로 시동을 건 해수가 미련 없이 머릿골을 떠났다. 더 있다가는 누구에게라도 잡아먹힐 것 같았다.

오늘만큼은 규정 속도를 어기며 가속 페달을 밟던 패기

도 찾아볼 수 없었다. 해수가 운전하는 자동차는 고속도로에서도 느릿하게 달렸다. 현실에서 도망치고 싶은 마음 때문이었는지, 페달을 밟는 것조차 벅찼다. 그렇게 도착 예정 시간이 한참 지나서야 해산경찰서의 주차장에 들어섰다.

해수는 마음을 단단히 고쳐먹으며 정면을 응시했다. 차창 밖으로 정문 앞을 지키고 서 있는 동료들이 보였다. 현우를 비롯해 지우와 동기들도 있었다. 차를 세운 그녀가 주머니에서 수기의 머리끈을 꺼내 콘솔 박스 깊숙이 숨겼다. 벌써 내부 감사가 시작된 걸까. 그게 아니라면 전 직원이 자신을 체포하려고 나와 있을 리가 없었다.

"야, 인마. 박해수."

"네, 서장님."

"내가 왜 불렀는지 알지?"

"네."

그녀는 체념한 표정으로 두 팔을 내밀었다. 이제 손목에 수갑이 채워질 일만 남았다. 해수의 손목을 물끄러미 쳐다보던 현우가 별안간 입술을 삐죽이더니 새어 나오는 웃음을 참지 못했다. 그리고 멍하니 자신을 응시하고 있는 해수를 안아 주며 자랑스럽다는 듯이 등짝을 두드렸다.

예상도 못 한 상황에 해수의 얼굴에 의문이 어렸다. 그녀는 기뻐하는 현우를 두고 지우를 바라보았다. 그 또한 활짝 웃으며 해수를 향해 손뼉을 쳤다.

"경감님! 축하합니다!"

"축하?"

영문을 몰라 되묻는 해수의 목덜미에 누군가가 사탕 목걸이를 걸었다. 특진한 사람에게만 주어지는 본서의 전통이었다. 그녀가 얼떨떨한 얼굴로 주변을 돌아보았다. 밝은 얼굴로 축하를 전하는 사람들은 아무리 생각해도 서승완의 죽음에 조력한 자신에게 내리는 형벌과는 거리가 멀어 보였다.

"잘했다."

"네?"

"잘했다고 인마!"

"그게 무슨…."

"네가 마약 일당을 소탕했잖냐! 진급 축하한다. 이제는 박 계장이라고 불러야겠네."

"제가 진급했다는 말씀이세요, 지금?"

"그래!"

호쾌한 현우의 목소리에 여기저기서 축하한다는 말이 들려왔다. 들뜬 분위기 속에서 해수의 핸드폰이 울렸다.

축하드립니다. 늑대를 길들인 인간이 되셨네요.

서재형의 문자였다.

9.

해수는 현우가 말한 약속 장소로 향했다. 해변이 바로 보이는 4층짜리 횟집이었다. 저녁 식사 시간임에도 안쪽에 손님은 없었다. 접시에 음식을 담던 횟집 사장은 해수를 알아보고는 엘리베이터 버튼을 눌렀다. 3층에 도착하자 널찍한 홀이 나왔다. 바다가 보이는 자리에 앉아 있던 현우가 해수를 보고 손을 들었다.

"박 계장!"

해수는 굳은 입가를 억지로 끌어올리며 자리로 향했다. 현우의 옆에 앉은 서재형이 흐뭇한 미소로 그녀를 쳐다보고 있었다. 묵례로 인사를 끝낸 해수에게 서재형은 맞은편 자리에 앉기를 권유했다. 그녀가 자리에 앉자마자 마침 카트에 횟감이 실려 나왔다. 주방장이 직접 그들 앞에서 회를 뜨기 위해서였다.

날카로운 칼날에 저며지는 살점을 보며 해수는 욕지기를 삼켰다. 이윽고 접시에 횟감을 담은 주방장이 인사를 전하며 사라졌다. 해수는 접시를 외면했다. 접시에 담긴 꼬리가 아직도 팔딱이고 있었다.

"횟감이 아주 싱싱합니다."

서재형이 부드럽게 웃으며 식사를 권했다. 해수는 맛도 모른 채로 살점 하나를 억지로 씹어 목구멍 너머로 삼켰다. 어색한 분위기를 풀어 보려는지 현우가 먼저 술병을 들었다. 고급스러운 도자기 안에 담긴 청주가 서재형의 잔을 채웠다.

"요즘은 바닷가에서도 양식 회를 판다는데, 서 사장님 덕분에 아주 입이 호강합니다."

현우의 아부 섞인 말을 들으며 서재형이 술을 들이켰다. 다시금 술을 따르려던 현우의 손길을 거부한 서재형이 물끄러미 해수를 응시했다. 겉으로는 미소를 보이고 있었지만, 눈빛에는 오만함과 강압적인 음습함이 감돌고 있었다.

"오늘 어디 아프기라도 하십니까? 전에는 꽤 넉살 좋은 성격으로 봤었는데요."

"아, 죄송합니다. 서재형 사장님 덕분에 요즘 제가 일이 많아져서요."

퍼뜩 정신을 차린 해수가 술병을 들었다. 맑은 청주가 잔에 담기자, 서재형의 얼굴에 만족감이 드러났다.

"원래 계급이 높아질수록 피곤한 일들이 생기는 법이죠. 제가 박 형사님을 아주 높이 샀습니다."

"감사합니다."

인사와 함께 서재형의 잔을 받아 든 해수가 고개를 돌려 술잔을 비웠다. 그 뒤로 현우와 서재형의 대화가 이어졌다.

해수는 간간이 웃거나, 맞장구를 치며 그 시간을 견뎠다. 자리를 박차고 나가고 싶은 마음이 들 땐 술을 마셨다. 취해서라도 자신을 잊고 싶었지만, 술병이 테이블을 꽉 채울 때까지도 정신은 여전히 멀쩡했다.

서재형은 다른 말은 하지 않았다. 말하지 않아도 너는 알고 있어야 한다는 듯, 그저 웃기만 할 뿐이었다. 그래서 오기가 생긴 것일지도 몰랐다. 해수는 막연하게 올라오는 반항심과 굴욕감이 교차하는 기분을 누르며 서재형에게 살갑게 대했다. 실없는 농담으로 분위기를 즐겁게 만들기도 했고, 눈에 빤히 보이는 아부로 그를 쑥스럽게 만들기도 했다. 마치 처음부터 인정군에서 일어났다는 사건은 없었다는 듯이 마시고 떠들어 댔다.

"이런. 시간이 벌써 이렇게 됐군요."

어느 순간 현우의 잔을 거부한 서재형이 겉옷을 챙겨 들며 말했다. 해수가 자리에서 벌떡 일어나 격렬하게 경례를 표했다. 충성, 하고 횟집을 울리는 목소리에 서재형이 짧게 웃었다.

그가 떠난 후, 횟집에는 적막함이 감돌았다. 침묵을 깨고 먼저 입을 연 건 현우였다. 부모나 형제는 아니었지만, 그는 꽤 오랫동안 해수를 봐 왔다. 함께 울고 웃으며 말 그대로 동고동락한 동료이자 가족. 그런 현우가 억지로 쓴 박해수의 가면을 눈치채지 못할 리가 없었다.

"해수야. 여기서 깔끔하게 끝내는 거다."

한숨을 내쉰 그가 부탁하는 조로 말문을 열었다. 술잔만 만지작거리던 해수는 현우의 얼굴을 빤히 살폈다. 가만히 보니 그대로라고 생각했던 얼굴이 많이 늙어 보였다. 늘 정의롭고 이타적인 태도로 좋은 말만 듣고 살았던 현우도 세월에 따라 바뀔 수 있다는 걸 왜 몰랐을까.

"선배는 다 알고 계셨던 거죠?"

"그러니까 인마, 내가 그렇게 눈치를 줬잖아."

"다 알면서 왜 저를 인정군에 보내셨어요?"

"꼭 부딪혀 봐야 아는 놈이니까. 네가."

"하. 잘 알아주셔서 고맙네요."

"그냥 좋게 생각해. 이만한 빽 아무나 못 가져. 너 솔직히 그간 마음고생 심했잖아?"

"마약 유통에도 관여하셨습니까?"

"…"

"저도 그렇게 되는 겁니까? 선배, 아니 서장님처럼요."

술잔을 만지작거리던 해수가 울분을 삼켰다. 그녀의 물음에 현우가 창가를 응시했다. 검은 물결이 해변에 쓸려 나가고 있었다.

"내 자식이 공부하라고 미국 보내 놨더니 약을 배워 왔어. 곁에서 지켜보니까 마약 중독이라는 게 상상 이상이더라. 묶어 놓으면 자기 발목을 부러뜨리면서까지 약을 찾으러 밖으로 나가는 거야. 정말 애 엄마랑 나랑 돌아가면서 죽을 각오로 붙잡았어. 그놈이 그러더라. 자기도 끊고 싶은데 몸이 너무 아프다고. 애초에 왜 미국으로 보냈냐고 원망하는데…. 내 아들 이제 겨우 약 끊어 내고 대학 다시 들어갔어. 그렇게 다시 살겠다고 몸부림치는 새끼를 내가 어떻게 나락으로 보내. 그러니까 네가 나 한 번만 봐주라.”

“백수기도 서장님 자식처럼 어린 나이예요. 죽은 서승완도, 김민영도!”

“다르지. 그 애들에게는 제대로 된 부모가 없잖니.”

“그건 저도 마찬가지고요.”

“해수야. 너도 알잖아, 이 바닥에서 살아남기가 얼마나 힘든지. 네가 살기 위해 선택한 거야. 그런 애들 구하겠다고 인생을 꼬라박을 수는 없잖아? 처음에는 나도 힘들었다. 근데 괜찮아지더라. 우습게도 정말로 괜찮아져.”

“정말로 이렇게 끝내는 게 맞아요?”

“서재형이 그깟 인정군에만 돈을 뿌렸을 거 같아? 아니. 정재계 사람들에게 뿌린 돈만 3천억이란다. 약은 어떻고? 서재형의 손에 자식놈들 인생이 달린 인사들이 줄을 서 있어. 너 죽어도 서재형 못 잡아. 잡혀서도 안 될 일이고. 내가 널 인정군으로 보낸 건 네가 똑똑한 놈이기 때문이야. 상황 파악 제대로 하는. 그런데 예상보다 물렀어."

현우의 말에 해수는 한참이나 놓았던 젓가락을 들었다. 그녀는 입안에 넣은 회를 꼭꼭 씹었다. 비릿하게만 느껴졌던 회가 조금씩 고소해지고 있었다.

"저는요, 누구보다 높이 올라갈 거예요."

다짐하듯 선포한 말에 현우가 빙그레 웃었다.

"그건 내가 누구보다 원하던 바야. 해수야, 우리 여태껏 잘해 왔잖아. 이제 앞만 보고 달리자. 그 누구의 방해도 없이, 그냥 서재형이 만들어 준 아우토반 탔다고 생각하자고."

한껏 들뜬 목소리였다. 현우는 이제야 완전히 마음이 놓인 듯이 넥타이를 풀었다. 기분이 좋은지 연거푸 술잔을 비우는 그를 보며 해수가 피식 웃었다. 인간이란 얼마나 간사한가를 깨닫는 순간이었다.

4부

/

박
해
수

1.

진급이 확정되고 시간이 어떻게 흘렀는지 모른다. 해수는 수기의 소식을 여전히 듣지 못했다. 훔쳐 간 수렵 총 또한 찾지 못했지만, 사정을 들은 현우는 그녀에게 입단속을 시킨 뒤 같은 모델의 수렵 총을 구해 줬다.

사건 이후, 이장의 축사에서는 총 세 구의 시체가 발견되었다. 조주만, 서승완 그리고 최형근. 형근은 일전에 이장이 언급했던 최 씨였다. 셋 모두 과다출혈이 사인이었다. 시신의 상흔에서 발견된 이빨 모양과 DNA를 분석한 결과에 따르면 개 물림 사고가 명확했다. 이장은 수기의 죄를 뒤집어쓰면서 자신이 기르던 개가 사람을 물어 죽여 시신을 유기했다는 사실을 인정했다.

경찰은 언더독의 운영자가 조주만임을 밝히며 그의 소유로 된 땅에서 현금 20억을 발견했다. 이로써 한동안 시끌시끌하던 언더독 사건이 마무리됐다. 수기의 이름은 그 누구도 언급하지 않았다. 다만, 해수의 마음속에 얼룩으로 남았을 뿐이었다.

그녀는 동철과도 아무 일도 없다는 듯이 지냈다. 파출소 사람들은 지난 일은 다 잊었다는 듯이 한 잔 술에 모든 걸 털어 버렸다. 해수의 일상은 바쁘게 돌아갔다. 하루가 멀다 하고 터지는 살인 사건에 방화 사건까지 정신이 없었다. 동료들과 머리를 맞대며 사건을 해결하고, 발로 뛰고, 국밥을 먹으며 피곤을 달래는 생활이 반복되었다.

모든 것이 제자리로 돌아가고 있었다. 그렇게 믿었다. 자신을 찾아온 율만 아니었더라면 말이다. 무거운 과일 상자를 들고 온 율이 어렵사리 꺼낸 말은 수기를 찾아 달라는 부탁이었다. 율은 혼자만 잘 먹고, 잘 자고, 웃고 떠드는 일상이 괴롭다고 했다. 쫓겨나듯이 경찰서를 나오면서도 끝까지 애원의 눈빛을 보내던 율 때문이었을까.

그날 해수는 한동안 켜 보지 않았던 애플리케이션에 접속했다. 그리고 하필이면 그때, 감쪽같이 사라졌던 수기의 위치가 인정군의 한 빌라에서 신호를 보냈다.

"잘하는 짓인지."

해수는 마침 비번인 날을 이용해 인정군으로 가는 길이었다. 현우에게는 미처 챙기지 못한 짐을 정리하러 간다며 핑계를 대었다. 평일 한낮이라 그런지 도로가 한산했다. 내비게이션이 알려 주는 길로 직진하던 해수는 좌회전하라는 음성에 방향을 틀었다. 그녀는 '말마2리'라고 적힌 장승 돌을 지나쳐 하천과 도로를 잇는 다리로 향했다.

짧은 다리를 건너자, 왼편에 슈퍼가 보였다. 천천히 슈퍼를 지나치던 자동차의 후미등에 빨간빛이 들어왔다. 사이드 미러를 확인한 해수가 기어를 R로 바꿨다. 요란한 소리를 내며 후진한 자동차가 급정거하며 슈퍼 앞에 섰다.

"현주 씨?"

해수의 목소리에 현주가 고개를 들었다. 그 비싸 보이던 퍼는 어디로 사라졌는지, 속옷만 겨우 갖춰 입은 채로 슈퍼 앞 평상에 쪼그려 앉아 있었다.

"어디서 봤더라?"

현주가 겉옷을 벗어 자신의 어깨에 두르는 해수를 응시하며 물었다.

"제가 핸드폰 찾아 드린다고 했었는데 기억 못 하세요?"

"맞다. 내 핸드폰 찾았어요?"

"죄송해요. 아직 못 찾았어요. 그런데 편의점은 어쩌고 여기 계세요?"

"편의점?"

해수의 질문을 곱씹던 현주의 눈빛이 흐려졌다. 그녀는 눈앞에 사람이 있는지도 잊은 채로 편의점이라는 말만 반복해서 중얼거렸다. 그사이, 해수는 겉옷에 가려진 현주의 팔뚝을 살펴보았다. 아무리 봐도 주삿바늘 자국이었다. 하지만 이곳에서 크게 일을 키울 생각은 없었다.

"미안해요."

뜻 모를 사과에 현주의 멍한 눈길이 해수에게 닿았다. 해수는 안주머니에서 시갑을 꺼냈다. 내내 멍한 시선으로 앉아 있기만 하던 현주는 지폐 몇 장이 평상에 놓이자마자, 급히 돈을 움켜쥐며 슈퍼 안으로 도망치듯 들어갔다.

"여태껏 모른 척했잖아. 새삼스럽게 무슨."

걱정되는 마음을 애써 누른 해수는 속으로 위선자라고 자신을 욕하며 목적지였던 빌라로 향했다. 슈퍼에서 빌라까지는 그리 멀지 않았다. 근처에 차를 주차한 해수가 오르막길을 걸었다. 이윽고 빌라에 도착한 그녀는 광고지가 지저분하게 붙은 공동 현관문을 지나쳐 지하층으로 향했다. B02호는 수기의 앞집이자 죽은 최형근의 집이었다. 현관문은 열려 있었다. 안쪽으로 들어간 해수는 현관 벽면에 흩뿌려진 핏자국을 살폈다.

혈흔의 시작점은 어깨 정도의 위치였고, 강하게 뿜어졌다가 점점 잦아들며 아래로 떨어졌다. 거실 중앙의 벽면 역시 혈흔으로 엉망이었다. 더 안쪽으로 걸어 들어간 해수의 눈앞에 피를 흘리는 남자가 보이는 듯했다. 남자는 목덜미를 손바닥으로 누른 채로 소파에 기대어 있었다.

남자를 물어뜯은 개는 조용히 앉아 죽어 가는 인간을 지켜봤을 것이다. 살인을 방관한 주인과 함께. 해수는 천천히 눈을 감았다가 떴다. 최 씨는 왜 개에 물려 사망했을까. 그게 수기의 짓이라면 그 아이는 왜 사람을 죽여야만 했을까. 아니, 조주만도 최형근도 그리고 서승완도 모두 수기의 짓이 맞기는 한 걸까.

오늘도 역시 의문을 풀지 못한 채로 발길을 돌린 해수는 B02호에서 나왔다. 맞은편 수기의 집은 더욱 볼 것이 없었다. 좁은 방 안을 천천히 돌아본 해수는 아무런 소득 없이 그곳을 나와야 했다.

"선배, 인정군 갔다면서요?"

"소문 한번 빠르다."

차로 향하는 길에 해수는 지우의 전화를 받았다. 수화기 너머로 머뭇거리는 음성이 들렸다. 평소에 생각이 뇌를 거치지 않는다고 표현할 만큼 거침없는 성격인 그와는 상반된 모습이었다.

"뭔데 이렇게 함흥차사야?"

"나 평소였으면 모른 척했을 거예요. 근데 선배가 아무렇지 않은 척하면서도 나사가 빠져 있으니까, 어쩔 수 없이 얘기하는 거라고요."

"그러니까 뭘."

"지난번에 선배가 보냈던 핸드폰 대화방 풀었어요. 독일에서 언더독 사건 기사 접했나 봐요. 사안이 중대하다고 생각했는지 우리가 요청하지도 않았는데 그냥 협조 공문 보냈더라고요."

"됐어. 이제 와 알아 봤자 할 수 있는 것도 없고. 그냥 넘기로 했잖아."

"저도 웬만하면 그러고 싶거든요? 근데 주체가 개가 아니라 사람이라 그래요."

"사람?"

"선배가 사무실에서 몰래 사진으로 훔쳐보던 그 애요. 그 개랑… 아무튼 보내 줄 테니 봐요. 판단은 선배가 하는 거예요!"

대화방을 캡처한 사진에는 새로운 공지가 떠 있었다. 시간은 오늘, 장소는 머릿골, 참여 내용은 투견과 인간의 결투. 함께 뜬 선수의 사진을 확인한 해수의 눈동자가 커졌다. 그녀는 서둘러 지우가 보낸 링크에 접속했다. 실시간으로 중계되는 장소가 낯익었다. 바로 머릿골이었다.

해수가 자신도 모르게 욕설을 흘렸다. 링크에 접속한 사람들이 수기에게 댓글을 남기고 있었다. 차마 입에 담지 못할, 온갖 희롱과 욕설이었다.

"뭐 하는 거야? 이거 실시간 아니야? 당장 출동해야지!"

"그게, 위에서 하지 말래요."

"누가? 서장님이?"

"네. 독일 본사에서 협조해 준 건 딱 메시지 톡방 하나였어요. 뒤에 보낸 링크는 제가 불법으로 딴 거고요. 선배도 아시겠지만, 불법으로 취득한 증거는 인정되지 않잖아요."

"하."

지우가 다시 말을 덧붙이기 전에, 해수가 먼저 전화를 끊었다. 그녀의 초조한 시선이 지우가 보낸 화면에 고정됐다. 잠깐 사이에 화면 위로 선수 입장 메시지가 걸렸다. 카메라가 숲 어딘가를 비췄다. 수풀을 헤치며 악다구니를 쓰는 수기의 옆에 매섭게 짖는 진돗개가 보였다. 자유였다.

"도망쳤으면 끝까지 잡히지 말아야지!"

거치대에 핸드폰을 걸어 놓은 해수는 거칠게 가속 페달을 밟았다. 어찌 된 일인지 진돗개를 제외한 다른 들개들이 수기의 말을 듣지 않고 달려들고 있었다. 해수는 화면에서 수기를 찾으려고 애썼다. 거칠게 공격하는 들개 한 마리의 옆구리를 밀어낸 진돗개가 수풀 어딘가로 숨었고, 수기도 진돗개를 따라서 자취를 감췄다. 이에 죽은 투견에 베팅한 사람들은 퇴장하거나, 목표를 바꿔 진돗개에게 베팅하기 시작했다.

"젠장!"

횡단보도를 건너는 사람들 때문에 급히 정차한 사이, 해수가 핸들을 거칠게 내리쳤다. 그녀는 잔뜩 상기된 얼굴로 곧 장 동철에게 전화를 걸었다.

"나 좀 도와줘요."

"네?"

"지금 백수기가 위험해요. 당장 머릿골로 출동할 수 있어 요?"

다짜고짜 본론부터 말하는 해수 때문에 당황한 것도 잠 시, 수화기 너머로 동철의 긴 한숨이 들려왔다. 해수는 초조 한 마음을 숨기지 않고 설득을 위해 다시 말을 쏟아 냈다.

"파출소에서 관여하지 않는다는 건 알아요. 하지만 들개 가 사람을 공격하고 있어요! 백수기도 여기 사람인데 투견이 해치기 전에 경찰이건 뭐건 출동해야죠!"

"선배님. 출동할 필요 없습니다."

"이봐요, 김 순경!"

"오늘 다 소탕한답니다."

"…그게 무슨 말이에요?"

"공식적인 승인이 떨어졌대요. 대대적으로 들개 사냥하기 로요. 오늘 인정군 전체 야산에서 사냥이 있을 거라는 공문 받았습니다."

동철의 대답에 해수의 눈길이 다시 핸드폰 화면으로 향 했다. 그럼 지금 머릿골에 사냥할 들개들을 몰이해 놓고 수기를 남겨 뒀다는 말인가.

"망할!"

해수의 거친 목소리가 차 안을 울렸다.

"전에 무섭다고 했죠? 누구든 죽는 상황이."

"…."

"정말로 두렵다면 당장 머릿골로 와요. 죄를 심판하는 건 개인이 아니라 법이 해야 하는 거니까. 이제부터 그 누구도 함부로 죽일 수도, 죽을 수도 없어요."

하지만 동철은 해수의 말에 대답하지 않았다. 그녀는 머 릿골까지 남은 시간을 보며 이를 악물었다. 사냥꾼들이 머릿 골을 덮치기 전에 수기를 구해야 했다.

정신없이 샛길로 들어선 자동차가 배추밭이 있던 근처까 지 도착했다. 막 차를 멈춘 해수가 고개를 번쩍 들었다. 숲 안쪽에서 총소리가 들렸기 때문이었다. 해수는 밭을 가로질 러 숲 안쪽으로 뛰쳐 들어갔다.

"백수기!"

얼마 지나지 않아서 나무 기둥 옆으로 잔뜩 웅크린 등이 보였다. 해수의 손길에 수기가 허공을 향해 팔다리를 마구 휘둘렀다.

"나야! 정신 차려!"

"이거 놔!"

"나 박해수라고!"

"박해수?"

독기 서린 눈동자가 뒤쪽을 향했다. 해수를 알아본 수기가 물에 젖은 휴지처럼 몸을 늘어뜨렸다. 겨우 진정이 된 수기를 두고 해수가 한 발자국 물러나며 물었다.

"어떻게 된 일이야?"

"개들이 모두 죽는다고 그래서. 그래서 왔는데 이상해."

"이상하다니?"

"자유 말로는 주둥이에서 이상한 냄새가 난대. 아마도 약을 먹인 거 같아."

"서재형한테 싹싹 빌어. 내가 어떻게든 설득해 볼 테니까."

"그럼 남은 개들은?"

"답답한 소리 하지 마."

"나는 죽어도 괜찮아. 제발 개들만 무사히 도망치도록 도와줘."

"네가 서승완을 죽였는데 서재형이 들개들까지 살려 줄거 같아?"

해수의 눈동자가 흔들렸다. 백수기는 살인자였다. 그것도 사람을 셋씩이나 죽이고도 여전히 들개들을 옹호하는, 들짐승에 가까운 인간.

"무슨 소리야? 서승완 죽인 거 나 아니야."

"내 앞에서 더는 거짓말하지 마."

"진짜 아니라니까? 내가 봤어. 누가 죽였는지."

"봤다고?"

하지만 둘은 뒷말을 이을 수 없었다.

해수의 시야에 총포를 들고 산을 오르는 사냥꾼들이 보였다. 반사적인 손놀림으로 수기의 머리통을 누른 그녀가 수풀에 몸을 숨겼다. 산발적으로 들리던 총소리가 점점 잦아지고 있었다. 겁에 질린 들개들은 공격해 볼 생각도 하지 못한 채로 흩어져 도망쳤다.

그 광경을 함께 목격한 수기가 수풀 밖으로 뛰쳐나갔다. 해수는 급하게 수기의 옷자락을 잡으려고 했으나, 그만 놓쳤다. 가장 가까이에 있던 사냥꾼의 등짝을 밀어낸 수기가 몽둥이를 빼앗으며 달려 나갔다.

이윽고 고개를 쳐든 수기가 하울링을 시작했다. 길게 울려 퍼지는 하울링에 약에 취하지 않은 개들이 꼬리를 내리고 도망치기 시작했다. 일순, 누군가가 수기에게 총을 겨누었다. 해수는 총을 든 사냥꾼과 수기를 번갈아 보았다.

"젠장!"

재빨리 사냥꾼에게 달려든 해수는 총을 뺏으려고 안간힘을 썼다. 옥신각신하던 사냥꾼이 해수의 힘에 밀려나며 넘어졌다. 그 틈을 놓치지 않고 그녀가 수렵 총을 빼앗아 사냥꾼에게 겨눴다.

"박 형사님은 역시 베팅하는 법을 모르시는군요."

사냥꾼에게서 총구를 거둔 해수가 목소리가 들린 쪽으로 고개를 돌렸다. 어느새 산을 오른 서재형의 주변으로 경호원이 몰려들고 있었다. 특유의 여유로운 미소로 자신을 응시하는 서재형을 본 해수는 마음을 다잡았다. 이미 수기에게 달려온 순간부터 각오하고 있었지만, 그의 앞에서 망설여지는 건 어쩔 수 없었다.

"서재형 사장님. 사람도 베팅 대상이 됩니까?"

"재밌잖아요."

"이 일이 외부로 알려지면 아무리 서 사장님이라고 해도 빠져나가지 못하실 겁니다. 여기서 그만두시죠."

"제가요? 하하, 박 형사님. 정말 재밌는 분이네요."

손가락으로 눈물을 닦아 내는 시늉을 하던 서재형이 해수의 어깨 너머를 응시했다. 안주머니에서 권총을 꺼낸 그가 순식간에 장전을 마쳤다. 서재형은 19번을 향해 총구를 겨눴다가, 다시 수기의 가슴을 조준했다.

"백수기의 목숨에 얼마가 걸렸는지 아십니까?"

"총 거두세요."

"말을 길게 하는 건 질색이지만, 스스로 장기 말이 되길 선택하셨으니 친절히 알려 드리죠. 이건 최후까지 살아남은 선수에게 베팅한 사람이 이기는 게임입니다. 백수기, 저 아이가 살아남는 쪽에 베팅한 사람이 몇이나 될까요? 딱 한 명이었습니다. 이 판에서 유일한 인간임에도 불구하고 말입니다. 여기서 문제, 그럼 19번에게 베팅한 사람은 얼마나 될까요?"

"서재형 사장님!"

"정답은… 그 한 명을 제외한 나머지."

그녀의 곁에 바짝 다가선 서재형이 속삭이듯 뒷말을 이었다.

"이번 경기에 걸린 판돈이 자그마치 70억이야. 너무 걱정은 하지 마. 끝까지 백수기가 살아남을 것이라 예상한 그 한 명이 바로 나였으니까."

그 말을 끝으로 탕, 하는 소리가 벼락처럼 울려 퍼졌다.

"자유!"

수기의 외침과 함께 해수의 볼을 아슬아슬하게 스쳐 간 총알이 진돗개의 몸을 관통했다. 예상하지 못한 파열음에 귓가를 막은 해수는 멍해진 정신을 가다듬으며 앞을 보려고 애썼다. 귓가에서 이명이 멀어질때 쯤….

"이건 반칙이잖아!"

쓰러진 진돗개를 보며 해수가 경악하듯 외쳤다.

"반칙이라니. 애초에 내가 만든 룰이야."

말을 마친 서재형이 고개를 들어 정면을 응시했다. 우스웠다. 고작 백수기 따위에 보장된 미래를 버린 박해수가.

"도대체 저년이 뭐라고."

서재형은 이해할 수 없었다. 아무것도 가진 게 없는 계집보다 선택받지 못하는 자신을. 19번도 마찬가지였다. 감히 주인의 손가락을 앗아간 죄까지 눈감아 주면서 아끼고 예뻐했는데 돌아온 것은 배신이었다. 투견도, 주만도, 승완도, 해수도 초라하고 나약한 수기의 편에 서서 손가락질하니, 가르쳐 주고 싶었다.

결국 우위에 있는 건 자신이라는 걸.

서재형은 울부짖는 수기를 보며 승리의 미소를 보였다. 수기가 쉼 없이 진돗개의 이름을 부르며 구멍 난 옆구리를 지혈하고 있었다.

"아니야. 그런 말 하지 마. 자유, 제발. 정신 차려. 자유…"

수기는 고개를 저었다. 진돗개가 눈빛으로 말하고 있었다. 함께해서 정말 행복했다고, 그러니 너도 이만 자신을 놓으라며.

진돗개는 수기를 마지막까지 부르려고 애썼다. 자책할 아이를 위해 네 잘못이 아니라고 말하고 싶었다. 하지만 겨우 입 밖으로 꺼낸 소리는 힘없이 흩어졌다. 자유의 시야에 걸어오는 파이가 보였다. 자유는 꼭 가야 하냐고 물었다. 파이는 대답 대신 수기를 가만히 응시했다.

수기의 행복을 바라는 대답이었다. 파이를 따라서 걸음을 옮기던 자유가 힐끗 뒤를 돌아봤다. 수기가 울고 있었다. 되돌아간 자유는 혀로 수기의 눈물을 닦았다. 그리고 파이를 쫓아 힘차게 달렸다. 이만하면 나쁘지 않은 생이었다. 수기와 함께였으니.

"살려 줘. 우리 자유 좀 살려 줘…."

"수기야."

"내가 잘못했어. 벌 받을게. 그러니까 이번 한 번만. 딱 한 번만. 응? 제발…."

"편히 잠들 수 있게 도와주자."

무릎 꿇은 해수가 수기의 손목을 감싸 쥐었다. 수기가 주변을 둘러보았다. 자유와 또 다른 자유, 그리고 또 다른 자유가 눈을 감지도 못한 채로 죽음을 맞이했다. 수기는 핏물에 젖은 진돗개의 털을 움켜쥐었다. 아무것도 보이지 않고, 아무것도 들리지 않았다. 오직 자유를 죽인 서재형만이 보였다.

"백수기, 안 돼!"

해수의 부름을 뒤로하고 수기가 악다구니를 쓰며 비탈길 아래로 내달렸다. 서재형에게 닿기도 전에 앞으로 나선 경호원이 수기의 어깨를 밀었다. 저를 비웃고 있는 서재형을 당장이라고 갈기갈기 찢어 버리고 싶었지만, 힘이 없었다. 수기는 손안에 돌을 쥐었다. 머릿속에는 자유의 복수를 해야 한다는 생각밖에 없었다.

그러나 누군가가 수기의 목덜미를 먼저 가격했다. 위로 치켜뜬 시야에 누군가 비쳤다. 싸늘한 얼굴로 쓰러진 자신을 내려다보고 있는 인간은, 박해수였다.

2.

수거해 온 사체들이 차곡차곡 모였다. 수레를 이끈 동철은 힐끔 해수의 눈치를 보았다. 반나절 만에 얼굴이 반쪽이 되어 있었다. 그녀의 전화를 받은 직후, 동철은 걱정되는 마음에 머릿골로 달려갔다. 어이, 김 순경! 하고 손을 흔들어 보이는 사냥꾼들의 발자국을 따라서 그는 골짜기 깊숙한 곳으로 향했다.

그리고 곧 무언가에 걸려 넘어졌다. 동철의 발을 붙든 건 죽은 들개 한 마리였다. 뜬 눈으로 혀를 빼문 들개가 하늘을 응시하고 있었다. 가슴이 덜컥 내려앉은 동철은 그제야 신발을 확인했다. 정신없이 걸을 때는 몰랐는데 하얀색 컨버스가 핏물에 젖어 엉망이었다.

해수는 가까이에서 들개들의 사체를 한곳으로 모으고 있었다. 동철은 집에서 키우는 감자가 생각났다. 감자는 감자밭에서 발견한 유기견이었다. 꼬물꼬물한 새끼였던 강아지를 데려다가 키운 세월이 어느새 8년. 이대로 집에 돌아간다면 차마 감자의 눈을 쳐다볼 자신이 없었다. 그래서 남았다. 조금 이나마 미안한 감정을 덜기 위해서 말이다.

"끝도 없네요."

동철의 말을 끝으로 들개들의 사체가 하나둘씩 흙에 묻히기 시작했다. 허리를 뒤로 넘기며 스트레칭을 하던 그가 해수를 힐끗 보았다. 이제껏 허리 한 번 펴지 않고 개들만 묻고 있었다.

"너무 자책하지 마세요. 어차피 살았어도 안락사당할 개들이었어요."

"…"

해수도 한때 그렇게 생각했었다. 그리 가벼이, 그렇게 이용할 대상으로만 개들을 대했다. 과거의 자신을 지우듯 그녀는 흙을 퍼 올린 삽으로 구덩이를 덮었다. '어차피'라는 말에는 순응과 무책임이 뒤따랐다. 아무도 짊어지지 않는 죽음이니 애도의 마음은 갖지 않겠다는 무언의 결심, 그게 들개들을 대하는 인간의 태도였다.

"근데 수기 쟤는 어쩐대요?"

마지막 무덤을 만든 동철이 안타까운 얼굴로 물었다. 수기가 나무 기둥 앞에 웅크려 앉아서 무릎에 고개를 파묻고 있었다. 동철을 먼저 보낸 해수는 조용히 수기의 곁에 앉았다. 입안이 쌉쌀했지만, 담배를 찾지는 않았다. 지금은 그저 온전한 마음으로 기다려 주고 싶었다. 수기는 제일 큰 소나무 앞에 구덩이를 파기 시작했다.

차디찬 흙바닥에 자유를 놓은 수기가 용서를 구했다. 애초에 이기지 못할 싸움인 걸 알았다. 초라한 저를 인정하지 못해서 시작된 싸움, 어리석은 자존심만 남은 싸움이었다. 수기가 주먹을 쥐었다. 마치 누군가 심장을 움켜쥐고 쥐어짜는 느낌이었다. 작게 신음을 흘리는 수기의 떨리는 손을 해수가 잡았다.

"괜찮아. 괜찮을 거야."

"내가 다 망쳤어. 멀쩡히 살 수 있는 애들이었는데 나 때문에 죽은 거야."

"수기야."

"처음부터 태어나지 말걸. 박해수, 내가 어떻게 살아남은 줄 알아? 내 엄마라는 여자가 나를 구덩이에 버렸어. 생매장 되길 기다리던 들개가 떨어진 나를 살렸고. 밤마다 나를 살렸던 어미 개의 절규가 들려. 인간들을 처단하라고 나를 살린 건데, 그래서 내게 이런 능력이 생긴 건데, 그런데 나는, 나는 아무것도 하지 못하고 개들을 죽음으로 내몰았어."

수기가 나무 기둥에 자신의 머리를 찧었다. 그 사이로 손을 넣은 해수는 수기의 이마를 받쳐 든 채로 눈물을 삼켰다.

"그래서 널 살린 건 아닐 거야."

"…."

"네가 인간임을 알면서도 어미 개는 널 살렸어. 복수의 마음을 품었다면 애초에 외면했겠지. 그 개는 너를 가여워한 거야. 인간이 자신들을 버렸어도, 죽음으로 몰았어도, 여전히 인간을 사랑해서 품에 안았다고 생각해."

"복수의 마음이 아니라고? 그게 가능하다고 생각해?"

"그들이니까. 너도 알잖아. 그들이 얼마나 순수하고 순종적인지."

그 말에 수기가 기어코 눈물을 터트렸다. 여기에 묻힌 개들이 그랬다. 인간보다 더 인간을 사랑했다. 부드러운 손길에 기꺼이 배를 내보였고, 때로는 밥을 굶으면서도 주인을 걱정했다. 아침에 나갔던 주인을 종일 기다리면서도 힘든 줄 몰랐다. 그저 얼굴을 보는 것만으로도 반갑고 즐거웠다.

"그래서, 그렇기에. 자유는 널 원망하지 않을 거야."

손목에서 느껴지는 차가운 감촉에 수기가 고개를 들었다. 수기의 손목에 수갑을 채운 해수가 애써 시선을 피하지 않으며 말했다.

"여기서 끝내자, 우리."

끝내 참아 왔던 눈물 한 방울이 해수의 볼 위로 떨어졌다. 거듭되는 고통을 끝내고 싶었다.

3.

인정경찰서에 도착한 해수가 수기를 인계했다. 오직 수기의 자백만이 사건을 바로잡을 수 있었다. 수기는 착실하게 묻는 말에 대답했다. 아는 사실은 최대한 상세하게 설명했다. 주는 벌도 군말 없이 받을 작정이었다. 어떤 변명으로도 사람을 죽인 일은 용서받을 수 없을 테니까.

"서승완은 네가 죽인 게 아니라고?"

"네."

형사의 물음에 수기가 고개를 끄덕였다. 그날, 수기는 머릿골에서 해수를 기다리고 있었다. 검은 개의 목덜미를 끌고 온 진돗개가 애처로운 울음을 흘렸다. 퍼뜩 달려간 수기는 죽어 가는 검은 개를 발견했다. 동족에게 물린 자국이 역력한 검은 개는 끝까지 울음 한 번 내지 못하고 눈을 감았다.

진돗개가 수기를 어딘가로 이끌었다. 이장의 축사가 있는 자리였다. 수풀 너머로 보이는 드넓은 밭에 처음 보는 투견 한 마리가 승완을 쫓고 있었다. 수기는 머릿속에 해수와의 약속을 떠올렸다. 이제부터 개를 도구 삼아 인간을 해치지 않겠다고 다짐했었다. 그래서 비닐하우스로 도망친 승완을 잡지 못해 으르렁거리는 투견에게 다가가 설득을 시도했다.

광견병에 걸린다면 이런 모습일까. 뻘겋게 부어오른 눈동자와 군침을 흘리는 입가만 보아도 투견은 제정신이 아니었다. 수기가 아무리 말을 건네 보아도 소용없었다. 진돗개는 투견에게서 이상한 냄새가 난다고 했다. 이장의 목줄에서 맡았던 시큼하고 어지러운 냄새였다. 무언가에 씐 듯 미친 듯이 공격하는 투견 때문에 진돗개 또한 애를 먹고 있었다.

진돗개가 투견을 상대하는 동안 수기가 비닐하우스로 향했다. 서승완은 원목 뒤에 숨어 벌벌 떨고 있었다. 정신이 나간 듯이 중얼거리는 승완을 수기가 윽박질렀다. 그제야 정신을 차린 승완이 수기에게 매달렸다. 그때 밖에서 진돗개가 깽깽하는 소리가 들렸다. 다른 생각을 할 틈도 없이 수기가 몸을 일으켰다. 승완이 가지 말라며 팔을 붙잡았고, 수기가 뿌리쳤고, 그 과정에서 머리끈이 승완의 손아귀에 잡혔다.

곡괭이로 투견을 쫓아내고 진돗개를 구했을 때는 이미 승완이 투견에게 물린 뒤였다. 투견은 끈질기게도 승완의 옆구리를 물고 놓지 않았다. 거기에서 그치지 않았다. 순식간에 방향을 틀어 수기와 진돗개에게 달려들었다.

그때 뒤쪽에서 총알이 날아들었다.

승완을 죽음으로 몰고 간 투견이 그 자리에 쓰러졌다. 수기가 진돗개를 등 뒤로 숨기며 재빨리 둑을 훑었다. 농로를 따라 자동차 한 대가 빠르게 사라지고 있었다. 비닐하우스 안쪽에서 승완의 목소리가 들렸다. 수기는 핏물에 젖어 누워 있는 승완에게 다가갔다. 힘없는 눈을 하고 입만 빠끔거리는 모습이 딱 죽어 가던 개들 같았다.

"뭐라고 했는데?"

"그냥… 살려 달라고요."

"그게 전부였어?"

"네."

"혹시 총 쏘고 사라졌다는 차 번호판 봤니? 아니면 어떤 차였는지라도."

"그냥 하얀색 승용차였어요."

수기의 대답을 끝으로 조사가 끝났다. 유치장으로 향하는 길에, 기다리고 있던 해수가 수기를 맞았다. 둘은 서로를 쳐다보지 않고 복도를 걸었다. 막 유치장에 수기를 가둔 형사가 함께 나가자며 해수를 이끌었다. 그러나 해수는 이대로 수기와 헤어질 수 없었다. 풀 죽은 목소리로 자신을 부르는 수기를 외면할 수 없었던 해수는 거듭 형사에게 자리를 비워 달라고 부탁했다.

"남정구를 찾아."

형사가 멀찍이 떨어지자마자, 수기가 재빠르게 속삭였다. 그 말에 해수는 슬쩍 뒤쪽을 훔쳐봤다. 잠시도 기다리지 못해 이쪽으로 다가오는 형사를 본 해수는 철장에 바짝 다가가며 입 모양으로 왜, 하고 물었다. 다급한 목소리였건만 수기는 눈을 감은 채로 도무지 대답할 기색을 보이지 않았다.

"계장님?"

결국 형사가 해수를 먼저 불렀다. 순식간에 얼굴색을 바꾼 그녀가 어색한 미소를 보이며 형사의 얼굴을 마주 보고 말했다.

"잠깐 인사만 한 거야."

"데리고 가시죠. 백수기 훈방 조치 됐습니다."

"어?"

"증거불충분으로 내보내라는 조치예요. 최형근, 조주만, 서승완 사망 사건은 이미 종결된 사안이기도 하고요."

"뭐야! 장난하는 것도 아니고!"

"장난은 지금 계장님이 하고 계시죠. 남의 동네 와서 지금 뭐 하는 짓입니까?"

형사가 불만스럽다는 얼굴로 팔짱을 끼며 말을 이었다.

"설사 개들을 몰고 다니면서 사고를 쳤다 하더라도, 과실 치상 그거 얼마 안 나오는 거 아시잖아요. 뭣 하러 어린애 인생 망치냐는 말이에요."

"이게 단순 개 물림 사건이야? 그래?"

"반말하지 마십시오. 계급 높다고 함부로 대하는 거 갑질입니다."

"하. 그럼 더 높은 인간하고 말해야겠네. 갑질을 하려면 확실히 해야지."

박해수

해수는 끓어오르는 분노를 참아 내느라고 이를 꽉 깨물었다. 거칠게 겉옷을 벗으며 그녀가 향한 곳은 수사과였다.

"당장 서재형 호텔 수색 영장 신청하시죠."

사무실을 찾은 해수가 반장의 앞에 섰다. 서류를 검토하고 있는 빈징은 나이가 지긋해 보이는 50대 남성이었다. 새파랗게 어린 후배가 이래라저래라 하는 태도로 본론부터 꺼내자 안경을 벗은 그의 얼굴에 불쾌함이 내려앉았다.

"지금 뭐 하는 거야?"

"아시잖아요. 도하호텔에서 투견을 이용한 마약 판매가 성행하고 있습니다. 이장이 유통책, 서재형이 머리입니다."

"당신이 공조 요청도 안 하고 마음대로 백수기 잡아 와서 지금 조사했잖아."

"제대로 다시 조사하세요."

"진짜 너무하네."

"알면서도 모른 척하는 게 무능입니다. 당신들 지금 모두가 직무 유기라고요!"

"무능? 야! 너 몇 기야? 경찰 밥을 먹어도 내가 한참을 더 먹었어. 그리고 경찰 욕 제일 많이 먹인 당신이 할 소리야? 제보자 낚시해서 죽인 주제에 어디서 훈계질이야? 너 진급한 거 네 실력으로 한 것도 아니잖아!"

흥분한 반장이 해수에게 삿대질했다. 날선 눈빛들이 해

수에게로 향했다. 억센 손길에 완전히 끌려 나온 그녀는 마당에 패대기쳐졌다. 불뚝 몸을 일으킨 해수는 포기하지 않았다. 험악하게 인상을 구기는 저들에게 맞서려고 했다.

"박해수."

그런 그녀를 수기가 붙들었다. 작은 손이 옷깃을 꽉 움켜쥐고 있었다. 수기의 시선에 해수는 고개를 숙였다. 슬픔과 당혹감 그리고 죄책감이 연이어 느껴졌다. 그중에 가장 여실히 느껴지는 건 부끄러움이었다. 아무 말도 하지 못하는 해수를 두고 수기가 문득 고개를 돌렸다.

자유가 자신을 향해 뛰어오고 있었다. 두 팔을 벌린 수기의 품으로 진돗개가 안겼다. 수기는 자유의 가슴에 얼굴을 파묻고 숨을 흠뻑 들이마셨다. 보드라운 털의 촉감을 느끼고, 발바닥에서 풍기는 고소한 흙냄새를 맡고 싶었다.

하지만 그건 모두 허상이었다. 허공에 뜬 수기의 팔이 힘없이 내려갔다. 손끝을 적시는 따뜻한 혀도, 정신 사나울 정도로 흔들어 대던 꼬리도, 더는 볼 수도 느낄 수도 없었다. 수기는 하울링을 시작했다. 배 속 깊은 곳에서 끌어올리는 소리에 다른 인간들이 따가운 눈총을 보냈다.

하지만 해수만은 달랐다.

"수기야. 미안해. 내가 미안해."

수기의 얼굴을 두 팔로 감싼 해수가 작은 몸을 끌어안았다. 뻗어 나가지 못한 수기의 하울링이 그녀의 가슴 언저리를 울리고 있었다.

4.

시곗바늘 소리가 유난히 크게 들렸다. 노트북을 켠 해수가 홍등가부터 검색하며 관련 이미지를 순서대로 클릭했다. 지우가 보내 준 링크는 이미 닫힌 지 오래였다. 책상을 더듬은 손이 담뱃갑을 찾았다. 그러나 빈 갑이었다. 해수는 이미 수북하게 쌓인 꽁초 중 제일 긴 꽁초를 찾아 불을 붙였다.

뿌연 연기 속에 수기의 얼굴이 보였다. 함께 돌아가자고 손을 내민 자신에게 수기가 건넨 건 수렵 총이었다. 혹시 몰라서 가지고 있었는데 이제 쓸 일이 없어졌다고 말하는 얼굴이 퍽 쓸쓸해 보였다. 홀로 터미널 뒤의 숙소로 돌아온 해수는 그간 쌓인 먼지를 털어 낼 시간도 없이 남은 연차, 월차를 몰아서 휴가부터 냈다.

단순한 이미지 자료부터 SNS까지 닥치는 대로 훑어보기를 수백 번, 드디어 익명의 회원이 개싸움 표를 구한다는 글을 발견했다. 해수는 글의 작성자가 말한 사이트로 들어갔다. 회원들만 들어갈 수 있도록 잠금이 걸려 있었다.

"시발."

낮게 욕을 읊조린 그녀가 어디론가 전화를 걸었다. 한참

동안의 신호음 끝에 이윽고 전화를 받은 사람은 본서 후배인 지우였다.

"나 뭐 하나만 뚫어 줘."

"안 돼요. 서장님이 뭐든 절대로 도와주지 말라고 했어요."

"급해서 그래. 부탁한다."

"아니요, 선배가 무슨 말을 하든…"

"시발! 까라면 까!"

분노를 이기지 못한 해수가 윽박질렀다. 놀란 숨소리가 수화기 너머로 들려왔다. 신경질적으로 전화를 끊은 그녀가 문자로 무작정 사이트를 보냈다. 지우의 답을 기다리는 동안에 초조한 마음이 얼굴에 여실히 드러났다. 손톱을 물어뜯던 해수는 눈 밑에 드리운 짙은 보랏빛 그늘을 지워 내기라도 할 듯 손바닥으로 얼굴을 마구 문질렀다.

사이트는 시간 좀 걸려요. 대신 남정구 위치는 찾았어요.

정구는 그녀의 본가와 불과 30분 거리 원룸촌에 숨어 있었다. 돌고 돌아서 결국 찾은 게 집 근처라니, 마음속에 허무함이 몰려왔다.

"진짜 겨울이네."

박해수

차 키만 챙겨 마당으로 나온 해수가 잠시 앙상한 나뭇가지를 응시했다. 여기 올 때만 해도 싱싱한 과실이 달렸었는데 지금은 그저 시린 바람에 바짝 마른 고목처럼 보였다. 그러고 보니 요즘 따라 부쩍 추위를 견디기도 힘들었다. 전에는 오르락내리락하는 열기에 반팔을 입어도 끄떡없었는데 이제는 패딩을 입어도 뼈마디가 시린 느낌이었다.

그래도 해수는 히터 바람을 맞지 않았다. 발끝, 손끝이 시린 대로 운전을 했다. 수기가 그 추운 머릿골에 혼자 있었다. 따뜻한 바람에 몸을 녹이는 건 모진 바람을 견디며 살아 내려고 애쓰는 그 아이에게 너무 미안한 일이었다.

***

"피자 배달 왔는데요."

3호실의 문을 두드리자, 안에서 바스락거리는 인기척이 들렸다. 피자 상자를 든 해수가 조금 떨어져 섰다. 곧바로 되묻는 목소리가 들리지 않는 걸 보아하니 정구가 문 앞에서 갈등하고 있는 모양이었다. 해수는 잠시 주변을 둘러보았다. 다닥다닥 붙은 방문이 몇 개나 있었지만, 복도는 조용했다.

"아무도 안 계세요?"

"시킨 적 없는데요?"

해수가 재차 묻자 안에서 정구의 대답이 돌아왔다. 그녀는 일부러 의문 섞인 추임새를 넣으면서 호실 번호를 확인했다. 잠시 망설이던 정구가 문 앞에 피자를 놓고 가라고 했다.

이윽고 경첩이 끼익대는 소리와 함께 문이 열렸다.

"남정구!"

재빨리 문틈에 손을 밀어 넣은 해수를 알아본 정구가 이를 악물었다. 발길질로 정구를 안쪽으로 밀어낸 해수가 비명을 지르려던 정구의 입을 막았다. 당황한 정구의 눈길이 해수의 어깨 너머로 향했다.

"너 이 새끼!"

거침없이 욕설을 날린 해수가 멈칫했다. 들뜬 시야에 이불로 꽁꽁 싸맨 사람의 실루엣이 보였다.

"너 무슨 짓을 한 거야?"

해수의 나지막한 목소리에 정구가 힘차게 고개를 저었다. 거침없는 손길이 얼룩진 이불을 젖혔다. 한눈에 누워 있는 사람을 알아본 그녀는 신음을 흘렸다.

"그냥 죽을까 봐서 데리고 온 거예요."

정구의 말이었다. 가만히 누운 부녀회장의 가슴께가 오르락내리락했다. 죽은 게 아니라 잠든 것이었다. 고개를 돌린 해수가 정구를 쳐다보았다. 까치집 진 머리에 쑥 들어간 두 볼이 며칠은 굶은 사람처럼 보였다. 따라오라는 해수의 말에 건물을 나온 정구가 세워 둔 자동차로 향했다.

고시원에서 나와서 차에 타는 순간까지, 정구는 쉴 새 없이 사방을 두리번거렸다. 혹시나 누가 지켜보고 있지는 않을까, 하는 두려운 기색이었다.

"시발. 진짜 내가 어쩌다가 이런 일에 껴서는. 그때 나도 확 이사 가 버렸어야 했는데!"

정구가 머리칼을 움켜쥐며 혼잣말을 흘렸다. 해수는 잠자코 정구를 응시했다. 가라앉은 분위기를 느낀 정구가 힐끗 해수를 쳐다보았다. 그녀의 얼굴에는 딱히 표정이란 게 없었다. 석고상처럼 차가운 인상을 풍기고 있을 뿐이었다.

"남정구. 이제부터 거짓말했다가는 너 진짜 죽어."

해수의 서슬 퍼런 기세에 정구가 고개를 끄덕였다. 해수와 학교에서 만나고 헤어진 날, 정구는 집을 나가기로 결심했었다. 아버지는 술 때문에 시설에 들어간 지 오래였다. 집에 남겨진 가족도 없으니 가출에 거리낌이 있을 리가 없었다. 다만, 주만의 엄마가 걱정되었다. 평소에 주만은 자신을 가족처럼 여겨 주던 유일한 형이었다. 하는 일과 어울리지 않게 어리숙한 모습에 병주만이라고 부르며 무시하기는 했지만, 정구는 마음속으로 그를 좋아했다.

주만은 천성적으로 누굴 미워하지 못했다. 자식을 버린 엄마를 둔 건 매한가지인데 자신과 달리 늘 엄마라는 존재를 그리워하고 미안해했다. 보육원에 버린 아들을 다시 찾은 이유가 재혼해서 낳은 딸이 아프기 때문이었다는 걸 알면서도 그랬다. 청소년기를 부모의 울타리 없이 불행하게 보낸 주만은 어머니의 부탁을 기꺼이 받아들였다.

그때부터였을 거다. 인정군으로 내려온 주만이 가장의 역할을 하기 시작한 건. 생활비와 병원비를 벌며 남들에게는 부녀회장의 아들이라는 티도 내지 못했다. 가끔은 손찌검도 당했다고 했다. 술에 취한 날이면 제 아비를 닮았다며 원망을 쏟아 낸 엄마를 아들은 묵묵하게 안아 주었다.

정구는 주만이 그토록 사랑한 엄마가 처참하게 망가진 모습을 외면할 수 없었다. 그래서 떠나기 전에 그녀가 입원해 있다는 요양 병원으로 향했다. 마지막 인사를 건네는 정구의 손목을 잡은 부녀회장이 그를 주만아, 하고 불렀다. 목소리에는 힘이 잔뜩 실려 있었다.

'주만아, 엄마가 꼭꼭 잘 숨겨 놨어. 장판 아래에 잘 깔아 뒀어.'

그때 정구는 부녀회장이 잘 숨겨 놓았다는 것이 돈인 줄 알았다. 그래서 곧장 주만이 살던 집으로 향했다. 주인을 잃은 집은 그야말로 난장판이었다. 정구는 이미 누군가가 뒤지고 간 옷장과 서랍을 등지고 장판을 유심히 살폈다. 장판에서 특별히 불거진 부분은 보이지 않았다. 개처럼 기어다니며 돈뭉치가 있을 만한 곳을 한참이나 뒤졌다.

그 끝에 장롱을 받치고 있는 수첩이 보였다. 혹시나 하는 마음에 수첩을 꺼낸 정구는 후회했다. 그건 주만이 기록한 서재형에 관한 일지였다.

"그래서 그 수첩은?"

"깡한테 줬어요. 가지고 있어 봤자 위험할 거 같아서 돈 주고 팔아 버렸죠. 현금이 없다고 해서 대신 통장 받았는데 도장이 다르잖아요. 도장 받으려고 전화했는데 걔가 죽었다고 했어요. 그래서 생각할 겨를도 없이 요양 병원에서 아줌마 데리고 도망친 거예요."

정구가 한 손으로 눈두덩이를 누르며 울음을 참고 있었다. 해수는 머릿속으로 빠르게 상황을 정리했다. 수첩만 찾을 수 있다면 상황을 반전시킬 수 있을 것도 같았다. 하지만 승완이 죽은 현장에서 발견된 수첩은 없었다.

골몰히 생각에 잠겨 애꿎은 핸들만 두드리던 해수가 주머니에서 지갑을 꺼냈다.

"부녀회장님 잘 데리고 있어. 어디 튈 생각하지 말고."

정구는 그녀가 건넨 현금을 빤히 응시했다. 그리고 무언가 하고 싶은 말이 남은 듯이 머뭇거렸다. 이내 결심이 선 듯한 눈빛이 해수에게 머물렀다. 아무래도 돈값은 해야 마음이 편할 것 같았다. 죽은 주만을 위해서라도.

"서재형이 사람을 죽였다고 했어요."

"뭐?"

"경호원이 개를 훔쳐서 죽였대요."

"직접, 제 손으로 말이니?"

"그건 뭐 모르죠. 어쨌든 전 아는 거 다 말했어요. 그걸로 이 값은 한 거예요."

정구가 해수의 눈앞에 지폐를 보였다. 해수는 멀어져 가는 정구를 보며 생각에 잠겼다. 들개들을 이용한 죽음이 아닌, 서재형에 직접 누군가를 살해했다면 수사의 방향은 완전히 달라질 수 있었다. 어디에 숨겨 놓았을까. 전에 수기의 부탁으로 서재형의 명의로 된 토지 대장부를 확인했었지만, 아무런 수확도 거둬들일 수 없었다. 현주와 이장의 명의로 된 땅들도 그랬다.

"역시 호텔뿐인가."

그녀는 지우에게서 온 문자를 확인했다. 시간이 걸린다더니 금방 사이트의 잠금을 푼 모양이었다. 하긴 경찰이 되지 않았으면 문제의 해커로 남을 뻔한 재능을 가지고 있으니 이쯤은 식은 죽 먹기였을 거다. 하지만 역시 수확은 없었다. 서재형의 흔적을 쫓아서 어렵게 찾은 사이트는 그사이에 쇼핑몰로 둔갑되어 있었다.

수기가 봤다던 흰색 승용차도 찾아볼 수 없었다. 농로에는 CCTV도 없을뿐더러 주변에 식당조차 찾아볼 수 없어서 동선을 파악하기 어려웠다. 울컥 짜증이 치솟은 해수가 핸드폰을 조수석 시트에 던져 버렸다. 수기의 위치도 여전히 잡히지 않았다.

"형사님."

해수가 자신을 부르는 목소리에 고개를 돌렸다. 어느새 잠에서 깬 것인지 부녀회장이 자동차 앞에 서 있었다. 눈에 띄게 깡마른 손을 응시하며 해수가 차에서 내렸다. 정구의 말로만 들었을 때는 대화를 할 수 없는 상태라고 생각했는데, 마주 보고 선 부녀회장의 모습은 의외로 멀쩡했다.

"부녀회장님. 몸은 괜찮으세요?"

"약기운이 사라지니까 주만이 얼굴이 보이지 않아요. 그동안은 내내 보였는데. 이걸 좋다고 해야 할지, 나쁘다고 해야 할지."

부녀회장이 자신의 어깨를 감싸며 양쪽 팔뚝을 천천히 쓰다듬었다.

"수기 그 애가 내 새끼 죽였다면서요?"

"그건 사정이…. 아닙니다. 맞습니다."

변명하려던 해수가 말을 속으로 삼켰다. 자식을 잃은 어미 앞에서 감히 어떤 해명을 할 수 있을까.

"저도 알아요. 주만이가 나쁜 사람이었다는 거요."

"죄송합니다."

"그런데 형사님, 저는 주만이 엄마잖아요. 아무리 나쁜 엄마라도 자식 죽인 그 애를 용서하면 안 되는 거잖아요. 그렇죠?"

부녀회장의 눈빛이 서늘해졌다. 긴 침묵이 그들 사이를 갈랐다. 꾸벅 인사를 한 해수가 먼저 운전석에 올라탔다. 부녀회장은 가만히 서서 멀어지는 자동차를 응시하고 있었다. 그 모습을 사이드 미러로 확인하던 해수는 속도를 높였다. 생각보다 백수기를 더욱 빨리 찾아야 할 듯싶었다.

박해수

5부

/

송곳니

1.

수기는 곧장 서재형의 자택으로 향했다. 제대로 먹지도, 자지도 못하고 한참을 걷느라 다리가 얼얼했다. 자택이 가장 훤히 보이는 야산으로 올라간 수기가 엎드려 몸을 숨겼다. 서재형이 경호원의 에스코트를 받으며 정원을 내려와 검은 색 차량에 탑승했다. 그의 부재를 확인한 수기가 가방을 챙겨 둔덕을 벗어났다.

콩알 같은 눈동자 여러 개가 수기를 반기고 있었다. 죽은 들개들이 남기고 간 새끼들이었다. 새로 태어난 생명에게 악의란 없었다. 인간에 대한 증오도, 의심도 없는 그저 순수한 사랑뿐이었다. 수기를 살린 어미 개가 죽는 순간까지 인간을 사랑했을 거라는 박해수의 말처럼.

기다리던 강아지들이 냉큼 한 자리를 차지하고 앉았다. 고깃덩이를 물고 뜯는 강아지들을 보며 수기는 남은 주먹밥을 씹었다. 자유를 잃은 후로 뭘 먹어도 맛이 느껴지지 않았다. 그저 살기 위해 먹는 것뿐이었다. 음식을 꾸역꾸역 삼키며 가방에서 수첩을 꺼내어 들었다.

승완이 가지고 있던 수첩이었다. 수기는 깨알같이 적힌 글씨를 읽어 내려갔다. 짧은 메모와 함께 그간 투견장에서 벌어들인 돈이 어디로 흘러갔는지 상세하게 적혀 있었다. 그가 남긴 금액의 숫자는 상상하기도 버거울 만큼 액수가 컸다. 수기는 주만이 남긴 짧은 메모에 주목했다.

서재형과 윤만복 만남. 던지기 3㎏ 완료.

서승완 몰래 서재에 들어옴. 뭘 뒤지는 것 같았음.

윤만복 마스티프 구매 완료. 토요일 일본에서 거래처 방문.

중국 쪽 의뢰. 서재형 직접 출국.

최현주 방문. 서재형과 정사. 편의점 요구.

해산경찰서 경찰 방문. 처음 들어 보는 목소리. 서재형과 거래.

날짜별로 서재형의 행적을 적은 내용이었다. 수기의 눈길이 해산경찰서에 머물렀다. 그곳이라면 박해수의 본서였다. 애초에 해수에게 수첩을 넘길까도 생각했다. 하지만 경찰을 믿을 수 없었다. 박해수가 직접 잡아넣은 자신조차도 서재형의 입김에 버젓이 풀어 줬으니.

"가자."

수첩을 가방에 넣은 수기가 왔던 길을 되돌아 올라갔다.

둔덕 위에서 본 서재형의 집은 요새 그 자체였다. 아무리 살펴도 철통같은 경비를 뚫기 어려워 보였다. 수기는 오랫동안 집 주변을 돌며 집 안으로 연결된 하수구나 통풍구를 찾기 시작했다. 그리고 마침내 서재형의 집 뒷마당으로 통하는 하수관을 찾아냈다.

마당이 빗물에 잠기지 않도록 물을 빼 주는 역할을 하는 통로는 수기의 작은 몸집에 딱 들어맞았다. 날이 어두워지기를 기다리며 수기가 입김으로 언 손을 녹였다. 옷은 한 벌뿐이었으니 가을옷 그대로였다. 그나마 박해수가 전에 팔걸이로 매 주었던 스카프가 시린 목을 감싸 주어 다행이었다.

해가 저물자 통로를 기어간 수기는 뒷마당에 도착했다. 집 뒤편에 난 창문이 여러 개 보였다. 상체를 깊이 숙이며 창문에 가까이 다가간 수기는 일일이 창문을 열었다. 그중 열린 창문은 딱 하나, 화장실로 통하는 창문이었다.

"너희는 여기에 있어."

기어코 따라온 강아지들에게 엄한 얼굴로 명령한 수기가 창문으로 점프했다. 착지할 때 약간의 소란이 있었으나 화장실은 조용했다. 바깥을 살핀 수기는 인기척이 없는 복도를 저벅저벅 걸었다. 어두침침한 실내에서 수기의 감각이 한껏 예민해졌다. 그러나 아직 어둠에 적응하지 못한 두 눈은 옆에 있던 테이블을 놓치고 말았다.

앞으로 나아가던 수기가 허벅지를 모서리에 찔렸다. 수기는 비명을 속으로 삼키며 재빨리 손을 뻗었다. 테이블 위에 놓여 있던 도자기가 팽그르르 돌더니 아슬아슬하게 두 손에 잡혔다. 수기는 한동안 몸을 웅크리고 주변에 인기척이 있는지 살폈다.

그사이 눈이 어둠에 적응했는지 실루엣이 선명하게 보이기 시작했다. 기척을 죽인 발길이 가장 가까운 방문 앞에 섰다. 수기가 조용히 연 문 틈새로 안쪽을 확인했다. 달빛이 비치는 방향으로 커다란 책장과 책상이 보이는 걸 보니 서재인 모양이었다. 수기는 손을 더듬어 공간을 확인했다. 그러다가 문득 벽에 걸린 그림에 시선이 끌렸다. 늑대가 원시인을 잡아먹고 있는 그림이었다.

전에 박해수가 말한 적이 있었다. 호텔에도 똑같은 그림이 있다며. 물끄러미 그림을 응시하던 수기가 액자를 슬쩍 들춰 보았다. 안쪽까지 쑥, 팔을 끼우자 툭 튀어나온 무언가가 만져졌다. 무심코 아무 버튼이나 누르던 수기는 스피커에서 흘러나온 서재형의 목소리에 놀라서 전원을 껐다.

그건 직사각형 모양의 녹음기였다. 녹음기를 속옷 안에 넣는 수기의 눈동자가 어둠 속에서 번뜩였다.

"백수기?"

단번에 증거를 찾았다는 기쁨도 잠시, 다시 화장실로 돌아가기 위해 벽을 더듬던 수기가 멈칫했다. 발음이 부정확하기는 했지만, 분명히 자신의 이름이었다. 긴장된 시선이 복도 끝으로 향했다. 벽에 기대어 선 현주가 동공이 풀린 채 비틀거리고 있었다.

"너도 여기 갇힌 거야? 그래?"

"…"

"그럼 네가 설명 좀 해 줄래? 핸드폰 훔쳐 간 건 너라고. 내가 절대로 배신한 게 아니라고. 응? 당장 가서 말해."

현주의 목소리가 점점 격앙되어 갔다. 이윽고 현주가 억박지르기 시작하자 멀리서 달려오는 발걸음 소리가 들렸다. 수기는 재빨리 화장실에 몸을 숨겼다.

"사모님 또 이러시네. 가요, 약 먹을 시간이에요."

"약? 나 약 좋아."

다행히 현주는 수기의 얼굴을 잊기라도 한 듯 금세 가사 도우미를 쫓아갔다. 인기척이 사라지자, 수기가 서둘러 창문을 넘었다. 하수관을 빠져나와 네발로 기듯 손과 발을 이용해 산을 올랐다. 서재형이 금방이라도 쫓아올 것만 같았다.

"시발. 들킬 뻔했네."

두 손바닥에 얼굴을 파묻고 마음을 진정시키던 수기의 곁에 강아지들이 모여들었다. 그들의 온기에 수기는 다시금 고개를 들었다. 이들을 위해서라도 절대로 약해질 수 없었다.

송곳니

수기는 손이 하얗게 질리도록 녹음기를 꽉 쥐었다. 그리고 다짐했다. 서재형의 심장에 칼을 꽂아 넣으리라고. 자유의 송곳니도 뚫지 못한 그곳을 갈기갈기 찢어발겨 놓겠다고 말이다.

2.

해수는 인정파출소로 향했다. 흥분한 무소처럼 코를 벌렁거리는 그녀의 모습을 본 파출소 사람들이 긴장했다. 소장과 진남은 동철을 통해서 그간 어떤 일이 있었는지 익히 들었다. 궁지에 몰린 쥐가 사람을 무는 건 당연한 것. 이 바닥에서 꼴통으로 정평 난 박해수가 어떤 짓을 할지는 아무도 몰랐다.

"소장님!"

거칠게 그를 부른 해수가 곧장 책상 앞으로 향했다. 잡아먹을 듯이 이글거리는 그녀의 눈빛에 소장은 조용히 허리춤을 잡았다. 여차하면 삼단봉을 휘두를 작정이었다.

"도와주세요!"

그러나 아무도 예상하지 못한 순간에 해수가 무릎을 꿇었다. 그것도 바닥에 납작 엎드린 채로. 순간 당황한 소장이 눈을 깜빡였다.

"아니, 왜 이러는 건가."

책상을 박차고 나온 그가 손수 해수를 일으켜 세웠다. 식은땀을 흘리던 소장은 진남을 쳐다보았다. 진남 역시 이게 무슨 일인가, 하는 얼굴로 머리만 긁적이고 있었다. 소장의 머릿속에 도망가야 한다는 생각이 들어섰다. 지금 도망치지 않으면 저 거머리 같은 박해수가 자신까지 옭아매 사지로 이끌고 말리라.

그는 서둘러 겉옷을 챙겼다. 진남에게 슬쩍 눈치를 주니 알아들은 모양이었다. 그들은 순찰을 핑계로 해수를 두고 서둘러 자리를 피하려고 했다. 하지만 때마침 출근한 동철이 퇴로를 막는 바람에 실패로 돌아갔다.

"김 순경, 오늘 쉬는 날 아니야?"

동철의 품에 안긴 강아지를 보며 소장이 물었다.

"연락 받고 왔습니다."

"무슨 연락?"

"오늘 서재형 사장, 아니 서재형 체포하신다고 하셔서요."

"뭔 개소리야!"

앞뒤로 조여 오는 그들에 소장이 평정심을 잃고 큰소리를 냈다. 동철은 반려견인 감자가 겁먹지 않도록 품에 꼭 안았다. 동철 대신 나선 건 해수였다. 그녀는 그 어느 때보다 간절한 얼굴로 소장에게 말했다.

"제가 불렀습니다. 지금 믿을 사람은 파출소 사람밖에 없다는 생각이 들어서요."

송곳니

"네, 맞아요. 제가 박해수 선배님께 말씀드렸습니다. 파출소 사람들은 서재형과 절대 어떠한 관계도 없을 거라고요."

"잠깐, 잠깐! 더는 듣지 않겠네."

해수와 동철의 말이 무슨 뜻인지 지레짐작한 소장이 손사래를 쳤다. 해수는 정구와 대화했던 내용이 고스란히 녹음된 음성 파일을 틀었다. 녹음본을 들으면 들을수록, 소장의 얼굴에 피곤함이 짙어졌고, 반대로 진남의 얼굴은 핏기 없이 질려 갔다.

"윤만복 씨는 겨우 꼬리입니다. 이거 근절하지 않으면 마을 사람들 전체가 위험해요."

"우리가 끼어들 사안이 아니야. 박 형사는 그만 해산으로 돌아가."

"전에 나래백반에서 약에 취한 사람을 본 적 있습니다. 서재형이 뿌린 약이 과연 인정군 사람들에게 영향이 없었을까요?"

"야, 박해수. 너는 왜 갑자기 나타나서 뜬금없이 똥을 뿌려? 우리 평화롭게 잘 사는 사람들인데."

이번에는 진남이 끼어들었다.

"최 팀장님. 지금 그깟 협동조합에서 받은 돈이 문제가 아니에요. 잘못하면 모가지가 산 채로 날아갈 수 있다고요."

"나는 아무 짓도 하지 않았는데."

"아무 짓도 하지 않으니까 문제죠."

해수의 대꾸에 말문이 막힌 진남이 억울하다는 표정으로 소장을 쳐다봤다. 소장이 깊은 한숨을 내쉬었다. 이건 정말이지 자신의 인생 계획에 없던 일이었다.

"소장님. 지금이라도 막아야 해요. 썩은 부분이 있다면 도려내야 나머지라도 살릴 수 있습니다."

누가 몰라서 하지 않는단 말인가. 해수의 말이 백번 맞는 말이라고 쳐도 현실은 그렇지 않았다. 서재형의 앞에서는 그 누구도 무딘 칼이 되었다. 무딘 칼로 썩은 부분을 도려내 봤자, 주변만 뭉개지고 끝날 일이었다. 소장은 젊은 날에 뼈가 저리도록 느꼈던 패배감과 절망감을 후배들에게 물려주고 싶지 않았다.

"무슨 말인지는 알겠는데 그냥 가만히 있어."

"왕년에 강력팀 도베르만 아니셨습니까!"

가만히 이를 듣고 있던 동철이 격앙된 목소리로 말했다. 그는 왕년의 톱스타를 바라보는 어느 한 명의 팬처럼 믿음이 가득한 얼굴로 소장을 채근하고 있었다. 아직 늦지 않았으니 다시 한번 과거의 영광을 되찾으라고 말이다. 그러지 않으면 그간의 팬심은 저편으로 던져 버리고 실망감만 가득할 테니.

동철의 팬심 가득한 호칭에 민망한 건 소장이었다. 진남은 어느새 상황도 잊고 비실비실 웃고 있었다. 골치가 아픈

듯이 소장이 머리를 흔들었다. 그 틈을 놓치지 않은 해수가 동철보다 더욱 진심인 표정으로 소장에게 말했다.

"망설이지 말고 행동하라. 그거 소장님이 제일 처음에 하신 말씀 아니십니까?"

"내, 내가?"

"경찰대에 특강 오셨던 날 소장님께서 하신 말씀이었습니다. 소장님, 지금이야말로 망설이지 말고 행동할 때입니다. 여기 인정군 사람들, 소장님께는 가족과 다름없잖아요."

호소력이 짙은 목소리였다. 거기에 뭘 안다고 동철의 품에서 벗어난 감자까지 재촉하듯 소장을 보며 컹, 하고 짖었다. 소장의 마음속에 어떠한 죄책감이 피어오르기 시작했다. 알면서도 안위를 위해 무수히 많이 지나쳤던 사건들. 만약에 여기서 더 물러선다면 지난날의 영광이 오물 속에 묻혀 버릴지도 몰랐다.

"그래서 어떻게 하면 되는데?"

생각을 마친 소장이 해수에게 물었다. 물론 그의 얼굴에는 깊은 수심이 가라앉아 있었다.

3.

마당을 쓸던 나래 할머니가 수기를 불렀다. 할머니를 알아본 수기가 더욱 빠른 걸음으로 식당 앞을 지났다. 앞만 보고 걸어가던 수기를 멈추게 한 건 할머니의 신음이었다. 고개를 돌린 수기의 시야에 무릎을 감싸 쥔 채로 넘어진 할머니가 보였다. 그 모습을 보니 꼭 덫에라도 걸린 듯이 걸음이 옮겨지질 않았다. 나래 할머니는 배고픈 자신에게 따뜻한 밥을 챙겨 주던 유일한 사람이었다.

"밥 먹었어?"

정수리 위로 드리워진 수기의 그림자에 나래 할머니가 금세 웃었다.

"아니요."

"애들이 밥 굶으면 쓰나. 들어가자."

어느새 수기의 손목을 붙든 할머니가 식당 안으로 걸음을 이끌었다. 충분히 뿌리칠 수 있을 정도의 힘이었지만, 수기는 그러지 않았다. 눈 깜짝할 사이에 밥상이 차려졌다. 맞은편에 앉은 나래 할머니의 흐뭇한 미소를 외면하며 수기가 숟가락을 들었다. 뜨끈한 된장국을 한 입 맛보니 자유가 생각났다. 이렇게 추운 날이면 자유와 함께 된장국을 먹는 상상을 하곤 했는데….

"울어라. 울어야 속병 가신다."

그 말에 울컥한 얼굴로 꾸역꾸역 밥을 밀어 넣던 수기가 흐느끼기 시작했다. 나래 할머니는 안쓰럽다는 얼굴로 수기의 부르튼 손을 쓰다듬었다.

송곳니

"수기야, 할머니랑 살래?"

마치 울음이 끝나기만을 기다린 듯이 나래 할머니가 물었다.

"할머니랑요?"

"그래. 내가 뭐, 다 늙어서 욕심 부릴 것도 없고. 할머니랑 식당 하다가 재미 붙이면 여기 물려줄게."

"왜요?"

"그냥. 그러고 싶어서."

그 말에 또다시 울컥한 수기의 목구멍이 메어 왔다.

"할머니 말 들어."

"죄송해요."

단숨에 물컵을 비운 수기가 고개를 저었다. 마음은 고마웠지만, 자신은 해야 할 일이 있었다.

"네 사정 다 알아. 그렇지만 세상에는 종종 아무리 애써도 바꿀 수 없는 게 있단다. 그냥 순응하고 사는 거야. 일일이 대항하는 게 아니라 이런 일도 있을 수 있구나, 하면서. 너무 애쓰지 마."

"할머니가 뭘 안다고 떠들어요?"

자신도 모르게 감정을 드러낸 수기가 고개를 숙였다. 나래 할머니가 자신을 걱정하고 있다는 건 충분히 느꼈다. 그러나 걱정해 준다고 해도 위로가 되지 않는 일도 있었다. 더 앉아 있다가는 울컥하는 마음에 할머니에게 상처를 줄 거 같았다. 할머니에게 꾸벅 인사를 마친 수기는 서둘러 자리에서 벗어났다.

"저 싸가지. 여전하네."

그런 수기의 앞길을 막은 건, 동철이었다. 그가 손바닥으로 품에 안고 있던 감자의 눈을 가렸다. 수기에게 자신의 개를 보이고 싶지 않았다. 그 뒤로 해수가 모습을 보였다. 오랜만에 해수를 본 수기의 눈동자가 세차게 흔들렸다.

"백수기. 내가 너 찾느라 10년은 늙었다."

해수가 마치 어제 본 사람처럼 수기의 이마에 딱밤을 놓았다. 수기는 혼란스러웠다. 갑자기 이게 다 무슨 상황인가. 아니, 무슨 상황이건 이곳에 더는 머물러서는 안 됐다. 입술을 깨문 수기의 눈동자가 반려견에게 닿았다. 동철이 잠시 손을 내린 틈이었다. 개로 사람을 공격하는 게 마음에 걸렸지만, 최대한 겁만 주고 빠져나갈 요령이었다.

그러나 동철의 반려견인 감자는 좀처럼 말을 듣지 않았다. 감자는 동철의 품 안에 늘어져 나른한 눈길로 수기를 빤히 보고만 있을 뿐이었다. 그들의 흐름을 읽은 해수가 먼저 앞으로 나섰다. 매섭게 자신을 쏘아보는 수기의 얼굴보다 부르튼 손등이 먼저 신경 쓰였다. 해수 또한 한때 수기처럼 짐승같이 살기를 원한 적이 있었다.

송곳니

하지만 현우를 만나고 살고 싶어졌다. 그 무렵, 해수는 비행 청소년이었고 현우는 막내 형사였다. 현우는 그녀를 범죄자 취급하지 않았다. 질책보다는 온정으로 잘못됨을 꾸짖고 타일렀다. 그래서였을까. 해수는 자기 자신을 괴롭히는 법이 아닌, 이겨 내는 법을 배웠다. 현우를 동경해 경찰대에 입학하고 지금의 자리까지 올랐다.

"미안해."

마주 본 수기의 시선을 느끼며 해수가 울컥하는 마음을 억눌렀다. 그 결과 지금의 박해수가 되었다. 어른이라고 말하기도 부끄러운 박해수가.

"뭐 하십니까? 빨리 밥 먹고 가야죠."

이미 식탁에 자리 잡고 앉아 밥을 먹던 동철이 해수와 수기를 불렀다. 나래 할머니는 묻지도 않고 밥을 새로 퍼왔다. 해수는 수기를 억지로 끌고 와서 자리에 앉혔다. 그 뒤로 소장과 진남이 합류했다. 그들은 모두 자연스럽게 수기와 한 식탁에 앉았다.

수기는 도무지 이 상황을 이해하기 어려웠다. 한 뚝배기에 담긴 계란찜을 같이 퍼먹는 사람들이 드라마를 보는 것처럼 생경하게 느껴졌다. 진남과 동철의 주접스러운 대화에 분위기가 단란해지기도 했다.

"넌 왜 안 먹냐?"

멀뚱하게 앉아 있는 수기의 손에 소장이 숟가락을 쥐여 주었다.

"시발."

수기가 숟가락을 소리 나게 내려놓으며 눈앞의 어른들을 노려보았다.

"뭐 하자는 수작이야. 그냥 말해. 사람 앉혀 놓고 바보 만들지 말고."

소장은 이해한다는 듯이 수기를 보며 고개를 주억거렸다. 아무런 설명 없이 다짜고짜 나이 든 사람들에게 둘러싸였을 부담감을 생각해 보니 충분히 욕이 나올 만도 했다.

이제 은퇴식이 얼마 남지 않은 그의 목표는 여생을 평안하게 보내는 것이었다. 그래서 아무것도 하지 않으려고 애썼다. 보여도 눈을 감았고, 들려도 귀를 틀어막았다. 흔한 말실수도 하지 않기 위해 술자리는 즐기되, 술 한 잔에 속아 속마음을 들키지 말자는 게 그의 신조였다.

"나도 이게 맞나 싶다."

소장이 말을 이으며 깊게 한숨을 쉬었다. 말이 쉽지 여태껏 서재형의 불법적인 짓을 막은 사람은 아무도 없었다.

"소장님은 서재형한테 빌어먹는 사람은 아니시잖아요."

소장의 눈치를 보며 해수가 얼른 끼어들었다. 서재형을 이길 방법은, 서재형에게 대적할 만한 사람들이 함께 뭉치는 것

뿌이었다. 귀를 만지작거리는 소장을 본 동철이 지원 사격을 나섰다.

"왕년의 도베르만 아니셨습니까. 나쁜 놈들 다 때려잡았다는!"

"도베르만은 무슨. 이빨 빠진 사냥개가 어디 짐승 잡는 거 봤냐?"

"에이, 제가 경찰 덕후인 거 모르십니까? 존경을 받아 마땅한 경찰 데이터는 이 머릿속 안에 다 들어 있습니다."

"설마 나도 있냐?"

진남이 기대하는 얼굴로 대화에 끼어들었다.

"아뇨. 팀장님은 없는데요."

"수기 넌 수첩 확실히 가지고 있어?"

동철의 단호한 대답에 먹던 숟가락을 휘두르던 진남을 무시한 채로 소장이 수기에게 물었다.

"백수기. 믿어도 돼."

수기를 응시하던 해수의 눈빛이 단호하게 빛났다. 입을 꾹 다문 채로 망설이는 수기를 기다리던 해수가 식탁 아래에 놓인 수기의 손을 살포시 잡았다.

"이번에는 정말이야. 딱 한 번만 더 믿어 봐."

"…수첩도 있고 녹음기도 있어."

"녹음기?"

"서재형 집에서 훔쳐 왔어."

"혼자 거길 들어갔단 말이야?"

방금의 상냥함은 어디로 갔는지 어느새 해수의 얼굴에 짜증이 솟았다. 불뚝 열이 솟은 그녀가 입고 있던 패딩을 벗었다. 수기는 앙상하게 마른 해수의 어깻죽지를 응시했다. 왠지 자신보다 더 마른 것 같았다.

"그래서? 녹음에서 뭐래?"

잠자코 생각을 마친 소장이 물었다.

"호텔 지하실에 마약이 있을 거예요. 맞아요. 투견장으로 운영하던 그 지하실이요. 조주만 수첩에 그렇게 적혀 있어요. 서재형이 이장과 대화하는 걸 듣기도 했고요. 아마도 몰래 서재형 집 서재에 녹음기를 숨겨 놓았던 것 같아요."

배낭을 앞으로 멘 수기가 그 안에서 주만의 수첩과 녹음기를 꺼냈다. 수첩에는 조만간 투견장 사업을 축소하고 마약 사업을 확대할 거라는 대화 내용이 고스란히 적혀 있었다. 해수가 심각한 얼굴로 말을 이어 나갔다.

"솔직히 마약 사건은 좀 아니지 않습니까? 나중에 변명할 구실이라도 만들어야죠. 우리는 출동했다. 그런데 위에서 종결시켰다. 끝! 그리고 팀장님은 이 일에 적극적으로 나서야 하는 거 아니에요? 이장님이랑 친하잖아요. 예전에 사장님 꼬붕도 했고."

"꼬붕 아니라니까! 그리고 이장 그 사람하고는 평소에는 만나지도 않아요. 나는 마을의 평화를 위해서 나선 거라고."

"서재형이 죽였다는 경비원, 파묻은 데가 어디래?"

소장이 해수에게 다시 물었다. 한껏 기대하며 눈을 반짝이는 그의 시선을 피한 해수가 수기를 쳐다보았다. 하지만 수기도 새로운 개장을 찾는 것까지 실패했다. 수첩은 주만이 살아 있을 적에 쓴 것이고, 녹음본에는 새로운 개장에 관련한 정보가 확실하게 표현되지 않았다.

"심증만으로 움직이기에는 사건의 사안이 너무 커. 모르면 그냥 묻어."

"소장님, 그래도…."

"내가 봤어."

여태껏 침묵만 지키던 나래 할머니의 눈동자에 금세 눈물이 맺혔다. 갑작스러운 상황에 동철은 얼른 냅킨을 뽑아 건넸다.

"우리 밭이 만복이, 그러니까 이장 그 사람 축사 너머에 있잖아. 비도 오기 전에 깻묵 덮는다는 게 늦어져서 서두르는데 총소리가 들리더라고. 나도 서재형 사장 도움 많이 받았어. 그런데 아닌 건 아니지. 어떤 금수만도 못한 인간이 제 자식을 죽여! 이건 아니야. 아니고말고."

할머니의 등을 쓰다듬던 해수가 소장을 바라보았다. 이

제는 답을 내달라는 은근한 압박이었다. 소장은 두피가 간지러운지 갑자기 머릿속을 벅벅 긁기 시작했다. 늘 한결같고 여유롭던 소장의 표정에 곤란함이 내려앉았다.

"어쨌거나 영장 없이 잡으려면 마약이라도 찾아야 해."

"개만 있으면 후각으로 도울 수도 있어요."

수기의 말에 동철이 번쩍 반려견을 안아 들었다.

"우리 감자는 절대로 안 돼! 노견이라서 후각도 둔해졌다고!"

"누가 감자로 하재요?"

"그럼?"

"호텔 문만 열어 줘요. 나머지는 제가 알아서 할 테니까."

"그럼 저는 파출소에서 지원 요청할게요. 현장 체질은 아니라."

"체질 따라 경찰 하냐, 이놈아?"

은근슬쩍 몸을 사리려던 진남의 정수리를 나래 할머니가 쟁반으로 후려쳤다.

"이모!"

"이모라고 부르지 마! 너처럼 치사한 놈 조카로 둔 적 없다."

"아이, 씨."

"이 동네에는 사돈에 팔촌까지 안 엮인 사람이 없어요.

그래서 문제가 생기지만, 그래서 문제가 해결되기도 하죠."

그들을 지켜보던 동철이 얄미운 얼굴로 해수에게 일렀다. 머리를 문지르는 진남을 노려본 나래 할머니가 표정을 풀며 수기의 손에 사탕을 놓았다. 또 밥 먹으러 와라, 하고 말하는 할머니에게 수기는 깊은 인사로 대답을 대신했다.

* * *

파출소 사람들을 태운 순찰차가 먼저 호텔로 향했다.

"자."

몸을 기울여 콘솔 박스를 연 해수가 머리끈을 내밀었다. 저번에 선물한 것과 비슷한 장식물이 붙은 머리끈이었다. 수기가 무심한 척 받아 머리를 묶었다.

"내가 애야? 왜 자꾸 이런 걸 사와?"

"그럼 네가 어른이냐? 잔말 말고 머리나 정리해."

"하고 있잖아. 보채지 마."

"일이 정리되면 너도 죗값을 치러야 할 거야. 나도 그렇고."

"알아. 같은 교도소에 갇히면 외롭지는 않겠네."

"기대도 하지 마. 너랑 나랑 죄목이 같니? 나는 집행 유예로 끝날 수도 있어."

"지금 치사하게 선 긋는 거야? 언제는 뭐, 변호사도 붙여
준다며."

"하긴. 이미 인생 조졌는데 실형이냐, 집유냐가 문제야?
그냥 같은 교도소에 보내 달라고 하지 뭐."

"네가 더 낫네. 나는 조질 인생도 없으니까."

그 말에 해수가 가볍게 웃었다. 수기 또한 슬그머니 미소
를 지었다. 이 순간만큼은 밝은 터널을 달리고 있는 느낌이었
다. 터널의 끝이 낭떠러지라고 해도 괜찮았다. 서로가 함께였
으니.

4.

작은 혀가 손가락을 간질거리자, 해수가 바지에 침을 닦
았다. 머릿골에서 데려온 새끼의 것이었다. 그 모습을 빤히
쳐다보던 수기가 새끼 한 마리에게 작게 속삭였다. 왕, 하고
짖은 강아지는 수기의 명령대로 해수의 어깨에 매달려 얼굴
을 쉼 없이 핥기 시작했다.

"위험하잖아!"

해수의 말대로 차가 한 번 크게 흔들렸다. 커브에서 마주
오는 차에 큰일이 날 뻔한 거다. 수기는 뭐가 그리도 우스운
지 낄낄거리고 있었다. 강아지들은 호텔 밖을 수색할 예정이
었다. 절대로 다쳐서는 안 된다는 수기의 신신당부도 있었지

만, 해수도 더는 개들이 죽는 모습을 보고 싶지 않았다.

"왔네. 드디어."

수기가 활짝 열린 대문간을 보며 입꼬리를 비틀었다. 안쪽에서 경호원들과 파출소 사람들이 실랑이하고 있었다. 조심하라는 해수의 짧은 한마디에 수기가 고개를 끄덕였다. 강아지들을 데리고 차에서 내리려는 수기를 해수가 불렀다. 그녀는 자신이 입고 있던 점퍼를 벗어 수기의 어깨에 둘렀다.

"살아서 만나자."

"당연하지."

수기가 말하고, 해수가 답했다. 둘은 서로를 보며 짧게 웃었다. 강아지들과 함께 호텔 뒤로 돌아간 수기를 두고 해수는 로비로 향했다. 잔뜩 굳은 그녀의 얼굴에 긴장이 흐르고 있었다.

"여기는 지상층만 있다니까요? 소장님, 진짜 왜 이러세요."

"어허. 이 사람이. 잠시만 둘러볼게. 잠깐이면 된다니까?"

발길이 입구를 넘어서자마자, 실랑이하는 소리가 들렸다. 소장의 눈치에 진남과 동철은 무작정 경호원들을 로비 출입문으로 밀었다. 해수까지 합세하자 등에 떠밀려 문짝이 열리고 있었다. 지배인이 무전기로 경호원을 재촉했다. 상황이 여의치 않자, 홀로 떨어져 나온 해수는 템바보드로 꾸며진 벽으로 향했다. 손으로 벽을 더듬자 보드 사이에 작게 난 버튼이 만져졌다.

"뭐 하는 거예요!"

어깨를 잡아채는 지배인의 손을 뿌리친 해수가 지체하지 않고 버튼을 눌렀다. 그사이에 뛰어온 경호원들은 소장과 진남 그리고 동철이 막는 중이었다. 중심을 잃으며 물러선 직원을 두고 해수는 균열이 생긴 벽을 보았다. 그녀와 마찬가지로 로비에 있던 사람들의 시선이 일제히 안쪽으로 향했다.

"허허. 이 사람, 지하층 없다고 하더니. 이제 확인 좀 해 봐도 괜찮지?"

사람 좋은 웃음을 지은 소장이 텅 빈 복도를 가리켰다. 지배인이 곤란해하며 어딘가로 전화를 하는 동안, 파출소 사람들은 복도 안쪽을 걸었다. 벽면에 걸린 잔혹한 그림들을 보던 해수는 서재형에게 진절머리가 났다. 이윽고 그들은 지하층으로 내려가는 나선형 계단 앞에 섰다.

"어마어마하네. 저게 다 약이란 말이지?"

진남이 헛웃음을 지으며 말했다. 계단 위에서 보기에도 아래쪽에 세워 둔 드럼통이 꽤 많이 보였다. 그사이, 동철은 핸드폰을 들어 동영상을 찍기 시작했다.

철제로 된 나선형 계단은 좁고 가팔랐다. 앞서 내려간 진남이 확신에 찬 얼굴로 나무통을 두드렸다. 묵직한 소리가 들리는 게 안이 꽉 찬 모양이었다.

"어떡해? 털어요?"

진남이 흥분을 감추지 못하며 콧구멍을 벌렁거렸다. 반면 아직 소장은 망설이고 있었다. 짧은 고민 끝에 소장의 허락이 떨어지자, 미리 준비한 손 망치를 빼든 진남이 손에 힘을 실으며 망치질을 했다. 순간, 통 안에 가득 찼던 무언가가 한꺼번에 쏟아져 나왔다.

해수는 진동하는 보리 냄새에 표정을 굳혔다.

"아니라고 했잖아요. 여기는 그냥 양조장이라고요! 딱 보면 몰라요? 이 아까운 맥주를 다 어째."

멀찍이 이 모습을 지켜보던 지배인은 흥건한 바닥을 보며 머리가 아프다는 듯이 이마를 짚었다.

"박해수! 네가 마약이라며!"

"잠시만요."

원망의 눈길로 책임을 미루는 진남의 망치를 빼앗아 든 해수가 돌아다니며 대나무 통을 부수기 시작했다.

"맥주 안에 숨겨 놓았을 수도 있어요."

해수의 등 뒤로 경악에 찬 목소리가 들렸다. 어느새 지하층에는 통을 부수는 소리만이 가득했다. 마지막 통을 부순 해수가 맥주로 흥건한 발치를 응시하며 입술을 물었다.

"약 어디에 있어."

그녀의 날 선 눈빛이 직원에게 향했다. 맥주 냄새로 진동하는 주변을 둘러보던 직원은 되레 성질을 내는 해수가 기가 막힌다는 얼굴로 핸드폰을 들었다. 그가 망설임 없이 키패드에 112를 찍었다. 재빨리 눈치챈 진남이 직원의 핸드폰을 빼앗지 않았더라면, 수습할 틈도 없이 그대로 다른 경찰들에게 망신을 당했을 게 뻔했다.

해수의 곁으로 다가간 소장이 그녀의 손에서 망치를 빼앗아 들며 직원을 보았다.

"내가 지배인에게 미안해서 어쩌지?"

"저희 그냥 안 넘어갑니다. 손해 배상 각오하셔야 할 거예요."

"우리는 지배인이 아무것도 없다면서 펄쩍 뛰니까 말이야. 이 경찰의 촉으로다가 그런 거지. 이해 좀 해 줘."

"특허 내기 전에는 숨기는 게 당연하죠. 일단 나가세요. 소장님 얼굴 봐서 조용히 처리할 테니까요."

"고맙네."

소장이 씁쓸한 얼굴로 순순히 계단을 밟았다. 그들은 쫓겨나듯이 로비로 나왔다. 해수를 힐끗 쳐다본 소장이 눈빛을 주고받았다. 이제 남은 건 호텔에서 증거될 만한 것을 찾는 일이었다.

"서재형 사장 얼굴 좀 보고 가세. 가서 미안하다고 해야겠어."

막무가내로 엘리베이터로 향하는 해수 일행을 막은 지배
인이 노골적으로 불쾌한 감정을 드러냈다.

"제가 전달해 드리겠습니다."

"아니야. 내가 직접 미안하다고 말해야지."

"그냥 가시라고요. 네? 참는 것도 한계가 있다고."

"어허! 이 사람이!"

소장의 어깨를 툭툭 건드리던 지배인의 손가락이 순식간
에 꺾였다. 아직 녹슬지 않은 손놀림이었다.

"이왕 이렇게 됐는데 못 먹어도 고 아니겠어?"

소장의 말이 신호탄이 된 듯 서로가 뒤엉켰다. 해수는 쓰
러진 경호원의 등을 밟고 올라서며 연회장으로 가는 틈을 찾
았다.

뒤쪽을 맡은 소장이 해수를 향해 소리쳤다. 소장이 터 준
길목을 따라간 그녀가 필사적으로 엘리베이터에 올랐다. 이
를 뒤늦게 발견한 경호원의 발목을 동철이 잡았다. 뒤이어 진
남까지 덮치자 경호원은 결국 엘리베이터를 놓치고 말았다.
홀로 7층으로 올라온 해수는 먼저 연회장부터 뒤졌다. 혹시
행사라도 하는지 싶었는데, 텅 비어 있었다.

비상계단을 통해 단숨에 8층까지 뛰어오른 해수가 복도
에 비치된 소화기를 들었다. 해수는 끓어 넘치는 열감을 느

끼며 소화기로 전자키를 부쉈다.

요란한 경고음이 들렸으나, 안쪽에서 보이는 사람은 아무도 없었다. 해수는 허리춤에 달린 테이저건을 만지작거리며 수색을 시작했다. 책상이며 소파 그리고 집무실 안쪽까지 샅샅이 뒤졌지만, 나오는 건 없었다.

"젠장!"

해수는 화를 참지 못하고 떨어진 베개를 걷어찼다. 어차피 막장까지 온 인생, 그냥 실탄으로 서재형을 쏴 죽이고 일을 끝내고 싶은 마음이었다. 문득 고개를 든 그녀의 시선에 그림이 보였다. 전에 서재형과 함께 보았던, 늑대가 네안데르탈인을 잡아먹고 있는 그림이었다. 일순 비틀린 마음이 이성을 잠재우며 노골적으로 모습을 드러냈다.

성큼성큼 책상 앞으로 간 해수가 서재형의 명패를 잡았다. 그녀는 거침없는 손길로 그림이 달린 액자를 깨부쉈다.

"형사님도 참 순진하시네."

언제 올라왔는지 그 모습을 본 지배인이 경호원을 대동하고 얄궂게 웃고 있었다. 마침 핸드폰이 울렸다. 발신인을 확인해 보니 현우였다. 불길한 예감이 엄습한 해수는 지배인을 노려본 채로 전화기를 귓가에 대었다.

"박해수, 너 파직됐다."

"파직을 당하더라도 하루만 미뤄 주세요."

"우리 관할도 아닌데 함부로 수사 진행하다가 문제 생기면 어쩌려고 그래?"

"매뉴얼대로 따르다가 또 사람이 죽기라도 하면요?"

"닥쳐!"

"서장님!"

"너 민간인 신분으로 나섰다가는 어떻게 되는 줄 알지? 당장이라도 교도소에 처박히고 싶지 않으면 조용히 집에 처박혀 있어. 내가 봐줄 수 있는 건 딱 여기까지야."

수화기 너머로 개 짖는 소리가 들렸다. 끊긴 전화기를 응시하던 해수를 동철이 불렀다. 땀으로 범벅이 된 파출소 사람들이 한군데씩 터진 얼굴로 해수를 바라보고 있었다. 욕설을 내뱉으며 현관문을 걸어차는 해수를 본 소장은 오늘의 출동이 실패로 끝났음을 직감했다. 그러나 해수는 이대로 끝낼 수 없었다.

복도를 걸어 나가는 그녀의 그림자가 뒤로 길게 늘어졌다. 법이 통하지 않은 자는 다른 방법으로 심판할 수밖에 없었다. 조금 더 본능적이고 야만적인 방법밖에는.

5.

발신 번호 표시 제한으로 온 전화였다. 나가 보라는 지시에 방문을 닫던 직원은 고개를 갸웃했다. 서재형의 표정이 어딘가 경직되고 긴장되어 보였다. 방 안에 홀로 남은 그가 전화를 받았다. 상대방은 한참이나 말이 없었다. 수화기 너머에 선 사람이 누구인지 어림짐작하며 서재형이 입을 떼려는 찰나, 귀에 익은 목소리가 들렸다.

"서재형."

"백수기?"

"그래. 나야."

"목소리 들으니까 살 만한가 보네? 그렇게 개들을 위하는 척하더니 역시 죽으니까 별거 없지?"

"미친 새끼."

"넌 언제나 그 무례함이 문제야."

수기의 목소리에 서재형은 긴장이 풀린 얼굴이었다. 그가 의자에 기대어 앉으며 여유롭게 다리를 꼬았다.

"명 재촉하지 않아도 돼. 네 까짓것 언제나 죽일 수 있으니까."

"그래? 그럼 죽기 전에 발악이라도 해 봐야지. 고맙게도 조주만이 네가 저지른 범죄에 대한 증거를 낱낱이 남겨 놨더라고. 그 증거 나한테 있어."

"떡밥치고는 너무 허황한 얘기네."

"믿을 수 없겠지. 천하의 서재형이 서재에서 여자랑 하는 걸 누가 녹음할 수 있었겠어. 근데 너 하는 시간이 너무 짧더라. 문제 있으면 병원을 가 봐. 애꿎은 슈퍼 아줌마 잡지 말고."

수기의 말에 서재형의 눈썹이 눈에 띄게 꿈틀거렸다.

"일단 증거 가져와. 내가 보고 판단하지."

"베팅할 줄 모르네. 판단은 내가 해."

전화는 일방적으로 끊겼다. 문자를 받은 서재형의 눈동자에 스산한 기색이 스쳤다. 첨부된 파일에서 녹음된 음성이 들렸다.

"이런 개 같은 년이!"

여유가 허물어진 서재형의 얼굴은 악독하기 짝이 없었다. 그는 테이블에 있던 커피잔을 벽에 던졌다. 쉽사리 화가 가라앉지 않았다. 일이 이렇게 된 건 승완의 탓이 컸다. 제 어미의 단점만 닮은 나약하고 쓸모없는 녀석.

서재형은 아들이 기대에 부응하지 못할 것이라는 사실을 일찍부터 알아차렸다. 그래도 아비로서 도리는 했다. 다른 부모처럼 가난한 주제에 키워 줬다며 생색내지도 않았고, 히스테릭한 모습으로 공부하라며 닦달하지도 않았고, 겨우 운동화 하나 사면서 몇 달 용돈을 꼬박 모아야 하는 자괴감도 느껴 보게 하지 않았다. 그건 자신이 자라면서 한 번도 누려 보지 못한 호사였다.

개장수의 아들로 태어나 늘 짬밥 냄새가 밴 옷을 입고 다니던 외톨이 서재형. 그의 아버지는 허물어져 가는 집에서 셋방살이를 했다. 딱히 의지도, 목적도, 야망도 없었던 남자, 그저 남은 밥을 얻으러 다니며 개들을 키우는 일에 전념하는 게 아들을 위한 일이라고 생각했던 아둔하고 한심한 부모였다.

남들에게 고개 숙이며 살아가는 아버지 아래에서 자란 아들은 어땠을까. 어린 서재형은 살기 위해 기었다. 그럴 때마다 그의 아버지는 멸시와 무시를 당하는 아들을 슬그머니 외면했다. 어느 날은 이유 없이 집에서 쫓겨나기도 했다. 아니, 이유가 있기는 했다. 주인집이 돌보던 꽃에 단 하루 물을 주지 않았다는 이유였다.

아버지는 따져 볼 생각도 없이 쉽게 수긍했다. 갈 곳이 없어서 음식물 썩은 내가 나는 낡은 트럭에서 잠이 든 서재형은 엄마가 사라졌다는 걸 알았다.

잠시 후, 트럭으로 돌아온 엄마는 옷깃을 여미며 집으로 돌아가자고 했다. 핏기 없이 뜬 얼굴과 부스스한 머리칼을 보며 서재형은 수치스러웠다. 아버지는 이유도 묻지 않고 짐을 내렸다. 다음 날, 서재형은 아버지의 개 농장에서 훈련된 개 두 마리를 꺼냈다. 학교에서 관객들을 모으고 개싸움을 구경시켰다.

처음에는 시큰둥했던 아이들은 곧 흥분에 휩싸이며 너도

나도 주머니를 열었다. 그때 서재형은 쾌감이란 걸 느꼈다. 서로 물고, 물리는 싸움에서 느껴지는 희열, 타락하는 줄도 모르고 끝없이 갈망하는 저들의 표정이 그를 일깨웠다.

늘 무기력했던 서재형의 아버지는 돈뭉치를 보며 놀랐다. 그는 솔직하게 말했다. 보신탕집에 개들을 팔아넘기는 일보다 이쪽이 더욱 쉬운 일이라며 아버지를 가르치려고 들었다. 그리고 처음으로 아버지에게 맞았다. 서재형은 맞아야 하는 이유를 몰랐다. 울면서 말리지 않는 엄마도 이해할 수 없었다. 집주인에게는 그렇게도 싹싹 빌었으면서 제 아들이 맞고 있는데도 가만히 있는 꼴이라니.

그날로 서재형은 집을 나갔다. 무능력한 사람들에게 기대를 건다는 게 얼마나 한심한 짓인지 여실히 깨달은 탓이었다. 집을 떠난 그는 뭐든 이용하기로 했다. 들개를, 사람을, 제도를, 상황을. 허영심이 보이면 돈을 줬고 명예욕이 보이면 자리를 줬다. 물론 쉬운 일은 아니었다. 일찍이 서재형의 야욕을 알아본 '그녀'가 아니었다면 이루지 못했을지도 모른다.

미련 없이 버릴 수도 있었건만. 인정군으로 내려온 서재형은 본격적으로 짐승을 다루는 법을 배우며 영역을 넓혀 나갔다. 늙은 부모는 이미 죽고 없었다. 세상에 홀로 남은 그가 느낀 기분은, 가뿐함이었다. 가슴속에 얹힌 무언가가 드디어 쑥 내려간 느낌. 서재형은 새로운 가족을 만들기로 했다.

여자를 고르고, 가정을 꾸리고, 승완을 낳았다. 여자는 승완을 낳은 직후에 죽었다. 서재형에게 누가 죽고 사는지는 중요하지 않았다. 그저 아들에게 자신이 깨우친 세상을 알려 주고 싶었다.

"내가 그렇게 믿어 줬건만 너는 왜…."

왜, 끝까지 실망만 시켰던 걸까. 아들의 배신은 그 어느 때보다 뼈아팠다. 고작 몇 번 보지도 않은 형사 나부랭이에게 인생을 걸다니 한심하기도 했다. 가만히 보니 제 할아버지를 닮은 것도 같았다. 가족 하나 건사하지 못하면서 양심과 도리를 운운하던 위선적인 인간. 서재형은 그만 아들을 버리기로 했다.

늑대를 길들이지 못하면 결국 잡아먹히는 건 인간이었다. 서재형은 곧장 드레스룸으로 향했다. 아무래도 사냥에 수트는 어울리지 않았다.

6.

수기는 호텔에서 나와 길을 따라 걸었다. 어슴푸레한 저녁 하늘 위로 하얀 입김이 떠올랐다. 곧 한겨울이 올 텐데 새끼들끼리 잘 살아남을 수 있을까, 걱정되었다. 박해수라면 새끼들을 끝까지 돌봐 줄지도 몰랐다. 수기는 전원이 꺼진 핸드폰을 만지작거렸다. 자신을 찾고 있을 해수에게는 미안했지만, 마지막 결판을 짓는 데 다른 사람의 도움은 필요 없었다.

이윽고 수기의 앞에 세단 한 대가 멈췄다. 서재형이 창문을 내리고 수기를 응시했다. 분노가 치밀어오르거나 체념한 얼굴은 아니었다. 수기는 조용히 그의 옆자리에 올라탔다.

그들이 탄 차는 사늪으로 향했다. 넓은 내부와 편안한 승차감에도 수기는 차가 쏠릴 때마다 몸을 문짝 가까이 붙였다. 서재형과 같은 공간에서 숨 쉬는 것만으로도 이미 벌레가 기어다니는 듯한 기분이 들었다.

"갑자기 이런 생각이 드네. 차라리 네가 내 자식이었으면 어땠을까 하는."

"생각만으로도 끔찍한데."

수기의 반응에 서재형이 헛웃음을 지었다.

"개장으로 가고 있는 거 맞지? 허튼짓하면 바로 녹음기 풀어 버린다."

"그깟 개들과 맞바꾸겠다는데 내가 뭐 하러 쓸모없는 짓을 하겠어? 뭐, 슬슬 이 짓거리가 귀찮기도 했고. 근데 말이야, 나야말로 뭘 믿고 너에게 개들을 넘기지? 사본이 있으면 어쩌려고?"

"날 믿지 말고 널 믿어야지. 경찰한테 하는 자백쯤은 그냥 뭉개 버리는 그 대단한 서재형이잖아."

"안 본 사이에 제법 똑똑해졌네."

"닥치고 가기나 해."

조금 더 달린 차가 임도를 건넜다. 수기가 바깥을 쳐다봤다. 이곳의 숲은 머릿골보다 훨씬 더 축축하고 음산한 느낌을 자아내고 있었다. 자동차는 사늪의 깊숙한 곳까지 들어가서야 멈췄다. 차에서 내린 수기의 귓가에 개들이 맹렬하게 짖는 소리가 들렸다. 입술을 문 그녀가 서재형을 노려보았다.

"얼른 꺼내 줘."

"녹음기부터."

"개들이 무사히 빠져나가면 줄 거야. 그동안 내가 인질로 잡혀 있으면 되잖아."

수기의 말에 서재형이 쉽게 수긍했다. 순탄하게 흘러가는 계획에 수기는 불안한 마음이 들었지만, 그만 거두기로 했다. 둘은 길을 따라서 걸었다. 걸으면 걸을수록 개들이 짖는 소리가 가깝게 들렸다. 뒤를 따라가던 수기는 핸드폰을 수풀 사이로 던졌다. 앞서 걷던 서재형은 알아차리지 못한 듯했다.

"너…."

공터를 마주한 수기의 눈동자가 세차게 흔들렸다. 그 모습에 서재형이 풋, 하고 웃었다. 공터를 가득 메운 건 개들이 아니었다. 스피커였다.

"개들이 남아 있을 리 없잖아. 그날 내가 다 죽였는데."

오만한 얼굴로 고개를 치켜드는 서재형을 보며 수기는 품에서 칼을 꺼내 들었다. 마구잡이로 휘두른 칼날이 서재형의 볼을 스쳤다. 수기의 다리를 걸어 넘어뜨린 서재형이 경호원들을 저지했다. 구둣발로 직접 수기의 머리통을 누르고는 고개를 젖히며 흥분을 삼키는 모습이 광기에 어린 폭군처럼 보였다.

"어디 죽여 봐."

머리통은 바닥에 짓이겨졌지만, 수기의 눈빛은 맹렬하게 살아 있었다. 한 치의 두려움도 보이지 않는 얼굴. 그 얼굴을 본 서재형이 손가락에 끼워진 보철을 매만졌다.

"닮은 건가?"

발에 힘을 뺀 서재형이 H를 떠올렸다. 그 틈에 빠져나온 수기는 악에 받친 듯 서재형의 발목을 물었다. 짧은 비명을 흘린 서재형이 주먹으로 수기의 등을 마구 때렸다. 그런데도 수기는 좀처럼 떨어질 생각을 하지 않았다. 뒤늦게 뛰어든 경호원들이 수기의 겨드랑이에 팔을 넣어 그녀를 억지로 떼어 놓았다. 수기는 핏물이 섞인 침을 바닥에 뱉어 냈다.

배시시 웃는 수기의 얼굴이 야차처럼 빛났다.

"개장에 가둬."

서재형의 명령이 떨어지자, 경호원들이 수기를 이끌고 개장 앞으로 갔다. 수기가 사지를 벌려 끝까지 버텼다. 그러나 남자들의 힘을 당해 낼 수는 없었다. 자물쇠가 채워진 개장 위로 가림막이 덮였다. 개장에 갇힌 수기는 어둠 속에서 투견들을 생각했다. 자신은 고작 몇 분 간힌 걸로도 이렇게나 살이 떨리고, 심장이 가라앉는데 그들은 얼마나 큰 고통 속에 생을 마감했을까.

어딘가에서 진돗개의 울음이 들리는 듯했다. 수기는 귀를 막았다. 몸을 잔뜩 웅크렸는데도 축축하고 스산한 느낌이 귓속을 좀먹고 있는 느낌이었다. 수기는 정신을 잃지 않기 위해 차례대로 숫자를 셌다. 1부터 100까지, 그리고 다시 1000까지 계속해서 숫자를 되뇌었다. 천막이 다시 걷힌 건, 몇 번이나 센 숫자를 잊어먹고 1부터 다시 시작한 때였다.

환한 조명이 개장을 비췄다. 갑작스러운 빛이 쏟아지자, 수기가 손으로 눈가를 가렸다. 의자에 앉아 있던 사람들의 얼굴을 알아본 수기는 입술을 물었다. 그들은 협동조합에 가입된 사람들이자, 동네 주민이었다.

수기를 알아보고 당황한 건 주민들도 마찬가지였다. 갑작스럽게 설명회가 열린다는 소식에 옷도 제대로 갈아입지 못하고 서둘러 참석한 자리였다.

"오늘부로 협동조합을 해체하려고 합니다."

어느새 개장 옆에 선 서재형이 안타까운 얼굴로 마을 사람들을 둘러보며 입을 열었다. 그 한마디에 마을 사람들이 술렁였다. 그렇지 않아도 이장의 부재로 배당금을 받지 못할까 노심초사한 그들이었다. 날벼락 같은 통보에 누군가가 이유를 물었다. 서재형의 시선이 개장으로 향했다.

또 백수기였다. 자리를 박차고 일어난 사람이 수기를 향해 삿대질했다. 현주의 편의점에서 일하던, 편의점의 새로운 주인이 된 아르바이트생이었다. 목에 핏대까지 세우며 욕설을 퍼붓는 모습은 매대를 정리할 때의 모습과 사뭇 달랐다.

"제가 여러분들을 속였습니다. 협동조합에서 나온 배당금은 농산물이나 가축을 팔아서 생긴 수익금이 아닙니다. 투견장을 운영하며 모은 돈이죠. 저 하나 나쁜 사람이 되면 마을 사람 누구나 행복할 줄 알았습니다. 여러분에게 죄책감을 안겨 드리고 싶지 않아서 숨겼던 일인데… 수기 저 아이가 증거를 가지고 있는 이상 이제 어쩔 수 없군요. 애석하게도 제가 사업상 나눴던 대화를 몰래 녹취한 녹음본이 있습니다. 그걸 저 아이가 가지고 있고요."

마을 사람들은 서로의 눈치를 보며 말을 꺼내기 꺼렸다. 조금 전에 핏대를 세우던 아르바이트생도 마찬가지였다. 서재형의 눈동자가 차분하게 가라앉았다. 먹이를 던져 줄 때는 꼬리를 살랑거리며 뭐든 할 수 있을 것같이 하더니. 조금이라도 손해 볼 틈이 생기면 몸을 움츠리는 꼴이란, 역겨웠다.

"저는 자수할 생각입니다. 아마 조합원 여러분들 또한 조사를 면하지 못하겠지요. 매달 받았던 배당금이 끊기게 되겠지만, 여러분은 실형을 살지는 않을 겁니다. 아, 출자금도 회수해야겠네요. 불법 자금인 게 들통나면 국고로 환수될 테니."

배당금이라는 단어에 사람들의 불안감이 불길처럼 번졌다. 그들은 돈을 괜히 받았다며 자책하다가, 앞으로 남은 인생을 걱정하다가, 가족들의 안위를 계산하다가, 그럴 수밖에 없었던 자신들을 합리화하다가, 긁어 부스럼을 만든 백수기를 원망했다. 그 누구도 서재형이 잘못됐다는 생각은 하지 않았다.

"안 돼요. 나는 배당금만 믿고 차 바꿨단 말이에요."

"나는 자식이 미국에서 유학해. 한 달에 들어가는 돈만 해도 얼마인데!"

"나도 빚내서 펜션 지었어."

"죽고 사는 문제예요! 몸이 아파서 일도 못 하는데 배당금 덕분에 겨우 먹고 살았다고요."

"그러니까 투견장 그것 좀 하면 어때서. 뭐, 사람을 죽이는 일이야? 그깟 개들 좀 죽는 게 뭐 대수냐고!"

"맞아요. 솔직히 도박에 미친 사람들이 잘못 아니에요? 왜 우리가 피해를 봐야 하나요?"

"나는 투견한테 다리까지 물려서 하마터면 병신이 될 뻔했다고!"

순간, 사람들의 시선이 개장으로 몰렸다. 백수기만 없어진 다면 전처럼 평화롭게 살 수 있었다.

"저는 이 아이를 풀어 주려고 합니다. 선택은 여러분들에게 맡기지요."

서재형은 잠겨 있던 개장의 문을 열었다. 사람들의 손에 억지로 끌려 나온 수기는 저도 모르게 뒷걸음질을 쳤다. 낯선 눈빛들이 언제라도 잡아먹을 듯 기회를 엿보고 있었다. 누군가가 잡아! 하고 꽥 소리를 내질렀다. 사람들은 기생충에 감염된 숙주처럼 본능적으로 움직였다. 누군가 수기의 발목을 덥석 잡았다.

미끄러진 수기가 황급하게 발길질했다. 얼굴에 타격을 입고 나가떨어진 여자의 코에서 피가 흘렀다. 그것을 보고 더욱 흥분한 이들이 너도나도 손을 뻗었다. 바닥을 더듬은 수기의 손에 떨어진 자물쇠가 잡혔다. 이를 악문 수기가 고리를 손가락에 걸며 자물쇠를 휘둘렀다. 눈두덩이에 정통으로 자물쇠를 맞은 남자가 고통을 참으며 자물쇠를 쳐냈다.

수기는 사방에서 날아드는 주먹을 피하지 못한 채로 고스란히 맞았다. 점퍼가 찢어졌고, 신발도 벗겨졌다. 그런데도 녹음기가 발견되지 않자, 이번에는 티셔츠 안쪽으로 손이 들어왔다. 들개마저 잃어버린 수기를 도와줄 동료 따위는 없었다. 홀로 처참하게 생을 끝내는 것, 그것이 어쩌면 자신에게 주어진 형벌이라고 수기는 생각했다.

광기에 휩싸였던 감각이 하나둘씩 현실로 돌아온 건 총성 때문이었다.

사람들은 잔뜩 겁을 먹은 얼굴을 하고는 물러나고 있었다. 해수가 사방으로 총을 겨누며 쓰러져 있는 수기에게로 향했다.

"백수기!"

"박해수⋯."

"일어나. 당장!"

해수의 외침이 수기의 흐트러진 정신을 일깨웠다. 수기는 이를 물며 몸을 일으켰다. 온몸이 쑤셨지만, 지금은 아픔을 느낄 겨를도 없었다. 서재형이 경호원들의 보호를 받으며 서둘러 다른 곳으로 이동하고 있었다.

"우리 둘로 이길 수 있을까?"

"왜 우리 둘이야? 얼간이 둘하고 도베르만 한 마리도 있는데."

"무슨 소리야?"

"파출소 사람들. 입구에서 경호원들이랑 실랑이하고 있어. 저것들은 그 사람들이 잡을 테니까 우리는 어디 서재형이랑 끝까지 가 보자고."

해수가 다른 손에 들고 있던 수렵 총을 수기의 앞에 떨궜다. 덥석 수렵 총을 잡자 가슴속이 알 수 없는 감정으로 벅차올랐다. 처음으로 진돗개의 부재가 슬프지 않은 순간이었다.

"백수기, 가자."

해수와 수기는 발자국을 따라서 뛰었다. 서재형이 남긴 발자국이 숲속 깊숙이 이어지고 있었다.

7.

서재형이 금고를 열었다. 쌓아 놓은 현물과 현금 그리고 장부가 보였다. 가방에 그것들을 꺼내 담은 그가 핸드폰을 찾았다. 이미 오래전에 단종된 폴더폰이었다. 연락처에는 딱 한 명의 번호가 저장되어 있었다. H였다.

"아무래도 인정군을 떠나야겠습니다."

긴 신호음 끝에 전화를 받은 상대방의 대답을 기다리는 서재형의 표정이 유난히 긴장되어 보였다. 상대는 아무런 대답을 하지 않았다. 서재형은 익숙한 듯 더는 기다리지 않고 전화를 끊었다. 그리고 핸드폰을 두 동강으로 분질러서 드럼통에 던져 버렸다. 그 위에 각종 서류를 쏟아붓고 휘발유를 둘러 불을 질렀다.

자신을 대신할 대타는 얼마든지 구할 수 있었다. 돈만 주면 죄를 뒤집어쓰겠다는 사람이 수두룩했으니까. 문제는 박해수가 사늘을 덮쳤다는 거였다. 가둬 놓은 투견을 비롯해 파묻은 현금과 시체까지, 그중 단 하나라도 찾는다면 쉽게 빠져나오기 어려운 건 사실이었다.

"개들은 어떻게 하죠?"

경호원의 물음에 그가 주위를 둘러보았다. 아직 처리하지 못한 개들이 있었다. 당장 태워 버리기에는 시간이 없었다. 그렇다고 풀어 줄 순 없으니 먼저 몸을 피한 후에 총으로 빠르게 처리하는 수밖에 없었다.

"내가 간 후에 처리해."

"네. 남정구도 처리할까요?"

이제껏 개장에 갇혀 있던 정구가 흠칫했다. 서재형이 눈짓하자, 직원 한 명이 개장 문을 열어 그를 앞까지 끌고 왔다. 정구의 얼굴에는 구타의 흔적이 역력했다.

"정구야."

"네! 사장님!"

"내가 못 찾을 줄 알았어?"

"아닙니다. 저는 사장님이 저를 반드시 찾아낼 수 있으리라고 믿었습니다."

"그런데 왜 그랬어?"

"주, 주만이 형의 어머니는 그냥 가족이 없어서…."

"그거 말고. 박해수 만났잖아. 네가 녹음기 줬니?"

"아닙니다! 저는 정말 모릅니다! 살려 주세요. 잘못했습니다. 제발 살려 주세요."

커다란 두려움이 정구를 숨을 쉴 수 없을 지경으로 몰아붙이고 있었다.

"그럼 벌을 받아야지요."

목줄을 채운 개 두 마리가 매섭게 짖었다. 그들을 마주한 정구의 사타구니가 짙게 물들고 있었다. 정구는 차마 비명도 지르지 못하고 애원하는 눈빛으로 서재형을 쳐다보았다. 하지만 서재형은 싸늘한 눈빛으로 외면할 뿐이었다. 서재형의 눈짓에 직원이 목줄을 놓았다. 두 마리의 개가 정구에게로 한꺼번에 덮쳐들었다.

비명을 지른 정구가 두 팔로 얼굴을 막았다. 동시에 누군가가 몸을 날려 정구를 밀쳐냈다. 슬며시 눈을 뜬 정구는 송곳니를 드러낸 들개를 보며 기겁했다. 수기가 목줄을 움켜쥔 채로 힘겹게 버텨 내고 있었다.

수기의 호통에 흐리멍덩한 눈동자에 생기가 돌며 정구의 정신이 돌아왔다. 수기가 투견의 방향을 틀어 타깃을 바꿨다. 등 뒤에는 해수가 건넨 수렵 총이 있었고 손에는 목줄을 쥐고 있으니 거칠 것이 없었다.

"남정구! 지금 당장 무슨 수를 쓰든 개장 문 열어."

"어?"

"당장 저기에 있는 개장 문 싹 다 열라고!"

정구가 겁먹은 눈길로 주변을 훑었다. 사무실로 사용하는 컨테이너 외에 개장이 열 개도 넘어 보였다. 정구는 하울링을 시작하는 수기를 응시하며 억지로 걸음을 뗐다. 그사이, 해수는 경호원들을 상대하느라 정신이 없었다. 막 해수의 주먹에 쓰러진 경호원을 넘어선 정구가 두 눈을 질끈 감으며 그의 손에 들려 있던 절단기를 잡았다.

"너 도망치면 죽는다!"

혹여나 개들이 자신을 물지 않을까 겁내던 정구에게 수기가 소리쳤다. 마음을 다잡은 정구는 조심스러운 손길로 개장을 덮은 방수포를 걷어 냈다. 여기서 죽으나, 백수기한테 잡혀 죽으나 매한가지였다.

"으앗!"

마침내 절단기로 자물쇠를 자르자마자, 기다리던 개들이 정구의 어깨 너머로 점프했다. 그러나 정구를 공격하지는 않았다. 눈으로 직접 수기의 능력을 확인한 정구의 손이 더욱 빨라졌다.

"저 쌍년이."

그 모습을 지켜보던 서재형은 끝내 이성이 무너졌다. 공들여 키운 투견이 백수기의 편에 서서 경호원들을 물어뜯고 있었다. 송곳니를 드러낸 셰퍼드를 노려본 그가 허리춤에서 권총을 꺼내 들었다. 그 모습을 본 수기가 필사적으로 서재형의 어깨를 밀며 총구의 방향을 바꿨다. 조준을 잘못한 총알이 빈 개장 어딘가에 박혔다.

개들은 예상하기라도 한 듯이 몇 갈래로 흩어지며 총알을 피했다. 서재형이 주변을 훑었다. 쓰러진 경호원들을 제외하고 나머지 경호원들은 개들을 피해 도망치고 있었다.

일순, 서재형이 마구잡이로 총을 쏘았다. 수기는 총알을 피해 달렸다. 망할 박해수, 주려면 권총을 줘야지 딱 두 발 쏠 수 있는 총을 주고 있어! 하고 생각하며.

그들은 빼곡하게 심어진 나무들을 중간에 두고 나란히 달렸다. 영점이 흔들린 서재형이 먼저 팔을 내려놓자, 그 틈에 수기가 쏜 총알 한 발이 서재형의 팔뚝에 스쳤다. 산에서 나고 산에서 자란 수기에게 지형을 이용하는 건 식은 죽 먹기였다. 뒤에서 날아든 총알을 피하며 수기가 수풀에 몸을 숨겼다.

"어디 있어! 나와! 이 씨발년아!"

제자리에 멈춰 선 서재형이 포효하듯 수기를 불렀다. 그는 수풀을 향해 방아쇠를 당기기 시작했다. 낮게 날아온 총알이 땅속에 박혔다. 그러나 주변이 너무 어두웠다. 움직이는 실루엣을 포착한 서재형이 지체하지 않고 방아쇠를 당기자 둔탁한 소리와 함께 풀썩, 쓰러지는 소리가 들렸다.

서재형이 재빨리 그곳으로 향했다. 토끼 한 마리가 그 자리에서 즉사해 있었다. 별안간 오싹함이 느껴졌다. 고개를 돌리자마자 개머리판이 날아들며 서재형의 얼굴을 후려쳤다. 찢어진 눈가에서 흐른 피 때문에 서재형의 시야가 흐려졌다. 수기는 그 틈을 놓치지 않고 그의 어깨에 매달려 다리를 꼬며 포박했다.

"죽어! 죽어! 서재형!"

서재형은 매달린 채로 얼굴을 마구 내리치는 수기의 손등을 권총으로 내려쳤다. 순간 힘이 풀린 수기가 뒤로 넘어갔다. 그는 곧장 방아쇠를 당겼다. 겨우 총알을 피한 수기의 목덜미가 서재형에게 잡혔고 그가 수기를 바닥에 내리꽂았다.

"시발, 개 같은 년들."

서재형이 뒤늦게 다가오는 해수를 보며 수기의 입속에 총구를 쑤셔 넣었다. 도발적인 그의 행동에 해수가 손바닥을 들며 멈칫했다.

"시발! 도대체 이 년이 뭐라고 지랄이야, 지랄이! 너도, H도!"

"주변을 봐. 이제 정말 끝났어."

이윽고 번들거리는 무언가가 보였다. 어둠 속에서 도사리고 있는 투견의 눈동자였다. 들개들은 모습을 드러내지 않은 채로 서재형을 주시하고 있었다.

서재형의 얼굴이 광기로 물들었다. 수기가 입안에 총구를 문 채로 소리를 지르고 있었다. 수기의 부릅뜬 두 눈에서 쏟아지는 경멸에 오히려 움찔한 건 서재형이었다.

"그깟 개들 좀 부리는 능력이 이년한테만 있는 줄 알아?"

"안 돼!"

해수가 두 눈을 질끈 감은 순간, 빈 권총이 발사되는 소리가 들렸다. 의미 없이 방아쇠만 당기던 서재형을 응시하던 수기는 그 자리에서 짜릿한 웃음을 흘렸다. 권총을 버린 채로 수기의 목을 조르는 서재형의 뒤를 해수가 잡아챘다. 그녀의 기술에 팔이 꺾인 서재형이 몸을 옆으로 비틀었다. 손목에 수갑을 거는 해수를 피할 수는 없었다.

"네가 이러고도 무사할 거 같아?"

"허세 그만 부려. 넌 이제 지옥행 확정이야."

"그래, 잡아 봐. 네깟 것들이 발악해 봤자 내 발끝에도 못 미친다는 걸 보여 줄 테니."

"역시 다급해지니까 혀가 길어지네. 닥치고 일어나."

자신을 우습게 보는 해수의 태도에 서재형의 얼굴이 상기됐다. 그들의 대화를 뒤로한 수기가 자신이 떨어뜨린 수렵 총을 찾았다. 서재형은 살려 둬서는 안 될 악인이었다. 그를 죽이고 자신도 자유의 곁으로 갈 작정이었다.

"야, 하지 마!"

그러나 해수의 생각은 수기와 달랐다. 여기서 서재형을

죽인다면, 수기의 인생도 끝장이었다. 그녀가 미치도록 싫어하는 말이었지만, 수기는 아직 어린 학생에 불과했다. 적어도 계도할 여지는 줘야 했다.

"여기서 서재형 죽이면 너도 똑같은 사람이 되는 거야."

"이미 똑같은 사람이야."

"네가 구출한 개들은 어쩌고? 이대로 또 떠돌이처럼 돌아다니게 할 거야?"

"그건!"

"수기야. 네가 여기서 끝내야 정말로 끝이 나는 거야. 날 믿어 줘."

"박해수. 널 못 믿는 게 아니야."

"그럼 그 총 내려놔. 네 입으로도 방금 말했잖아. 사람이라고. 사람이, 사람을 죽이는 건 잘못된 일이야."

"…."

그 말에 수기가 포기하려는 듯 힘없이 팔을 내렸다. 자신의 설득이 통했다고 생각한 해수가 안도의 한숨을 내쉬었을 찰나, 수기가 그만 방향을 틀어 방아쇠를 당겼다.

"왜 안 오시나 했네."

서재형은 한층 여유로워진 표정으로 나무 기둥 뒤를 응시했다. 총알을 피한 현우가 기둥 뒤에 숨어 있었다.

뭐가 그리도 웃긴지 낄낄거리는 서재형을 두고 해수가 자신의 권총을 들었다.

"서장님. 나오십시오."

"박해수."

그녀의 부름에 응답하는 현우의 목소리가 떨려 왔다. 해수가 천천히 앞으로 다가가자, 현우 또한 권총을 들고나왔다. 해수가 눈물을 삼키며 현우의 손을 응시했다. 작년 생일에 자신이 선물한 가죽 장갑을 끼고 있었다.

"말했잖아. 나는 내 아들 인생 망칠 수 없다고."

"제가 도와드릴게요. 선배, 이러지 마세요."

"당장 총 버려. 그러지 않으면 백수기가 죽어."

"선배!"

"박해수, 나 두 번은 말 안 한다. 총 이쪽으로 던져."

표적을 수기로 바꾼 현우가 굳은 얼굴로 외쳤다. 그의 눈빛은 진심이었다. 고민하던 해수가 총을 현우의 앞으로 던졌다. 수기가 뒤에서 그러지 말라고 외쳤지만, 누구 하나가 죽을 바에야 서재형을 놓치는 게 현명한 선택일지도 몰랐다. 서재형이 감탄을 내뱉으며 환호하다가 수기가 휘두른 개머리판에 명치를 맞았다. 숨이 멎은 그가 무릎을 꿇으며 켁켁거렸다.

"넌 사람도 아니야."

"그건 너도 마찬가지일 텐데!"

몸을 날린 서재형이 머리통으로 수기의 가슴을 받아 버렸다.

"쐐!"

일격에 넘어진 수기를 보며 서재형이 현우에게 외쳤다. 해수의 총을 주운 현우가 단숨에 방아쇠를 당겼다. 퍼뜩 고개를 돌린 해수의 시야에 쓰러진 사람이 보였다. 수기가 아니었다. 서재형이었다. 이마를 총알에 관통당한 서재형은 뜬 눈으로 넘어갔다. 그가 죽인 들개들처럼.

현우가 질책하는 눈빛으로 해수를 겨눴다.

"지금부터 한 발자국이라도 움직이면 쏜다."

그는 서재형을 죽이는 데 사용한 총을 수풀 멀리 던져 버렸다. 그것으로 자신이 아닌 박해수가 서재형을 살인한 범인이 되었다.

"선배….."

해수는 멀리 뒤돌아 달리는 현우를 멍하니 응시했다. 피로 이어진 사이보다 더 끈끈하다고 생각했었다. 도대체 현우에게 자신은 무엇이었을까.

"박해수, 괜찮아?"

개들을 진정시킨 수기가 해수의 곁에 섰다. 그리고 허망하다는 듯 떨어진 해수의 손을 꼭 붙잡았다. 서재형이 죽은 건 환영할 일이었지만, 박해수가 범인이 되는 건 인정할 수 없었다. 수풀 사이로 다가간 수기는 엎드려 총을 찾기 시작했다. 박해수의 지문은 싹 지워 버리고 자신이 범인이 될 작정이었다.

마음만으로는 서재형을 백번도 더 죽였으니, 자신이 죽인 거나 마찬가지였다.

"저기요!"

한참이나 수풀을 뒤지던 수기는 쾌활한 목소리에 고개를 들었다. 반려견을 품에 안은 여자가 수기를 내려다보고 있었다. 젊다고 보기에는 나이가 있어 보이고, 나이가 들었다고 보기에는 젊어 보이는 여자였다. 여자가 호기심 그득한 얼굴로 쓰러진 서재형의 다리를 힐끗거렸다.

"설마 저기 누워 있는 거 사람이에요? 죽었어? 나는 산나물 뜯으러 왔다가 갑자기 우리 애가 이쪽으로 가길래 올라온 것뿐이거든요?"

호들갑을 떠는 여자는 어딘가 이상해 보였다. 눈앞에 사람이 죽어 있는데도 두려워하지 않고, 오히려 호기심이 그득한 눈으로 묻고 있었다. 마치 어쩌다가 쥐새끼 한 마리를 잡은 고양이를 보는 태도로. 다만, 모르는 사람를 두고 시시비비를 가리기에 상황이 너무 피곤했다. 수기는 방금 현우가 내려간 길을 가리켰다. 소란해지기 전에 빨리 치우고 싶었다.

"저쪽으로 가요."

미간을 찌푸린 수기의 표정에 여자가 고개를 끄덕였다. 그녀는 수기가 시키는 대로 산길을 내려갔다. 수기는 문득 들 개들이 어딘가로 사라졌다는 사실을 깨달았다. 서운하지 않았다. 그 개들이 스스로 이곳을 떠난 게 다행이었다.

"걱정하지 마. 서재형은 내가 죽인 거야."

현우가 던진 총을 찾아온 수기가 해수에게 말했다. 자신이 내뱉은 말의 무게도 모른 채, 속이 후련한 듯이 웃고 있었다. 오랜만에 본 수기의 순진한 표정에 해수는 머릿속이 맑아지는 기분이 들었다. 셔츠 자락으로 지문을 닦으려던 손을 저지한 해수가 고개를 흔들었다.

"백수기."

"응?"

"너는 네 인생을 살아. 어미 개가 인간을 사랑하라고 살려 둔 목숨이잖아. 여기도, 들개들도, 나도 잊고 한번 잘 살아 봐."

"언제는 죗값 받으라며. 그 죗값 받는다니까? 말했잖아. 너는 조질 인생이라도 있지만, 나는 그마저도 없다고."

"내가 제일 좋아하는 영화가 뭔 줄 알아? 복수는 나의 것. 그래서 복수든 뭐든 여기서 그만두고 싶어."

자신의 권총을 빼앗은 해수가 수렵 총을 마저 찾았다. 그리고 윗옷을 들어 총의 구석구석을 닦아 수기의 지문을 지웠다.

"왜 그래? 그냥 너답게 행동해."

"나도 모르겠어. 근데 수기야, 나는 네가 한 번이라도 또 래처럼 잘 사는 모습 보고 싶어. 그게 내 진심이야. 그러니까 가."

"야…."

"부탁이야."

해수는 수기를 보낸 이 순간을 후회할지도 몰랐다. 하지만 적어도 지금은 아니었다.

"사람들 온다. 빨리 가."

"정말 가? 그래도 돼?"

해수의 손목을 쥔 수기가 물었다. 천천히 고개를 끄덕인 그녀가 억지로 수기의 손을 놓았다.

"나 도망가는 거 아니야. 구하러 올게."

"오지 마."

"올 거야."

"그럼 마지막으로 언니라고 한 번 해 주고 가든지."

"박해수, 후회하지 마."

"이게 끝까지."

자신의 부탁을 무시하는 수기에 해수가 피식하고 웃음을 흘렸다. 그래, 그래야 백수기지. 세상에서 제일 제멋대로인 아메바. 말은 그렇게 했지만, 수기는 끝내 발길을 돌리지 못하고 있었다. 해수가 수기의 등을 강하게 떠밀었다. 수기는 산길을 내려가는 내내 한 번도 돌아보지 않았다.

해수 또한 끝까지 지켜보지 않았다. 눈물을 삼킨 그녀가 등을 지며 사람들이 올라오는 방향으로 향했다. 그렇게 서로에게서 멀어졌다. 해가 지면 비로소 헤어지는 소꿉친구들처럼 그렇게, 슬퍼하지도 않고, 미련도 없이 속으로 안녕을 말했다.

에필로그

오늘은 박해수가 구치소에서 교도소로 이감되는 날이었다. 지우와 함께 재판을 보러 온 현우는 선고가 끝나기도 전에 법원을 떠났다. 사늪에서는 어마어마한 양의 현금 다발과 함께 시체가 발견됐다. 무려 다섯 구였다. 이장의 축사에 이어서 밝혀진 사건은 국민의 공분을 샀다. 다만, 서재형과 관련된 마약 사건은 보도되지 않았다. 국민이 받을 충격을 고려해 누군가가 내린 결론이었다.

서재형은 그저 투견장을 운영하며 연쇄 살인을 저지른 살인마인 것으로 사건이 일단락됐다. 당연히 인정군도 발칵 뒤집혔다. 서재형에게 협조한 사람들은 크고 작은 형벌을 받았다. 구치소에 면회를 온 동철의 말에 따르면 해수를 도운 파출소 사람들과 나래 할머니가 동네 사람들에게 따돌림을 당하고 있다고 했다.

마을의 치부를 파헤친 그들이 아무래도 곱게 보이지 않는 건 사실이었다. 그런데도 동철은 인정군에서 버티겠다고 했다. 썩어 빠진 일부분을 도려내고 새살을 틔워 청정 인정군을 만들겠다는 포부를 밝혔다. 해수의 눈에는 동철이 꼭 예비 정치인처럼 보였다.

"잘 있냐, 백수기."

차창에 머리를 기댄 해수가 지그시 눈을 감았다. 평범하게 살고 있을 그 아이의 웃음이 귓가에 맴도는 듯했다. 끝내한 번을 안아 주지 못한 게 마음에 걸렸다. 마지막에 보낼 때라도 포옹 한번 해야 했는데… 따뜻한 햇살에 졸음이 몰려들었다. 꿈속에서 민영과 승완, 그리고 수기가 해사하게 웃고 있었다.

＊ ＊ ＊

버스가 뿌연 먼지를 일으키며 정류장을 지나쳤다. 수기가 주변을 돌아보았다. 그 흔한 아파트조차 보이지 않는, 도시 외곽의 풍경이었다.

"A랜드…"

수기는 바람에 실려 온 울음을 쫓아 안쪽으로 들어갔다. 사람이 없는 매표소에는 스산한 바람만이 불었다. 멈춰 선 관람차, 페인트칠이 벗겨진 회전목마, 넝쿨로 덮인 파충류 월드를 지나쳐 세 평 남짓한 쇠창살에 갇힌 그것들이 보일 때까지.

에필로그

"살아 있어?"

수기가 얼룩진 유리창을 두드렸다. 엎드려 잠들어 있던 늑대가 고개를 들었다. 다른 한 마리는 여전히 구석에 누워 있을 뿐이었다. 창으로 가까이 다가온 늑대의 모습에 수기는 신음을 삼켰다. 갈비뼈가 도드라질 정도로 마른 몸이었다. 이를 깨문 수기가 늑대에게 하울링을 했다. 음울한 히 울링에 엎드려 있던 다른 한 마리도 고개를 들었다.

늑대 두 마리는 수기가 시킨 대로 창가에 등을 지고 섰다. 벽에 바짝 붙은 그들을 확인한 수기가 배낭에서 망치를 꺼냈다. 망치는 오래된 유리창을 단숨에 부수었다. 하지만 늑대들은 섣불리 바깥으로 나오지를 못했다. 너무 오랫동안 그곳에 방치되어 있었기 때문이었다. 망치를 도로 넣은 수기가 닭고기를 꺼냈다.

"나와. 나와야 먹을 수 있어."

그 말에 늑대들이 걷기 시작했다. 벌어진 턱 사이로 벌써 군침이 뚝뚝 떨어지고 있었다. 냉큼 닭고기 두 마리를 바닥에 떨어뜨려 놓은 수기가 뒤로 물러섰다. 서서히 닭고기에 다가간 늑대들이 곧 아가리를 벌렸다. 그들은 잃어버렸던 야성을 찾은 것처럼 물고 늘어졌다. 날 선 시선이 수기에게 향했다. 이제 그들에게 남은 먹잇감은 눈앞에 보이는 이 자그마한 여자애뿐이었다.

"기꺼이 너희의 먹이가 되어 줄게."

늦대의 의중을 읽은 수기가 앞으로 나섰다. 그러나 늑대들은 행동하지 않았다. 가자, 그 한마디에 냉큼 다리를 움직일 만큼 순종적으로 굴었다. 그들은 본능적으로 느낀 것이다. 자유를 찾아 준 한 인간이 새로운 우두머리가 되었음을.

두 마리의 늑대를 이끈 수기는 산 능선을 따라서 어딘가로 향했다. 홀로 몇 번이나 지형을 익히며 연습했던 코스였다. 수기는 박해수의 바람대로 또래처럼 살 수 없었다. 아직 세상에는 백수기가 정의한 악이 흘러넘쳤으니까. 새롭게 떠오른 다크웹도 그랬다. 서재형이 운영하던 투견장보다 훨씬 더 위험하고 잔인한, 이 투견장의 주인은 H.

지난날, 수풀에서 길을 잃은 척하던 여자, 호들갑을 떨며 서재형의 시체를 넘어 도망치던 가녀린 여자, 그 여자가 바로 H였다. 스스로 도망쳤다고 여겼던 들개들도 H의 다크웹 속에 있었다. 심지어 자유와 검은 개의 새끼들까지도….

멈춰선 수기의 초조한 시선이 둔덕 아래의 국도에 머물렀다. 버스가 다가오고 있었다.

"달려!"

수기의 명령을 받은 늑대들이 거침없이 산 아래로 뛰어 내려갔다. 갑작스러운 늑대의 출현에 휘청이던 버스가 스키드 마크를 그리며 옆으로 넘어졌다. 뿌연 연기가 버스의 전신

에필로그

을 감쌌다. 버스의 앞 유리창을 깬 수기가 유리 조각을 밀어내며 안으로 기어간 후 먼저 정신을 잃은 교도관들의 생사부터 확인했다. 다행히 살아 있었다.

수기가 서둘러 교도관들의 주머니를 뒤져 열쇠 꾸러미를 찾았다.

"박해수!"

낮은 천장 때문에 상체를 잔뜩 수그린 수기가 해수를 불렀다. 바닥에 늘어진 해수 역시 이마에 피를 흘리고 있었다.

"박해수. 일어나!"

수기가 얼른 해수의 손목을 묶어 놓은 수갑을 풀었다. 그러나 해수는 죽은 사람처럼 늘어진 채로 좀처럼 일어날 생각을 하지 않았다.

"박해수…. 야…. 언니!"

"헉!"

마지막 부름에 해수가 번쩍 눈을 떴다. 그녀는 눈앞에 아른거리는 수기의 얼굴을 보고 아직도 꿈을 꾸고 있다고 생각했다.

"꿈에서는 날 언니라고 부르네."

"뭔 개소리야. 빨리 일어나!"

"싫어. 더 잘 거야."

스르륵 눈을 감으려는 해수의 뺨에 매서운 손바닥이 날

아들었다. 찰진 소리와 동시에 정신이 번쩍 든 해수가 멍하니 수기를 바라보았다. 눈물을 글썽거리는 해수를 보며 수기가 고개를 저었다. 지금은 감상에 젖을 시간이 아니라는 뜻이었다. 재회의 기쁨을 뒤로한 둘은 버스에서 엉금엉금 기어 나왔다.

"백수기!"

"혼자 가서 잘 살라더니 되게 기다렸나 봐?"

울먹이며 자신을 끌어안은 해수에게 수기가 농담조로 말했다. 하지만 해수는 시비조차도 반가웠다.

"망할!"

들뜬 얼굴로 수기의 손을 잡고 방방 뛰던 해수가 옆에서 느껴지는 시선에 고개를 돌렸다. 그리고 너무 놀란 나머지 뒤로 자빠지고 말았다. 과장해서 덩치가 집채만 한 늑대 두 마리가 하품을 늘어지게 하고 있던 것이었다.

"인사해. 내 친구들이야."

늑대 한 마리의 얼굴을 쓰다듬으며 자랑스럽게 말하는 수기에 해수는 굳은 입가를 억지로 움직였다.

"안녕. 하하. 나는 박…"

"잠깐!"

수기의 저지와 함께 늑대의 귀가 쫑긋 섰다. 입가를 늘어뜨린 늑대가 잇새로 으르렁거렸다. 누군가 오고 있었다. 빠른 속도로 달려오던 트럭이 급정거하며 끼익 하는 소리와 함께 그녀들의 앞에 섰다.

"남정구?"

선글라스를 낀 정구가 열린 창문에 팔을 기대며 웃고 있었다.

"아이, 오랜만입니다. 형사님."

정구가 능글맞은 표정으로 경례를 표했다. 해수가 수기를 쳐다보자, 수기는 어깨만 으쓱할 뿐 아무 대답도 하지 않았다. 그사이, 정구가 적재함을 내리는 버튼을 눌렀다. 수기의 하울링을 알아들은 늑대들은 적재함에 가뿐히 올라탔다.

"넌 조수석에 앉아서 가. 나는 애들이랑 가야 해. 덩치는 큰데 동물원에만 갇혀 있어서 그런지 겁이 좀 많아서 말이야."

아직 얼떨떨한 해수를 두고 수기가 적재함으로 향했다.

"박해수!"

문득 뒤돌아본 수기가 해수를 보며 씩 웃었다.

"네가 말한 그 영화. 결말이 아주 마음에 들어."

그 말에 해수가 피식 웃었다. 결말이 마음에 든다니, 좋아해야 할지 말려야 할지 판단이 서질 않았다. 하지만 이제 판단은 오로지 수기의 몫이었다.

"타세요!"

어느새 차에서 내린 정구가 손수 조수석의 문을 열어 주며 해수를 태웠다.

"너 운전 면허증은 있니?"

"아시잖아요. 저 3년 꿇은 거."

"자랑이다, 이 새끼야!"

살짝 정구의 머리통을 갈겨 준 해수가 눈을 감았다. 몸이 노글노글한 게 잠이 쏟아지고 있었다. 국도를 달리는 덤프트럭은 H에게로 향했다. 늑대 두 마리와 함께 깊은 적재함에 실린 수기는 가림막 사이로 보이는 맑은 하늘을 바라봤다. 아직 끝은 나지 않았다. 서재형의 머리 꼭대기에 있던 여자, 개들의 목줄을 쥔 백효진을 처단할 때까지 복수는 계속될 테니까.

에필로그

작가의 말

어디서부터 시작해야 할까, 고민이 많았습니다.

〈송곳니〉는 제가 2015년부터 기획했던 이야기입니다. 당시에 서울시에 버려진 동물만 630만 마리라는 기사와 구제역에 걸린 돼지가 살처분되는 영상을 연이어 접하면서 큰 충격을 받았던 것 같아요. 그래서 하고 싶은 말을 이야기로 풀어 보려고 했습니다.

지금도 많이 부족하지만, 2015년의 저는 열정만 있던 작가 지망생이라서 감히 이 소재를 끌고 나갈 깜냥이 되질 않았습니다. 주변에서도 아직 감당할 수 있는 소재가 아니라며 말리기도 했고요. 그렇게 오랜 기간 쓰고 싶다는 열망을 접어 둔 채로 〈송곳니〉를 묵혀 놨습니다.

그런데 기적처럼 출판사 안전가옥을 만났습니다. 공모전 당선 전화를 받던 때가 아직도 생생합니다. 그 순간만큼은 이 세상에서 제가 주인공이 된 느낌이었어요. 말 그대로 행복했습니다. 드디어 내가 하고 싶었던 이야기를 할 수 있겠구나, 하는 기대감이 들었거든요.

앤솔러지가 출간되고, 저는 이 이야기를 장편소설로 마무리 짓고 싶었습니다. 그러나 작업이 진행되면 진행될수록 제가 오만했다는 생각이 들었습니다. 어떤 날은 제 필력을 의심했고, 어떤 날은 원고가 부끄러웠으며, 또 어떤 날은 주인공이 미움받을까 두려웠습니다.

정말 재밌게 작업한다고 생각했는데 어느새 괴로웠습니다. 제가 갈대처럼 흔들리니 원고가 어수선해진 것도 당연했고요. 이런 저의 곁에 늘 쏘냐 PD님과 리즈 PD님이 계셨습니다. 많이 힘드셨을 텐데, 내색 한번 하지 않고 온전히 제 글을 사랑해 주셨습니다.

이 두 분이 없었더라면 저는 또다시 《송곳니》를 포기했을 겁니다. 저에게 글쓰는 재미를 찾아 주신 두 분께 마음을 다해 고맙다는 인사를 전하고 싶습니다. 또한 한우주 편집자님의 숨은 노고에 한결 좋은 원고가 탄생했습니다. 역시 고맙다는 인사를 전하며, 늘 저를 응원해 주시는 부모님과 동생, 친구들, 그리고 고양이 설이와 귀여운 팔칠이에게도 사랑한다는 말을 전합니다.

끝으로 《송곳니》는 저 혼자 쓴 작품이 아닙니다. 안전가옥을 비롯해 많은 분의 응원과 관심으로 함께 쓴 작품이라고 생각합니다. 모두와 함께 단편에서 시작된 〈송곳니〉를 장편으로 완주할 수 있어서 너무나 영광이었습니다.

짧다면 짧고, 길다면 긴《송곳니》의 여정에 동행해 주신 독자님들께도 감사합니다. 소설 속에서 계속될 해수와 수기의 삶을 응원해 주시길 부탁드리겠습니다.

김구일 올림

프로듀서의 말

'수기의 옆에 선 19번이 언제든지 튀어 오를 준비를 하고 있었다. 사냥의 시간이었다.'

《송곳니》 완고를 받고 앤솔로지 《빌런》에 실렸던 단편 〈송곳니〉를 다시 읽었습니다. 그리고 여전히 '사냥의 시간이었다.'라는 마지막 문장에 가슴이 뛰었답니다.

어두우면서도 매혹적인 파워에 매료되었던 그 순간의 감정이, 작가님과 이야기를 함께 개발하는 내내 동력원이 되어 주었다고 믿습니다. 물론 이것은 비단 제가 아닌 작가님께서 더 잘 아실 감정의 영역이겠지요. 마치 원석 같은 이 이야기가 가진 힘을 믿고, 그걸 함께 다듬어 공유하는 과정 하나하나가 전부 소중했던 프로젝트였습니다.

단편에서 장편으로 〈송곳니〉의 세계를 넓혀 보자고 작가님께 처음 제안을 드린 뒤, 개발을 진행하면서 캐릭터나 서사가 단편과는 달라진 부분이 있습니다(이런 지점들을 찾아보시는 것도 《송곳니》를 즐길 수 있는 하나의 방법일지도요!). 짧은 이야기와 긴 이야기의 호흡은 다를 수밖에 없고, 그에 맞춰 인물들이 새롭게 생겨나거나 없어지기도 했죠.

단편 〈송곳니〉에서 유일하게 건드리지 않았던 지점은 수기가 지닌 '불온하면서도 눈을 뗄 수 없는 강력한 힘'이었습니다. 또래의 평범한 소녀들과는 많이 동떨어진 '백수기'라는 인물이 뿜어냈던 파워를 유지하고, 긴 이야기 속에서도 여전히 독자분들에게 매력적으로 보일 수 있도록 작가님께서 신경을 많이 써 주셨습니다.

또한 그 과정에서 '박해수'라는, 수기와는 떼려야 뗄 수 없는 인물이 붙게 되었는데요. 서로에게 구원이자 성장의 계기가 되는 이 두 인물의 화음이 독자 분들에게도 잘 들렸기를 바랍니다.

누군가가 한 사람을 만나 세상과 소통하는 이야기는 몇 번을 봐도 아름다운 것 같다고, 《송곳니》를 프로듀싱하며 생각했습니다. 저희가 〈송곳니〉의 이야기를 확장했던 과정 역시 그랬으리라 믿고, 안전가옥을 믿고 힘든 개발 과정을 끝까지 따라와 주신 작가님께 무한한 감사의 인사를 드립니다.

이야기는 여기서 마무리가 되었지만, 수기의 삶은 어디선가 계속 이어지고 있겠지요. 책에는 다사다난한 한 소녀의 삶에서 잊을 수 없는 기억의 한 조각이 기록되어 있다는 생각이 듭니다. 어둡지만 따뜻하고, 한편으로는 빛나는 소녀의 시간이 여러분의 마음에 가닿아, 어디선가 치열하게 살아가고 있을 수기의 당찬 모습이 독자 분들의 마음에 오래도록 남기를 바랍니다.

수기가 어디서든 행복하길 바라며,

안전가옥 스토리 PD

임미나 드림

송곳니

1판 1쇄 발행 2024년 3월 29일

지은이 김구일

기획 안전가옥
프로듀서 임미나, 고혜원
         김보희, 신지민
         윤성훈, 이은진, 이수인
퍼블리싱 박혜신, 임수빈
편집 한우주
일러스트 해랑
디자인 강지구
서비스 디자인 김보영
비즈니스 이기훈
경영지원 홍연화

펴낸이 김홍익
펴낸곳 안전가옥
출판등록 제2018-000005호
주소 04779 서울특별시 성동구 뚝섬로1나길 5,
      헤이그라운드 성수 시작점 202호
대표전화 (02) 461-0601
전자우편 marketing@safehouse.kr
홈페이지 safehouse.kr

ISBN 979-11-93024-60-7 (03810)

안전가옥 오리지널

안전가옥 오리지널